안토니우스와
클레오파트라
3

안토니우스와 클레오파트라

Antony and Cleopatra

COLLEEN
McCULLOUGH

3

콜린
매컬로
지음

강선재·신봉아
이은주·홍정인
옮김

교유서가

CONTENTS

5장
전쟁

– 기원전 32년부터 기원전 30년까지
32 B.C. - 30 B.C.

마르쿠스 빕사니우스 아그리파

"당신 법안은 여전히 비준을 받지 못했습니다.'" 클레오파트라는 아헤노바르부스의 편지를 소리내어 읽었다. "'제가 수석 집정관이 되자마자 원로원 공략에 들어갔지만, 옥타비아누스에게는 이미 길들여놓은 호민관이 있습니다. 당신 편에서 뭘 해보려는 족족 그 고약한 피케눔 가문 출신의 호민관 마르쿠스 노니우스 발부스가 끊임없이 거부권을 행사하고 있죠. 그러다 소시우스가 2월 칼렌다이에제 파스케스를 이어받고 나서 옥타비아누스에 대한 견책안을 발의했습니다. 그가 당신의 동방 개혁안 통과를 방해하고 있다고 비난하면서요. 그다음에 어찌됐는지 맞혀보시겠습니까? 노니우스가 그 발의를 거부했습니다.'" 클레오파트라는 편지를 내려놓았다. 안토니우스에게 고정된 황금빛 두 눈에 차가우면서도 맹렬한 불꽃이 일고 있었다. 이 암사자가 이제 곧 덤벼들 거라는 신호였다. "로마에서 당신의 입지를 되찾을 길은 옥타비아누스를 목표로 진군하는 것뿐이에요."

"그랬다가는 내가 내전을 일으킨 주범이 되는 거요. 나는 반역자이자 공공의 적으로 선포될 것이오."

"말도 안 돼! 술라도 그렇게 했어요. 카이사르도 마찬가지고요. 그 두 사람은 결국 로마를 지배했잖아요. 따지고 보면 공공의 적이라는 게 뭔가요? 아무 효력도 없는 공권박탈 결의일 뿐이에요."

"술라와 카이사르는 불법적으로 지배했소. 독재관으로서 말이오."

"어떻게 지배하느냐는 중요하지 않아요, 안토니우스!" 클레오파트라가 쏘아붙였다.

"내가 독재관 제도를 폐지했소." 안토니우스는 고집스레 말했다.

"그럼 옥타비아누스를 무찌른 뒤에 다시 그 법을 만들어요! 그저 임시방편으로 말이에요." 그녀가 살살 달래듯이 말했다. "당신도 잘 알잖아요, 안토니우스. 옥타비아누스를 저지하지 않으면 그는 당신의 동방 법안을 무효화하는 안을 발의할 테고, 제아무리 용감한 호민관도 그에게 거부권을 행사하지 않으리란 것을요! 그러고 나면 옥타비아누스는 동방의 모든 왕국에 자기 피호민들을 통치 군주로 심을 수 있겠죠." 그녀는 잠시 숨을 고르며 눈을 빛냈다. "그는 이집트를 로마의 속주로 합병시키는 안도 추진할 거예요."

"감히 그럴 리 없소! 내 계획을 무효화하도록 내가 가만히 내버려두지도 않을 거고." 안토니우스가 이를 악물고 내뱉었다.

"당신이 직접 로마에 가서 안토니우스파의 등뼈를 빳빳이 세워줘야 할걸요. 요즘 들어 꽤나 내려앉고 있으니까." 그녀는 비꼬아 말했다. "그리고 로마로 떠날 땐 군대를 데려가는 게 좋을 거예요."

"옥타비아누스는 주저앉을 거요. 계속 거부할 수는 없을 테니."

안토니우스의 목소리에는 의구심이 깃들어 있었다. 이 끈질긴 논쟁의 우위가 슬슬 자신에게 넘어오고 있음을 클레오파트라가 눈치챌 수 있을 정도였다. 그녀는 안토니우스를 살살 구슬려 이탈리아를 대대적으로 침공하려던 계획을 단념한 터였다. 안토니우스는 옥타비아누스가 적이라는 말은 곧이들어도, 로마에 관해서는 절대 그리 생각하지 않는 것 같았다. 알렉산드리아와 이집트는 그의 마음속에 파고들긴 했지만 로마의 자리를 차지하지는 못하고 로마 옆에 들어선 것이었다. 뭐, 그러라지. 동기야 뭐가 됐든 상관없다. 안토니우스가 결국 움직이기만 한다면. 그가 움직이지 않으면, 클레오파트라는 그의 말처럼 정말로 아무것도 아닌 존재일 뿐이다. 그녀가 로마에 심어둔 정보원들에 의하면 옥타비아누스는 자신의 퇴역병 전원을 이탈리아와 이탈리아 갈리아의 좋은 땅에 정착시켰으며 이탈리아인 대다수의 찬동을 얻었다. 그러나 아직까지 그는 호민관을 이용해 거부권을 제기하는 정도에 그칠 뿐 원로원을 쥐락펴락하지는 못한다. 충실한 안토니우스파 400명과 중립파 300명 사이에서 안토니우스는 여전히 그보다 우위를 점하고 있다. 하지만 그것이 충분한 우위일까?

"좋소." 며칠 뒤, 참을 수 없을 지경까지 들들 볶인 안토니우스가 말했다. "내 군대와 함대를 이탈리아 가까이 이동시키겠소. 에페소스로." 그는 눈을 치떠 클레오파트라를 흘끗 쳐다보았다. "그러니까, 그럴 돈이 있다면 말이오. 이건 당신 전쟁이니 당신이 비용을 대시오, 파라오."

"기꺼이 댈게요. 내게 공동 지휘권만 준다면요. 군사회의마다 참석할 권한과 발언권을 원해요. 당신과 동등한 지위를요. 다시 말해, 내 의견이 당신을 제외한 모든 로마인의 의견보다 우선하는 거죠."

극심한 피로감이 그를 덮쳤다. 왜 항상 조건이 따라붙어야 하는가? '지배자' 클레오파트라로부터 결코 자유로워질 수 없는 걸까? 그녀는 너무나 매혹적이고 부드러우며 더없이 좋은 짝이 되어주기도 했다. 그러나 이렇게 좋은 일면이 득세했구나 생각하려는 순간마다 못된 일면이 여지없이 고개를 쳐들었다. 그녀는 카이사르부터 카시우스에 이르기까지 그가 아는 어느 사내보다도 권력을 갈망했다. 그리고 그건 다 카이사르의 아들을 위해서였다! 그 아이는 상상을 뛰어넘는 재주를 타고났지만 권력을 좇지는 않는 듯했다. 이렇듯 클레오파트라가 조각해 놓은 운명을 카이사리온이 거절한다면 그녀는 어떻게 할까? 그녀는 아들에 관해 아무것도 모른다, 아무것도.

클레오파트라는 로마 남자들에 관해서도 몰랐다. 깊이 알고 지낸 로마인이라곤 두 명뿐이었으니. 그녀가 계속 공동 지휘권을 갖기를 고집하면 결국 알게 되겠지만, 카이사르도 안토니우스도 전형적인 로마인은 아니었다. 공정하게 보자면 이 계획에 자금을 대는 그녀가 공동 지휘권을 가지는 것이 마땅하겠지만, 그의 동료들은 아무도 그녀에게 그런 특권을 주려 하지 않을 것이다. 안토니우스는 앞으로 닥칠 불가피한 상황에 관해 얘기할 작정으로 입을 열었으나 말을 꺼내보지도 못하고 그대로 다물었다. 그녀의 얼굴에는 더는 아무 말도 듣지 않겠다는 듯 부싯돌 같은 완고한 표정이 떠올라 있었고, 두 눈에는 폭풍의 소용돌이가 휘몰아쳤다. 결국 겪으면 알게 될 일을 그녀에게 말해주려 한다면 두 사람은 수도 없이 거듭된 말다툼에 또하나를 추가하게 될 터였다. 무한에 가까운 권력을 지닌 위압적인 여자를 제대로 상대할 수 있는 사내가 과연 있었던가? 안토니우스의 생각은 '없다'는 쪽이었다. 죽은 카이사르 정도나 그랬을까. 하지만 카이사르는 그녀가 아주 어렸을 적에 만난 남자였고 그녀가 무너뜨리는 방법을 몰랐던 주도권을 구축했었다. 그로부터 수년이 지난 지금, 그녀는 확고하게 굳어졌다. 설상가상으로 그녀는 정신을 잃을 만큼 술에 전 안토니우스의 밑바닥까지 보았으며 그 사건을 그의 나약한 근간이 드러난 것으로 해석했다. 물론 그녀에게는 목적을 이룰 육군도 해군도 없다는 사실을 일깨움으로써

섭을 줄 수도 있겠지만, 다음날이면 그녀는 생생하게 되살아나서 또다시 그를 들볶기 시작할 것이다.

안토니우스는 생각했다. 나는 클레오파트라가 엮은 거미줄에 꼼짝없이 붙잡혔다. 내가 권력을 잡으려는 시도를 그만두지 않는 한 벗어날 방법이 없다. 어느 정도는 우리 둘 다 같은 것을 원한다. 다름 아닌 옥타비아누스의 파멸. 그러나 그녀는 훨씬 더 나가서 로마 자체를 무너뜨리려 한다. 나는 그리하도록 내버려두지 않겠지만, 지금 당장은 그녀를 저지할 수 없다. 때를 기다려야만 한다. 그녀가 원하는 건 뭐든 주는 것처럼 보여야 한다. 공동 지휘권도 포함해서.

"동의하오." 그는 단호하게 들리는 목소리로 말했다. 모두 클레오파트라가 원하는 대로 해주자. 어쨌든 당분간은. 로마인 사내들로 이루어진 사령부는 그녀를 상대도 하지 않는다는 걸 직접 겪으면서 배우겠지. 하지만 나도 그녀를 무시할 수 있을까? 그녀와 같이 살고 같은 침대에서 자면서 내가 그녀를 무시할 수 있을까? 그 또한 시간이 지나면 알게 될 테지.

"공동 지휘권을 원한단 말이지." 안토니우스가 말했다. "군사회의에서 나와 동등한 지위를 원하고." 그는 흐느낌이 나오는 것을 억눌렀다. "동의하오." 그는 같은 말을 되풀이했다. 그는 마침내 배수의 진을 쳤다. 모두 클레오파트라가 원하는 대로 해주자. 그러고 나면 아마도 평온해질 수 있으리라.

안토니우스는 당장 자리에 앉아 아헤노바르부스에게 편지를 썼다. 이제는 없어진 트리움비르 직함을 이용해서 로마 원로원과 인민에 대한 그의 요구사항을 세세히 적었다. 원로원의 어떠한 통제도 받지 않을 동방에서의 완전한 권한, 그의 판단에 따라 공세를 징수할 권리, 피호국 왕들을 지명할 권리, 로마가 드리누스 강 동쪽으로 파견하는 모든 군대의 지휘권, 그의 모든 공판에 대한 승인. 그리고 또 한 가지, 즉 그가 프톨레마이오스 카이사르 왕, 클레오파트라 여왕, 프톨레마이오스 알렉산드로스 헬리오스 왕, 클레오파트라 셀레네 여왕, 프톨레마이오스 필라델포스 왕에게 수여한 토지와 칭호에 대한 승인 등이 구체적인 내용이었다.

"나는 프톨레마이오스 카이사르 왕을 왕 중의 왕이자 세상의 지배자로 지명했소. 그 누구도 내게 반박할 수 없소. 또한 프톨레마이오스 카이사르 왕이 디부스 율리우스의 적자이며 합법적인 후계자임을 로마 원로원과 인민에게 상기시키겠소. 이 사실이 정식으로 인정되어야 할 것이오."

클레오파트라는 기뻐서 어쩔 줄 몰랐다. 그녀의 못된 일면은 순식간에 사라졌다. "아아, 사랑하는 안토니우스, 저들이 바들바들 떨겠어요!"

"아니, 저들은 오금을 못 쓸 거요, 내 사랑. 이제 내게 키스 세례를 퍼부어주오."

그녀는 승리감에 불타올라 열정적으로 키스를 퍼부었다. 이제 일이 진행되겠구나! 안토니우스는 전쟁에 돌입할 것이다. 그가 원로원에 보낸 편지는 최후통첩이었다.

두 개의 문건이 로마로 급송되었다. 마르쿠스 안토니우스의 편지와 유언장이었다. 가이우스 소시우스는 로마 시민의 모든 유언장 관리인인 베스타 신녀들에게 이 유언장을 맡겼다. 유언장은 신성한 것이므로 당사자가 죽기 전에는 열어볼 수 없게끔 되어 있었고, 베스타 신녀들은 왕정 시대부터 사람들의 유언장을 보관해왔다. 그러나 안토니우스의 편지 봉인을 쪼개어 읽어본 순간 아헤노바르부스는 마치 시뻘겋게 단 불덩이를 쥐기라도 한 것처럼 두루마리를 떨어뜨렸다. 한참이 지나서야 그는 말없이 그것을 소시우스에게 건넬 수 있었다.

"맙소사!" 이번에는 소시우스가 편지를 떨어뜨리며 중얼거렸다. "그는 정신이 나간 거요? 어떤 로마인이라 해도 이 절반조차 실행할 권한이 없소! 카이사르의 사생아가 로마의 왕이라고? 이 사람 말이 그 뜻이잖소, 나이우스. 이 사람 말이 그 뜻이야. 게다가 클레오파트라가 그 사생아의 이름을 내세워 통치를 한다고? 아, 그는 미친 게 분명하오!"

"그렇거나, 아니면 계속 약에 절어 있거나요." 아헤노바르부스는 단호한 표정이었다. "난 이 편지를 낭독하지 않겠소, 가이우스. 그럴 수가 없어요. 이건 태워버리고 그 대신 연설을 할 거요. 유피테르 신이시여! 이것이 옥타비아누스에게 얼마나 큰 무기가 되는지! 그는 손가락 하나까딱할 필요도 없이 원로원 전체를 자기편으로 싹쓸이해 갈 거요."

"안토니우스가," 소시우스는 머뭇거리며 말했다. "바로 그렇게 하려고 이 일을 꾸몄다는 생각은 안 드시오? 이건 선전포고요."

"로마는 내전이 필요 없소." 아헤노바르부스가 지친 목소리로 말했다. "클레오파트라는 전쟁을 반길 것 같지만. 모르시겠소? 안토니우스가 이 편지를 쓴 게 아니오. 클레오파트라가 쓴 거요."

소시우스는 자리에 앉아 몸을 떨었다. "우리가 어째야 하오, 아헤노바르부스?"

"내가 말한 대로요. 편지를 태우고, 내가 저 한심한 원로원 늙다리들에게 일생일대의 연설을 하는 거요. 클레오파트라가 안토니우스를 얼마나 완전히 틀어쥐고 있는지 그 누구도 알아서는 안 돼요."

"안토니우스를 끝까지 방어하자는 건 좋소. 하지만 어떻게 그를 클레오파트라의 손아귀에서 빼낼 수 있겠소? 그는 너무 멀리 있어요. 으, 빌어먹을 동방! 이건 마치 무지개를 뒤쫓는 꼴이오. 두 해 전만 해도 곳곳에서 번영의 기운이 되살아나고 있었소. 징세청부업자들과 사업가들이 기뻐 날뛰었지. 그런데 최근 몇 달간 바뀐 분위기가 감지됐소." 소시우스가 말했다. "안토니우스의 피호국 왕들이 치고 들어오면서 로마의 상업을 몰아내고 있소. 게다가 동방의 공세가 우리 국고에 들어오지 않은 지도 벌써 열여덟 달째요."

"클레오파트라." 아헤노바르부스가 비장하게 말했다. "클레오파트라 때문이오. 안토니우스를 그 여자에게서 떼어놓지 못하면 우리는 가망이 없소."

"그도 마찬가지요."

한여름이 올 때까지 안토니우스는 그의 대규모 전쟁 장비를 카라나와 시리아에서 에페소스로 옮겨놓았다. 기병대와 군단, 공성장비, 물자 수송대가 아나톨리아 중부를 느릿느릿 가로질러서 마침내 구불구불한 마이안드로스 강의 여러 굽이를 따라 에페소스에 도착했다. 그 아름다운 소도시 주변에는 가장 예리한 눈으로도 볼 수 없을 만큼 멀리까지 진지들이 펼쳐져 있었다. 서로 엉켜 뒤끓던 병사들과 짐승들, 각종 장비들이 서서히 열기를 식히는 사이, 지역 상인과 농부 들은 그 군부대로 형상화된 재앙 같은 상황에서 뭐라도 이문을 내보려고 최선을 다했다. 군대가 휘젓고 다닌 통에 밀을 기르고 양떼를 먹이던 비옥한 땅이 날씨에 따라 불모의 진흙탕이나 흙먼지로 바뀐데다, 세심하거나 인정 있는 무리가 못 되는 안토니우스의 하급 보좌관들은 돌아가는 상황을 지역민들과 논의하려 들지 않아 사태를 더욱 악화시켰다. 약탈과 강간이 아찔한 속도로 증가했으며 보복 살해와 매질, 침략군에 대한 적극적이거나 소극적인 저항 또한 급증했다. 물가가 치솟고 일대에서 이질이 창궐했다. 지난날 로마 총독들이 100탈렌툼이든 1천 탈렌툼이든 일정 금액을 자신에게 내놓지 않는 도시에 군단병 숙소를 지정하겠다고 위협해 큰돈을 벌어들이곤 했던 것도 바로 이런 이유들 때문이었다. 그러면 도시측은 겁에 질려 허둥지둥 돈을 지불했다.

안토니우스와 클레오파트라는 필로파토르호를 타고 이동했다. 배는 사람들의 탄성 속에 에페소스 항구에 정박했다. 거기서 안토니우스는 그 배에 아내를 남겨둔 채 좀더 작은 배에 옮겨 타고 아테네로 갔다. 클레오파트라에게는 그곳에 마무리해야 할 일이 있다고 말해두었다. 클레오파트라는 술에 취하지 않은 맨정신의 안토니우스를 알렉산드리아에서처럼 제어할 순 없다는 사실을 깨달았다. 에페소스는 확고한 로마 영토였고, 그녀의 선조들과 마찬가지로 그녀 또한 이곳의 통치자가 아니었다. 따라서 이곳엔 이집트에 머리를 조아리는 전통 따위는 없었다. 클레오파트라가 총독 관저를 벗어나 도시나 진지를 시찰하러 갈 때마다 병사들은 그녀가 대단히 거슬리는 짓이라도 한 것처럼 그녀를 빤히 노려보았다. 그렇다고 무례를 범한 그들을 벌할 수도 없었다. 푸블리우스 카니디우스는 오랜 친구였지만, 에페소스를 미어터질 지경으로 꽉 채우고 있는 나머지 지휘관들과 그 보좌관들은 그녀를 웃음거리나 모욕적인 존재로 여겼다. 아시아 속주에는 복종이라곤 없었다!

클레오파트라는 심기가 편치 않았다. 필로파토르호가 알렉산드리아에서 출항하기 전날, 카이사리온 때문에 너무나 달갑지 않고 불편한 상황에 처했던 때부터 줄곧 그랬다. 그녀는 카이사리온을 뒤에 남겨 이집트 통치를 맡겼으나 그는 그 일을 원치 않았다. 어머니, 의붓아버지와 같이 전쟁에 나서길 열망해서가 아니었다. 그들이 자리를 비우는 이유 자체가 문제의 핵심이었다.

"엄마," 그는 클레오파트라에게 말했다. "이건 미친 짓이에요! 모르시 겠어요? 엄마는 지금 로마의 힘에 도전하고 계시다고요! 마르쿠스 안 토니우스가 훌륭한 장군이고 거대한 군대를 가지고 있다는 건 잘 알지 만, 보유한 자원을 총동원할 경우 로마는 그야말로 무적이에요. 로마가 카르타고를 궤멸시키기까지 150년이 걸렸지만, 그래도 카르타고는 결 국 궤멸되었어요. 게다가 얼마나 철저히 짓밟혔던지 다시는 일어서지 못했죠! 로마는 끈질겨요. 더구나 로마가 이집트와 안토니우스의 동방 을 궤멸시키는 데 150년이나 걸리진 않을 거고요. 부탁이에요, 엄마. 제발 카이사르 옥타비아누스가 동방으로 올 기회를 주지 마세요! 그는 안토니우스가 분쟁 지역과 한참 떨어진 에페소스에 병력을 집합시키 는 행위를 선전포고로 여길 거예요. 제발, 제발요, 엄마. 제발 부탁이니 이 일을 그만두세요!"

"말도 안 돼, 카이사리온." 클레오파트라는 짐 꾸리는 하인들을 감독 하느라 이리저리 움직이면서 느긋하게 말했다. "안토니우스는 뭍에서 나 바다에서나 질 리가 없단다. 내가 군자금을 대거 투입해서 확실히 그리되도록 해뒀으니까. 우리가 지체하면 옥타비아누스에게 힘을 키 울 시간만 주는 셈이야."

마침 카이사리온은 그의 모친이 최근에 아프로디시아스의 도로테오 스에게 의뢰해서 완성된 본인 흉상 옆에 서 있었던 참이라 본의 아니 게 어머니의 눈에 자신을 한 쌍으로 보여주었다. 이 흉상의 채색을 맡 았던 코이릴로스는 피부와 머리카락의 온갖 미묘한 색감 차이까지 정 확히 살렸으며 두 눈의 윤곽도 끝내주게 묘사했다. 조각상은 금방이라도 입술을 벌려 말할 것처럼 생기가 넘쳤지만, 바로 옆에 열의와 열정으로 가득한 실물이 서 있는 바람에 그 빛이 바랬다.

"엄마," 그는 굴하지 않고 말했다. "옥타비아누스는 아직 자기가 가진 자원을 본격적으로 활용하지도 않았어요. 그리고 제가 마르쿠스 안토니우스를 무척 좋아하기는 하지만 그분은 뭍에서든 바다에서든 마르쿠스 아그리파의 상대가 안 돼요. 옥타비아누스는 명목상으로 사령관 막사를 차지할지라도 실질적인 전쟁 수행은 아그리파에게 맡길 거예요. 심각하게 말씀드리는데, 아그리파가 모든 것의 중심축이에요! 그는 만만찮은 인물이라고요! 제 아버지 이후로 로마에서 그에 필적할 사람은 나온 적이 없어요."

"아, 카이사리온, 정도껏 하렴! 너는 원체 걱정이 많아서 더는 네 말을 귀담아들을 수가 없구나." 클레오파트라는 안토니우스가 좋아하는 로브 하나를 손에 든 채로 잠시 멈춰섰다. "마르쿠스 아그리파가 대체 뭐란 말이니? 아무것도 아닌 보잘것없는 인간이야. 안토니우스를 넘는 상대라고? 절대 그렇지 않아."

"그럼 하다못해 엄마라도 여기 알렉산드리아에 계세요." 아들이 간청했다.

그녀는 깜짝 놀란 표정이었다. "무슨 생각을 하는 거니? 나는 이 전쟁에 자금을 대고 있어. 다시 말해 이 사업에서 안토니우스의 동등한 협력자란 얘기지. 너는 이 어미가 전쟁을 치러본 적 없는 풋내기라 생각하는 거니?"

"네, 그래요. 엄마의 경험이라곤 카시오스 산에 들어앉아 아킬라스와 그의 군대를 기다린 것뿐이잖아요. 그 궁지에서 엄마를 꺼내준 건 제 아버지셨지 엄마에게 있지도 않은 군사 능력이 아니었어요. 엄마가 마르쿠스 안토니우스와 함께 가시면 그의 로마인 동료들은 엄마가 그를 마음대로 주무르고 있다 여겨서 엄마를 싫어할 거예요. 로마인들은 외국인이 사령부를 차지하는 것에 익숙하지 않아요. 저는 바보가 아니에요, 엄마. 저들이 로마에서 엄마와 안토니우스에 관해 뭐라고 수군거리는지 안다고요."

클레오파트라는 뻣뻣이 굳었다. "저들이 로마에서 우리에 관해 뭐라 수군거린단 말이냐?"

"엄마가 마녀고 안토니우스를 홀렸다고, 안토니우스는 엄마의 노리개요 꼭두각시라고요. 그가 원로원과 인민과 충돌하는 건 엄마가 억지로 몰아세우기 때문이라고요. 안토니우스가 엄마의 남편만 아니었다면 지금까지 일어난 일 중 그 무엇도 일어나지 않았을 거라고 해요." 카이사리온은 용감하게 내뱉었다. "저들은 엄마를 짐승들의 여왕이라 부르고, 안토니우스가 아니라 엄마를 이 일의 주동자로 여겨요."

"말이 너무 지나치구나." 클레오파트라가 섬뜩한 목소리로 말했다.

"아뇨, 엄마가 이 일을 그만두시도록 설득하지 못한다면 아직 모자란 거죠! 특히나 직접 참여하시려는 건 반드시 말려야 하니까요. 제가 가장 사랑하는 엄마, 지금 엄마는 로마가 마치 미트리다테스 대왕인 양 굴고 계세요. 로마에는 동방 같은 성향이 없어요. 앞으로도 절대 그럴 일은 없고요! 로마는 서방 국가예요. 그들의 존속을 위해 동방을 장악하려 할 뿐이라고요."

클레오파트라는 내내 아들을 찬찬히 주시했다. 이리저리 바삐 시선을 옮기며 자신이 취할 수 있는 최선의 방침이 무엇일까 궁리했다. 마침내 판단이 서자 그녀는 달래는 듯한 목소리로 입을 열었다. "카이사리온, 너는 아직 열다섯 살도 되지 않았어. 그래, 네가 이제 다 큰 사내라는 것은 인정하마. 그렇지만 아주 어리고 미숙한 사내야. 이집트를 지혜롭게 다스리거라. 그러면 안토니우스와 내가 승리의 월계관을 쓰고 돌아왔을 때 네게 더 많은 권한을 주마."

카이사리온은 분투를 멈추었다. 그는 눈물이 그렁그렁한 눈으로 어머니를 빤히 쳐다보다가 고개를 젓고서 방을 나갔다.

"철없는 아이야." 클레오파트라는 애정을 담뿍 담아 이라스와 카르미온에게 말했다.

"아름다운 아이죠." 카르미온이 한숨을 쉬며 대꾸했다.

"아이도 아니고 철이 없지도 않아요." 이라스가 단호하게 말했다. "저 아이에게 선견지명이 있다는 걸 못 느끼셨어요, 클레오파트라? 저애의 말을 귀담아들으셔야 해요. 무시할 게 아니라."

그렇게 클레오파트라는 필로파토르호에 몸을 싣고 떠났다. 이라스가 했던 말이 여전히 귓가에 쟁쟁한 채로. 실제로 카이사리온이 했던 말보다 이라스의 말이 그녀를 침울하게 만들었으며, 그 기분은 에페소스에서 안토니우스의 동료들이 보인 태도로 인해 더욱 극심해졌다. 그러나 원래부터 전제 군주인 그녀였기에, 그 모든 일은 그녀로 하여금 한층 더 오만하고 무례하고 고압적인 자세를 취하게 만들 뿐이었다.

안토니우스의 배가 사모스 섬에 들어간 것은 그의 탓이 아니었다. 배에 물이 새는 바람에 아테네까지 그대로 갈 수가 없었던데다, 사모스가 가장 가까운 섬이었던 것이다.

사모스는 디오니소스 예능인 연맹이 본거지로 삼은 곳이었다. 안토니우스는 수리를 기다리는 동안 마술사, 춤꾼, 곡예사, 기형인, 악사 등 어느 축제에 불려갈 때까지 자기네들의 즐거운 보금자리에서 머물던 그들이 뭘 하고 있나 들여다보는 것도 좋겠다고 생각했다. 당장은 아무 것도 없다고 연맹의 우두머리인 칼리마코스가 알려왔다. 안토니우스에게 딱정벌레를 반짝이는 나비로 바꾸는 멋진 묘기를 보여주고 나서였다.

"하지만 장군님이 오신 걸 기념하는 뜻에서 저희가 오늘밤 연회를 열기로 했습니다. 참석해주시겠습니까?"

당연히 참석하고말고! 술을 마시고픈 욕구를 참는 것은 각양각색의 광대들과 어울려 떠들썩하게 한판 즐기고픈 충동에 비하면 아무것도 아니었다. 그런데 안토니우스가 곧 깨달았듯이 딱 하나 문제가 있었는데, 술을 마시지 않으니 흥이 크게 깨진다는 점이었다. 그는 포도주를 한잔 들이켰고, 결국 취할 때까지 계속 마셨다.

이 결정을 내리고 나서 며칠 동안 무슨 일이 있었는지 그는 기억하지 못했다. 나이들수록 포도주가 점점 더 그의 기억력에 영향을 미친다는 건 사실이었다. 그의 비서 루킬리우스만이 그를 다시금 음울한 금주의 세계로 밀어넣었다. 짤막한 단 하나의 문장으로.

"여왕께서 틀림없이 알아내실 겁니다."

"아, 세상에!" 안토니우스는 신음 소리를 냈다. "제기랄!"

배에 생긴 구멍은 벌써 일주일 전에 수리가 끝나 있었다. 안토니우스는 루킬리우스와 시종들이 부들부들 떨고 휘청대는 그를 나르다시피 배에 태웠을 때에야 그 사실을 알았다. 내가 정말 그 정도로 취했었나? 아니면 술의 해악이 이제 더 빨리 오는 건가? 숙취에 시달리는 와중에 그는 수년 간의 방탕한 생활이 이제야 그의 발목을 잡고 있다는 새로운 공포에 사로잡혔다. 그가 모루를 들어올리던 시절은 끝났다. 그는 어느새 쉰한 살이 되었고, 이두박근에 힘을 줘도 약간 물렁한 느낌

뿐 근육이 불룩 튀어나오지 않았다. 쉰한 살이라니! 덕망 있는 전직 집 정관의 나이다. 그런데 옥타비아누스는 겨우 서른 살이고 9월 말에야 서른한 살이 된다. 게다가 옥타비아누스 휘하 최고의 장군들은 청년들 인 반면 그의 휘하 장군들은 그와 마찬가지로 머리가 희끗희끗해지고 있었다. 카니디우스는 예순 살도 넘었다! 아아, 세월이 어디로 가버렸 을까? 그는 속이 메스꺼워져서 급히 난간으로 가 먹은 걸 토했다.

수발을 드는 하인이 마실 물을 가져다주고 그의 입과 턱을 해면으로 닦아주었다. "몸이 안 좋으세요, 주인어른?"

"그래," 안토니우스가 몸을 떨며 말했다. "나이 탓이지."

그래도 배가 피레아스에 정박할 즈음이 되자 안토니우스는 쌩쌩했 던 작년의 신체 상태를 약간은 회복했다. 그러나 여전히 기분은 좋지 않았다.

"내 아내 옥타비아는 어디 있는가?" 총독 관저에서 그는 집사에게 물 었다.

집사는 멍한 표정이었다. 아니, 크게 놀란 듯했다. "옥타비아 부인이 기거하지 않으신 지 몇 년이 지났습니다, 마르쿠스 안토니우스."

"그게 무슨 말인가, 몇 년이라니? 당연히 여기에 있어야지. 남동생이 보낸 병사 2만 명과 같이 말이야!"

"부인은 안 계시다는 말씀을 거듭 드릴 수밖에 없습니다, 주인어른. 아테네 인근에 체류중인 병사들도 없고요. 옥타비아누스 나리가 병사 들을 보냈다면 그들은 필시 마케도니아로 갔거나 육로를 통해 아시아 속주로 갔을 겁니다."

기억이 점점 돌아왔다. 그랬다, 옥타비아가 4개 군단이 아니라 4개 보병대대와 같이 온 건 5년 전이었다. 그는 아내에게 옥타비아누스가 선물로 보낸 병력을 그가 있던 안티오케이아로 보내고 그녀는 집으로 가라고 지시했었다. 5년이라니! 정말로 그렇게 오래전이었나? 아니, 아마 4년밖에 안 된 것 같다. 어쩌면 3년이었나? 아아, 그게 중요한가?

"내가 로마를 떠나 있은 지 너무 오래됐어." 그는 책상 뒤편에 자리를 잡으며 루킬리우스에게 말했다.

"마지막으로 가신 곳은 타렌툼이었죠. 6년 전에." 루킬리우스가 자기 책상에서 대꾸했다.

"그럼 옥타비아가 아테네로 왔던 게 4년 전이로군."

"네."

"편지를 받아쓰게, 루킬리우스……. 옥타비아에게, 마르쿠스 안토니우스. 이로써 나는 당신과 이혼하겠소. 로마의 내 집에서 나가고, 이탈리아에 있는 내 빌라들도 전부 차용을 중단하시오. 당신 지참금은 돌려주지 않을 것이고 당신이나 내 로마인 자식들을 계속 부양하지도 않겠소. 이 내용을 확정된 최종 통보로 받아들이시오."

루킬리우스는 종이에만 단단히 시선을 고정한 채 받아 적었다. 아아, 친애하는 부인! 이 행동으로, 안토니우스가 구원받을 수 있으리란 희망은 깡그리 사라졌군요……. 루킬리우스는 고개를 들고 자리에서 일어나 안토니우스 앞에 종이를 내려놓았다. 그의 가장 뛰어난 재능 하나가 손글씨였는데, 워낙 솜씨가 훌륭해서 전문 필경사가 베껴 쓸 필요가 없었다.

안토니우스는 내용을 쓱 읽어본 뒤 종이를 접었다. "밀랍을 준비하게, 루킬리우스."

빨간색은 통상 공문서에 쓰는 색이었다. 루킬리우스는 밀랍 막대를 등잔불에 갖다 댔다. 어쩌나 능숙한 손길인지 밀랍이 연기로 변색되지 않았고, 데나리우스 주화만한 밀랍 방울이 접힌 종이의 바깥 선을 가로질러 떨어지는 것과 동시에 막대를 비틀어 빼냈다. 안토니우스는 인장 반지를 그 위에 놓고 힘껏 눌렀다. 헤르쿨레스 주위를 IMP. M. ANT. TRI.(임페라토르 마르쿠스 안토니우스 트리움비르) 글자가 에워싼 문양이었다.

"다음 로마행 배편으로 보내게." 안토니우스가 퉁명스레 말했다. "그리고 내가 타고 갈 에페소스행 배를 찾아보게. 아테네에서의 볼일은 완전히 끝났으니까." 그는 쓴웃음을 지었다. "애초에 있지도 않았지만."

피레아스에서 출항하는 길에 안토니우스는 자신이 사실상 언제 배수의 진을 쳤는지 생각해보았다. 딱 꼬집어 말할 수 있는 정확한 시점이 있는 것 같진 않았다. 다만 그가 클레오파트라와 알렉산드리아에 그 자신과 노획물을 바치기로 맹세했다는 사실을 알게 된 때가 시작이었다. 옥타비아와 로마 고유의 것들에 대한 그의 사랑은 변성하지 못한데 반해, 클레오파트라에 대한 그의 사랑은 모든 것을 아우르기에 이르렀다. 대체 그는 왜 클레오파트라가 그라는 존재의 근본에 자리잡았다는 사실 말고, 그녀가 터무니없는 요구를 할 때조차 자신이 반대할 수 없다는 사실은 몰랐을까? 물론 순간적인 기억 상실 탓도 얼마쯤 있었지만 그것 때문이라고 할 수도 없다. 어쩌면 위대한 여왕이 그의 가슴으로 단숨에 돌진한 것은 적어도 그에게서 장점을 찾을 수 있었기 때문일지 모른다. 적어도 그가 영향력 있고 사귀어볼 만한 사람이라 생각했기 때문일지도. 로마는 옥타비아누스의 것인데, 그렇다면 로마를 완전히 놓아버리지 못할 까닭이 뭔가? 이러니저러니 해도 결국 핵심은 이거다. 그가 로마의 일인자가 되고 싶다면 전장에서 옥타비아누스를 무찔러야 한다는 것. 클레오파트라는 바로 이 점을 분명히 간파했다. 언제나 그랬다. 사모스 섬에서의 위험한 폭음과 그로 인해 몸이 편찮아지고 또다시 기억이 사라진 끔찍한 후유증은 그가 한창때가 지났음을 가르쳐주었다. 그것이 단지 폭음이었을 뿐임을 알았다 해도 말이다. 도저히 억제할 길 없는 폭음이었다. 그가 에페소스에서 아테네로 간 진짜 이유는 그의 사랑, 그의 골칫거리, 그가 클레오파트라에게 한 맹세로부터 벗어나기 위해서였으므로.

그러니 로마에 대해 배수의 진을 치지 않을 까닭이 뭔가? 웬만큼 안정된 상태로 아테네에 도착할 무렵 안토니우스는 이렇게 생각했다. 클레오파트라부터 옥타비아누스까지 모두가 그걸 원하고 기대하며 그가 그렇게 하기만을 기다리는데. 이제 클레오파트라가 새로운 문제를 만들어내기 전에 에페소스로 돌아가야 한다.

그러나 그가 에페소스에 닿기도 전에 클레오파트라의 존재는 심각한 영향을 끼치고 있었다. 먼저 사투르니누스와 아룬티우스가 여자를 모실 바에야 차라리 그들이 미워하는 남자를 모시는 게 낫다고 선언하더니 로마로 떠났다. 적어도 옥타비아누스는 로마인이지 않은가! 아트라티누스가 하급 보좌관 한 무리와 함께 그 뒤를 따랐다. 이들은 클레오파트라가 진지를 돌며 트집을 잡고, 복장 상태가 엉성하다거나 백인대장 대다수가 그녀가 불렀을 때 잽싸게 차렷 자세를 취하지 않는다며 매섭게 나무라기까지 한 것에 격분했다.

아트라티누스가 로마에 도착하자 아헤노바르부스와 소시우스는 그가 쏟아놓는 불만을 듣고 경악했다.

로마 상황도 좋지 않기는 마찬가지였다. 수많은 퇴역병들에게 좋은 땅을 찾아주는 데 쓴 비용 탓에 국고가 거의 바닥났다. 믿기 힘들 지경이지만 섹스투스 폼페이우스의 보물창고에서 나온 수백만 세스테르티우스도 모조리 써버렸다. 땅값은 비쌌고 히스파니아나 갈리아, 아프리카 같은 외국 땅에서 퇴역하겠다는 군단병은 거의 없었다. 그들 역시 이탈리아 땅과 한몸으로 결합된 로마인이었다. 퇴역병들은 만족했다. 하지만 국가는 커다란 대가를 치러야 했다.

그러나 원로원 내에서나 영향력 있는 부호 및 기사계급 사업가들 사이에서 옥타비아누스가 서서히 우위를 차지하고 있다는 것은 부인할 수 없었다. 안토니우스의 동방에서 얻을 수 있는 기회는 줄어드는 추세였고, 2년 전만 해도 잘나가던 사람들과 회사들은 이제 와해되고 있었다. 폴레몬, 아르켈라오스 시세네스, 아민타스나 안토니우스가 임명한 소국의 군주들도 점차 자신감을 얻어 로마의 상업이 도저히 번창할 수 없게끔 하는 법률을 제정했다. 누구나 알고 있듯이, 그 분위기를 부추긴 장본인은 클레오파트라였다. 거미줄 한가운데 앉은 여왕 거미.

"앞으로 어찌해야겠소?" 성난 아트라티누스가 떠난 뒤 소시우스는 아헤노바르부스에게 물었다.

"안토니우스의 편지를 받은 후로 줄곧 생각해봤는데, 가이우스, 이제 우리가 할 수 있는 일은 딱 하나 남았소."

"아, 어서 말해보시오!" 소시우스가 간절하게 외쳤다.

"안토니우스의 동방 통치에 로마의 색을 강화해야 하오. 두 갈래 계획에서 이것이 첫번째 갈래요." 아헤노바르부스가 말했다. "두번째 갈래는 옥타비아누스가 불법적인 세력으로 보이게 만드는 거지요."

"불법적? 대체 무슨 수로 그리한단 말이오?"

"정치조직을 로마에서 에페소스로 옮기는 방법으로요. 당신과 나는 올해 집정관들이오. 법무관들도 대부분 안토니우스 지지파지요. 호민관들은 빼내 갈 수 없을 것 같소만, 원로원 절반이 우리와 함께 간다면 우리는 누구나 인정할 수밖에 없는 망명정부가 될 거요. 그렇소, 소시우스. 우리는 로마를 떠나 에페소스로 가야 하오! 그리하여 에페소스를 정권의 중심지로 만들고 안토니우스의 무리에 믿음직한 로마인 500명 정도를 주입하는 거요. 그 정도면 클레오파트라를 원래 있어야 할 자리인 이집트로 떠밀어 보내기에 충분하고도 남지요."

"그건 카이사르―아차차, 디부스 율리우스!―가 루비콘 강을 건너 이탈리아 본토에 발을 들인 후 폼페이우스 마그누스가 했던 일이잖소. 그는 집정관들과 법무관들을 비롯해 원로원 의원 400명을 그리스로 데리고 갔지요." 소시우스는 이맛살을 찌푸렸다. "하나 당시에는 원로원 규모가 지금보다 작았던데다 신진 세력도 그리 많지 않았소. 현재의 원로원은 의원 수가 1천 명에 달하고 그중 3분의 2가 신진 세력이오. 우리가 망명정부처럼 보이려면 적어도 의원 500명을 우리와 함께 가도록 설득해야 하는데, 그럴 수 있을 것 같진 않소."

"실은 내 생각도 그렇소. 나는 결사적인 안토니우스파 400명을 목표로 삼고 있소. 과반수는 안 되지만, 옥타비아누스가 우리를 대체할 정부를 구성하려 할 경우 그가 불법적인 일을 도모하고 있다고 대다수에게 납득시킬 정도의 규모는 되지요." 아헤노바르부스는 의기양양한 표정으로 말했다.

"그렇게 하는 순간 당신은 내전을 일으키는 거요, 나이우스."

"알고 있소. 하지만 어차피 내전은 불가피해요. 그렇지 않다면 안토니우스가 왜 그의 육해군 병력을 전부 에페소스로 옮겼겠소? 옥타비아누스가 그 조치를 정확히 간파하지 못했을 거라 보시오? 나는 그자가 끔찍이 싫지만 그가 놀랍도록 총명하다는 점은 잘 아오. 카이사르의 지력에 대응되는 뒤틀린 짝이 옥타비아누스의 머릿속에 자리잡고 있다오. 정말로 그래요."

"그게 머릿속에 있다는 걸 어찌 아시오?"

"무엇이 말이오?" 아헤노바르부스가 멍하니 물었다.

"지력."

"전장에 나가본 사람은 누구나 알아요, 소시우스. 아무 군의관이나 붙잡고 물어보시오. 지력은 머릿속에 있소. 뇌 안에." 아헤노바르부스는 몹시 짜증스러운 듯 양손을 마구 휘저었다. "소시우스, 우리는 지금 해부학과 정신의 위치에 관해 논하고 있는 게 아니오! 어떻게 하면 안토니우스를 이집트의 수렁에서 빼내서 다시 로마 안으로 들일 수 있을지 최선의 방책을 논의하고 있다고요!"

"그래요, 그래, 물론 그렇소. 미안하오. 그럼 서둘러 행동에 나서는 게 좋겠소. 그러지 않으면 우리가 이탈리아를 떠나지 못하도록 옥타비아누스가 막을 테니까."

그러나 옥타비아누스는 막지 않았다. 정보원들로부터 일부 원로원 의원들이 갑자기 부산한 움직임을 보인다는 보고가 들어왔다. 은행에서 돈을 인출하고 압류를 막기 위해 재산을 안전한 곳에 감추는 한편 집, 아내, 자식, 가정교사, 보모, 시종, 하녀, 미용사, 재봉사, 식모, 경호원, 요리사 들을 다른 곳으로 옮기고 있다는 것이었다. 하지만 옥타비아누스는 어떠한 대응도 하지 않았으며, 원로원 의사당에서건 포룸 로마눔의 로스트라 연단에서건 이 일을 거론조차 하지 않았다. 그는 초봄에 로마를 떠났으나 곧 돌아왔다. 새잡이 사냥개처럼 바짝 경계 태세를 취하고 있으면서도 움직임이라고는 전혀 보이지 않았다.

그리하여 아헤노바르부스와 소시우스, 법무관 열 명과 의원 300명은 말에 올라타거나 이륜마차를 타고 황급히 아피우스 가도를 따라 타렌툼으로 향했다. 딸린 식솔들은 가마를 타고서 하인들과 가구, 옷감, 키, 풀무, 식량이 실린 황소가 끄는 수레 수백 대와 함께 뒤따라오게 했다. 마침내 사람과 물건이 모두 모이자 그들은 타렌툼에서 출항했다. 타이나론 곶을 돌아 아테네로 항해하거나 코린토스 만에 면한 파트라이로 항해하려면 타렌툼이 상대적으로 가까운 항구였기 때문이다.

고작 의원 300명이라니! 아헤노바르부스는 중립파 의원들은 고사하고 충실한 안토니우스파 의원들도 4분의 1이나 설득하지 못한 것에 낙담했지만, 이 정도면 옥타비아누스가 커다란 소란 없이 잠정적인 정부를 구성하는 걸 불가능하게 만들기엔 충분하다고 확신했다. 이런 판단을 내린 데는 그의 배타적인 성향이 크게 작용했다. 아헤노바르부스는 팔라티누스 언덕 사람들 특유의 엘리트적인 관점으로 로마를 보는 팔라티누스 언덕 사람이었기 때문이다.

안토니우스는 찾아온 이들을 보고 크게 기뻐하며 곧바로 에페소스 시청사에 반(反)원로원을 조직했다. 동맹시민 자격만 가지고 있던 부유한 상인들은 몹시 분개하며 그들의 대저택에서 쫓겨났다. 다행히 에페소스는 큰 항구도시였으므로, 안토니우스는 대규모로 밀어닥친 이 중요인사들과 그 식구들이 지내기에 충분한 거처를 구할 수 있었다. 지역 부호들이 스미르나, 밀레토스, 프리에네로 근거지를 옮김에 따라 항구에서 상업용 선적 활동이 사라진 것 또한 다행스러운 일이었다. 그만큼 더 많은 전함이 항구에 정박할 수 있게 되었으니까. 로마인 무리가 떠난 뒤 이 도시가 어찌될지에 관해선 안토니우스나 그의 동료들이나 신경 쓰지 않았으니, 참으로 유감스러운 노릇이었다. 에페소스가 이전의 번영을 되찾기까지는 수년이 걸릴 터였다.

클레오파트라는 아헤노바르부스와 망명정부의 출현이 전혀 달갑지 않았다. 그들은 그녀를 반원로원에 들일 수 없다며 한사코 반대했다.

이에 클레오파트라는 화가 나서 으르렁거리며 아헤노바르부스에게 경솔한 발언을 해버렸다. "내가 카피톨리누스 언덕에서 심판을 내리는 날이 오면 이 일을 후회하게 될걸요!"

"당신이 날 심판할 일은 없소, 부인!" 아헤노바르부스는 으르렁거리며 되받아쳤다. "당신이 카피톨리누스 언덕에서 심판을 내리게 된다면 나는 이미 죽고 없을 거요. 훌륭한 로마인들은 모두 나와 같이 죽었겠지! 경고하는데, 클레오파트라, 그런 생각은 잊는 게 좋을 거요. 절대 그럴 일은 없을 테니까!"

"감히 나를 이름으로 부르지 마시오!" 클레오파트라가 싸늘한 어조로 말했다. "나를 '전하'라 부르고, 고개 숙여 절하시오!"

"그럴 일은 절대로 없소, 클레오파트라!"

그녀는 곧바로 안토니우스에게 갔다. 아테네에서 돌아온 그가 활기 없고 기분이 좋지 않은 건 사모스 섬에서 진탕 마셨기 때문이라고 그녀는 내심 추측했다. 루킬리우스가 알려주었던 것이다.

"난 원로원에 참석하고 싶어요. 그리고 저 멍청이 아헤노바르부스는 따끔하게 혼내줘야 해요!" 클레오파트라가 소리쳤다. 양옆으로 주먹을 불끈 쥐고 선 그녀의 입은 가느다란 붉은 선처럼 앙다물려 있었다.

"여보, 당신이 원로원에 참석할 순 없소. 원로원은 로마 사내들의 신인 퀴리누스에게 바쳐진 조직이니까. 또한 내가 나이우스 도미티우스 아헤노바르부스처럼 존엄한 이들을—음, 그러니까—따끔하게 혼내줄 위치에 있지도 않소. 로마는 왕이 다스리는 나라가 아니라 민주 국가요. 아헤노바르부스는 나와 동등한 사람이오. 아무리 가난하거나 특별하지 않더라도 로마 남자들 모두가 그렇듯이 말이오. 법의 시각에서 보면 로마 남자들은 똑같은 지위에 있소. 내가 될 수 있는 건 프리무스 인테르 파레스, 즉 비슷한 동료들 사이에서 일인자가 되는 것뿐이라오, 클레오파트라."

"그렇다면 그걸 바꿔야겠군요."

"그건 바뀔 수 없소. 영원히. 정말로 당신이 카피톨리누스 언덕에서 심판할 거라고 그에게 말한 거요?" 안토니우스가 얼굴을 찌푸리며 물었다.

"그래요. 당신이 옥타비아누스를 물리치고 로마가 우리 것이 되면, 카이사리온이 충분한 나이가 될 때까지 내가 그애의 대리인으로 그 자리에 앉을 거예요."

"카이사리온조차도 그리할 수 없을 거요. 우선 그 아이는 로마인이 아니니까. 또 한 가지 이유는, 살아 있는 사람은 그 누구도 카피톨리누스 언덕에 거주할 수 없기 때문이오. 그곳은 우리 로마의 신들에게 바쳐진 장소요."

클레오파트라는 발을 쿵 굴렀다. "아, 당최 당신을 이해할 수가 없어요! 언제는 내 아들을 왕 중의 왕으로 올려놨으면서, 로마인 몇 명과 쑥덕거리고 오더니 또 오로지 로마 타령이잖아요! 확실히 마음을 정해요! 내가 내 아들의 세계 제패를 위해 계속 투자할까요, 아니면 짐을 싸서 알렉산드리아로 돌아갈까요? 당신은 명청이예요, 안토니우스! 덩치만 컸지 갈팡질팡 우유부단한 얼간이라고요!"

이에 대한 답으로 안토니우스는 말없이 돌아섰다. 시간이 지나면 그녀도 알게 되리라. 그가 옥타비아누스를 물리친 뒤에도 로마는 로마가 늘 걸어왔던 길을 계속 가리라는 걸. 왕이 없는 공화정으로. 그동안 클레오파트라는 모든 비용을 고스란히 부담해왔다. 그렇다고 해서 그녀가 로마군의 주인이 되지는 않았으나 이 전쟁의 주인이 되기는 했다. 아아, 클레오파트라를 강제로 이집트에 돌려보낼 수도 있겠지. 바로 그게 성난 보좌관들이 하나같이 그에게 촉구한 행동이었고, 하루하루가 지날수록 그런 보좌관들은 점점 늘어났다. 하지만 그녀를 집으로 보내면 군자금도 같이 가져가버릴 것이다. 황금 2만 탈렌툼 전부. 아트라티누스를 비롯한 몇 명은 그에게 저 암퇘지를 그냥 죽여버리고 군자금을 몰수한 뒤 이집트를 제국에 합병시키라고 공공연히 말하기도 했다. 자신이 그런 짓을 할 수 없다는 걸 잘 아는 그는 클레오파트라의 통렬한 비난을 조용히 참아냈고, 보좌관들에게는 누가 돈을 대고 있는지 상기시켰다. 그러나 결국 아트라티누스를 비롯한 몇 명은 클레오파트라의 통치보다는 옥타비아누스의 통치가 낫다는 결론을 내렸다.

"어떻게 하면 그녀를 집으로 보낼 수 있겠소?" 그는 카니디우스에게 물었다. 클레오파트라를 지지하는 로마인 둘 중 한 명이었다.

"못 보내십니다, 안토니우스. 확실해요."

"그런데 여러 다른 사람들은 왜 내가 그래야 한다고 요구하는 거요?"

"저들은 여자가 지휘하는 데 익숙하지 않고, 그 우둔한 머리로는 악사에게 돈을 낸 사람이 곡조를 정한다는 사실을 이해하지 못했기 때문이지요."

"저들이 그 우둔한 머리로 이해하는 날이 오겠소?"

카니디우스는 진심으로 우스운 이 질문에 소리내어 웃었다. "아니요,

안 올 겁니다. 그리되려면 고도의 소양과 그리스인 같은 태도가 있어야 하는데, 모두 저들에게는 없는 자질이니까요."

클레오파트라의 또다른 지지자는 그녀가 뇌물을 잔뜩 먹여서 매수한 루키우스 무나티우스 플랑쿠스였다. 이 투자로 그의 조카인 마르쿠스 티티우스까지 얻긴 했으나, 플랑쿠스보다 더 드러나게 흉포한 성격의 티티우스는 삼촌의 새로운 고용주에 대한 혐오와 경멸을 숨기는 데 애를 먹었다. 클레오파트라가 플랑쿠스에 관해 미처 몰랐던 부분은, 잠재적인 로마의 일인자들이 격돌할 때마다 이기는 편을 틀림없이 골라내는 그의 능력이었다. 현재의 루키우스 마르키우스 필리푸스의 할아버지가 그랬듯이 플랑쿠스 역시 타고난 변절자였고, 본능이 이끄는 대로 편을 바꾸는 것을 수치스럽게 여기지 않았다.

에페소스에서 머물던 어느 달 말에 그가 티티우스에게 했던 말만 봐도 그랬다. "저 여자를 다룰 때만은 안토니우스가 시종일관 오금을 못 쓰는 게 슬슬 눈에 들어오는구나. 내 생각엔 저 여자가 그에게 약물을 먹인다거나 심지어 마르시족이 뱀을 부리듯이 그를 홀린다는 소문은 다 헛소리야. 그가 여왕에게 꼼짝없이 묶여 있는 건 그의 결함 때문이야. 아내에게 쥐여사는 남편인 게지. 우리 모두 그런 사내들은 수도 없이 봐왔잖아. 사소한 문제든 아니면 엄청난 최후통첩을 앞두고서든, 그는 여왕에게 맞서기보다는 차라리 하데스의 저승 문 앞에서 케르베로스를 납치하는 편을 택할 거야. 나도 풀비아와 사랑에 빠졌다고 생각했을 때 그런 기분을 맛봤었지. 그녀가 엄포를 놓거나 괴롭히거나 강요하면 무슨 짓이든 할 수 있을 것 같았어. 클레오파트라처럼 그녀도 사령관 막사를 차지하려 했지. 뭐, 풀비아가 얻은 보상이라곤 그녀의 무모

함 때문에 안토니우스와 이혼한 것뿐이지만, 클레오파트라는? 여왕은 그의 엄마이자 연인이자 단짝이자 공동 사령관이야."

"어쩌면 그게 핵심일지도요." 티티우스는 생각에 잠긴 채 말했다. "모든 로마인들은 20년간 안토니우스를 그야말로 자연의 힘 같은 존재로 알았습니다. 그는 밤마다 열 번씩 발기를 했고, 가는 곳마다 상심한 여자와 사생아와 오쟁이 진 남편들을 줄줄이 남겼고, 마치 수박처럼 머리통들을 부딪쳐 쪼개놨고, 사자가 끄는 전차를 몰았죠. 그는 빠른 속도로 신화가 되어가는 전설적인 인물이었어요. 그는 원로원에 변화를 가져왔으며 파르살로스에서 용맹하게 싸웠고 필리피 전투에선 찬란한 승리를 거머쥐었어요. 맹목적인 찬사가 쏟아졌죠! 그런데 지금, 그를 사랑하는 우리 모두는 우리의 우상에게 결정적인 약점이 있다는 사실을 깨닫고 있어요. 클레오파트라가 그를 철저히 지배하고 있다는 걸요. 치명타가 아닐 수 없습니다."

"피할 수 없는 네메시스의 힘이지……. 그는 전설적인 삶의 대가를 치르는 거야. 흐음, 티투스, 일단은 두고보자꾸나. 로마에 아직 내 친구들이 있으니, 옥타비아누스가 이 다가오는 위기에 어떻게 대처하는지 계속 알려줄 거야. 저울추가 옥타비아누스 쪽으로 기우는 즉시 우리는 떠나는 거다."

"지금 바로 떠나는 게 나을 수도 있어요."

"아니, 내 생각은 그렇지 않아." 플랑쿠스가 말했다.

사람들이 느낀 클레오파트라의 거만하고 무례한 태도는 그녀에겐 새롭고도 놀라운 어떤 불안감에 기인한 바가 컸다. 그녀의 출신 문화권과 지금까지 그녀가 살아온 환경은 여자가, 더군다나 여왕이 남자보다

열등하다는 의식 같은 건 불어넣은 적이 없었다. 로마 남자들의 세계에 발을 들일 때만 해도, 그녀의 신분이나 실로 엄청난 재산으로도 그들이 그녀를 동등하게 보도록 만들 수 없으리라는 생각은 전혀 하지 못했다. 클레오파트라가 저지른 근본적인 실수는 자신이 외국인이라서 그들이 반감을 품었다고 지레짐작한 것이었다. 성별이 원인이라는 건 그녀에겐 믿을 수 없도록 터무니없는 일이었기에 생각조차 해보지 못했다. 따라서 그녀는 안토니우스 무리에서 자신을 적대시하는 로마인들의 행동을 흉내낼 때마다 외국인 티를 덜 내고 로마인에 가까워 보이려고 애를 썼다. 말총 장식이 달린 투구를 쓰고 쇠사슬 갑옷 위에 판갑을 입었으며 보석 박힌 수대에는 단검을 찼다. 그 차림으로 여느 보좌관처럼 험한 욕설을 내뱉으며 군사령부 일대를 돌아다녔는데, 로마군 사내들이 그녀를 향해 혐오스러운 시선을 던질 때면 자신이 충분히 로마인처럼 보이지 못했기 때문이라고 믿었다. 안토니우스가 아테네에서 돌아오기 전에 그녀는 갑옷 차림으로 욕설을 외쳐대며 진지를 돌곤 했다. 그럴 때마다 군단병들은 대놓고 그녀를 비웃었고, 백인대장들은 꺽꺽대며 터져나오는 웃음을 억눌렀으며, 참모군관들은 진기한 구경거리라도 보듯 그녀를 아래위로 훑어봤고, 하급 보좌관들은 모욕적인 말만 내뱉고는 그녀를 계속 무시했다. 한번은 그녀가 어느 군단 지휘관에게 명령 불복종을 이유로 그의 휘하 최고참 백인대장에게 채찍형을 내리라고 요구한 적이 있었다. 지휘관은 눈도 꿈쩍 않고 단칼에 거절했다.

"얼른 딴 데로 가서 인형놀이나 하시죠. 장난감 병정놀이는 그만두시고!" 그는 냅다 쏘아붙였다.

그 지휘관이 정답을 알려줬는데도 클레오파트라는 알아차리지 못했다. 문제는 그녀가 외국인이라서가 아니었다. 여자의 입으로 상스런 말을 쏟아내고 여자의 몸에 군장을 걸친 게 문제였다. 여자는 남자가 하는 일을 방해하지 않는 법이었다. 그것도 직접, 남자들 면전에서라니 안 될 일이었다.

안토니우스가 아테네에서 돌아오자 그녀는 응징을 요구했다. 하지만 안토니우스는 행동에 나서려 하지 않고 오히려 그녀에게 바보처럼 보이기 싫으면 진지 근처에 오지 말라고 말했다. 로마인들이 적대감을 보이는 원인을 그녀가 모르고 있다는 생각은 전혀 하지 못했다. 그녀는 그의 말을 온전히 따르지는 않았지만 이후로는 안토니우스의 비로마인 동맹들 진지로만 다녔다. 아, 그들은 그녀를 제대로 대할 줄 알았다! 폴레몬의 아들 리코메데스(폴레몬 본인은 메디아인과 파르티아인 들로부터 극동 지역을 수호하기 위해 폰토스로 돌아갔다), 갈라티아의 아민타스, 카파도키아의 아르켈라오스 시세네스, 파플라고니아의 데이오타로스 필라델포스, 그 밖에도 에페소스에 와 있던 여러 피호국 왕들은 그녀에게 알랑거리며 비위를 맞췄다.

클레오파트라는 유다이아의 헤로데스가 직접 나타나지도, 군대를 보내지도 않았다는 것을 알아차렸다. 그녀는 자신의 처우에 관한 불평이 안토니우스의 귀환과 동시에 묵살되자 이번에는 헤로데스의 부재로 그의 관심을 끌었고, 이 얘기에 제법 동요한 안토니우스는 유다이아의 왕에게 편지를 썼다. 헤로데스의 답장은 신속했으며 온갖 미사여구와 아부하는 말들로 가득했는데, 간략히 추려보면 예루살렘의 상황 때문에 군대를 보낼 수 없었고 그도 이리로 오지 못했다는 내용이었다. 공공연한 반란이 코앞에 닥친 터라, 대단히 죄송하지만…….얼추 사실이긴 했으나, 그것이 헤로데스가 의무를 다하지 않은 진짜 이유는 아니었다. 헤로데스의 생존 본능은 플랑쿠스의 본능만큼이나 절묘하게 주파수가 맞춰져 있었으며, 그 본능은 안토니우스가 이 전쟁에서 이기지 못할 수도 있다고 헤로데스에게 말하고 있었다. 그는 양다리를 걸쳐 위험을 줄일 셈으로 로마에 있는 옥타비아누스에게 다정한 편지와 함께 유피테르 옵티무스 막시무스 신전에 두라며 선물을 보냈다. 무려 페이디아스가 조각한 상아 스핑크스 상이었다. 원래 이 조각상은 가이우스 베레스가 시칠리아 총독 시절에 약탈해서 소유했다가 여러 부당취득 기소 건에서 베레스를 변호한(성공적이진 않았지만) 호르텐시우스에게 의뢰비로 준 것이었다. 호르텐시우스에게서 다시 1천 탈렌툼에 어느 페르퀴티에누스 가문 사람에게로 넘어갔고, 이 페르퀴티에누스가 파산하면서 어느 페니키아 상인에게 100탈렌툼에 팔았는데, 예술에 무지했던 상인의 아내가 남편이 죽은 뒤 10탈렌툼을 받고 헤로데스에게 넘겼다. 헤로데스는 이 조각상의 진짜 가치가 4천에서 6천 탈렌툼 사이쯤일 것으로 추산했고, 안토니우스가 클레오파트라에게 미술품을 잔뜩 안겨주고 있다는 소식을 들었다. 알렉산드라 여왕은 그에게 이 조각상이 있다는 걸 알고 있으니, 만약 그녀가 클레오파트라에게 귀띔해준다면 조각상이 그의 품에 오래 남아 있진 않을 터였다. 이집트의 이웃을 극도로 싫어하던 그는 그 조각상이 있을 최적의 자리는 로마, 그것도 아주 신성한 공공장소라는 판단에 이르렀다. 가장 위대한 최고신 유피테르에게서 그것을 빼내 가려면 클레오파트라는 정말로 카피톨리누스 언덕에서 심판하는 자리에 앉아야만 할 것이다. 이 조치는 그의 왕국과 그 자신의 미래를 위한 투자와도 같았다. 안토니우스가 이긴다면…… 아, 어림없다! 클레오파트라와 그렇게 꼭 붙어 있는데. 자신이 아트라티누스의 생각에 공명하고 있음을 모른 채, 헤로데스는 안토니우스가 지금의 곤경에서 빠져나갈 길은 클레오파트라를 죽이고 이집트를 제국에 합병시키는 것뿐이라고 결론 내렸다.

군대와 함대가 에페소스에서 그리스로 이동하기 시작한 여름 끝자락에, 안토니우스는 클레오파트라에게 줄 최고의 선물을 우연히 발견했다. 사령부 내의 끊임없는 갈등과 다툼에서 잠시라도 그녀의 주의를 돌릴 만한 선물이었다. 그는 페르가몬으로 사람을 보내 그곳 도서관의 두루마리 20만 부를 챙겨서 알렉산드리아로 보내라고 지시했다.

"카이사르가 당신 책들을 태운 데 대한 작은 변상이오." 안토니우스가 말했다. "대부분 사본이지만 몇 부는 페르가몬에서만 볼 수 있는 것이라오."

"바보 같긴!" 클레오파트라는 그의 머리칼을 헝클어뜨리며 애정 가득한 목소리로 말했다. "그때 불탔던 건 알렉산드리아 도서관이 아니라 부둣가에 있던 책 창고였다고요. 도서관은 박물관에 있어요."

"그럼 두루마리들은 페르가몬으로 돌려보내겠소."

그녀는 똑바로 고쳐 앉았다. "안 돼요! 페르가몬에 두면 어느 로마인 총독이 로마로 몰수해 갈 테니까."

 "요상한 소문을 들었네." 4월에 로마로 돌아온 옥타비아누스에게 마이케나스가 말했다.

아헤노바르부스와 소시우스가 열렬한 안토니우스파인데다가 그해 내내 정권을 잡고 있을 작정임을 안 옥타비아누스는 새해가 되자마자 로마를 떠났다. 그 용맹한 한 쌍이 원로원의 판도를 뒤집어놓을지 판가름날 때까지는 돌아오지 않는 게 신중한 처사라고 생각했다. 그들은 아직까지 성공하지 못한 상태였고, 옥타비아누스의 더없이 예리한 직감으론 이제 그들이 성공할 일은 없을 듯했다. 로마는 그에게 안전하고 앞으로도 안전할 것이다.

"소문?" 옥타비아누스가 되물었다.

"아헤노바르부스와 소시우스가 알렉산드리아에 있는 그들의 주군 탓으로 무력해졌다는 소문이라네. 안토니우스가 아헤노바르부스에게 반역적인 내용의 편지를 원로원에서 낭독하라고 명했지만, 아헤노바르부스는 차마 그리하지 못했어."

"그 편지를 가지고 있나?"

"아니, 아헤노바르부스가 편지를 태워버리고 연설로 대신했네. 그런 뒤 2월에 소시우스가 파스케스를 맡았을 때 발언을 했지. 맥빠진 웅변이었어."

"맥빠진? 내가 들은 수식어는 '열정적인'이었는데!"

"원로원의 분위기를 반전시킨다는 소기의 목적을 달성하지 못했거든. 원로원 의사당 처마에 고드름이 얼어 있었는데도 소시우스는 진땀을 흘렸어. 실은 우리의 두 집정관 모두 마구간에 묶인 채 연기 냄새를 맡은 노새들처럼 꿈쩍 않고 버티며 안절부절못했네."

"꿈쩍 않고 버티면서 안절부절못했다고?"

"그래, 노새 비유를 계속해보자면, 그들은 끌고 나가려 해도 뒷걸음치는 꼴이었네. 말 안 듣는 노새였지. 하지만 또 가만히 있지는 못하고 안절부절못했지. 집정관들이 그런 행동을 보인 까닭은 또다른 소문과 연관된 것 같네. 그들이 원로원을 데리고 망명을 떠날 계획이라는 소문이야."

"내가 법적 권한도 없이 로마와 이탈리아를 통치하게 하려는 거지. 디부스 율리우스가 루비콘 강을 건넌 뒤에 폼페이우스 마그누스가 보인 행동을 되풀이하는군. 참신하지가 않아." 옥타비아누스는 어깨를 으쓱했다. "글쎄, 이번엔 안 통할걸. 남은 원로원 의원들로도 정족수는 차고, 보결 집정관들을 임명할 수 있을 거야. 우리의 멋진 한 쌍께서 몇 명이나 꼬드겨 데려갈 것 같나?"

"300명은 넘지 않을 걸세. 법무관들은 거의 다 가겠지만. 올해는 안토니우스파가 요직을 차지한 해니까."

"그러면 내 등에 칼을 꽂을 골수 안토니우스파 100명은 계속 로마에 남아 있겠군."

"클레오파트라만 아니었다면 그들도 전부 갔을 거야. 상당수의 중립파도 마찬가지고. 자네가 정족수를 이룰 수 있게 된 건 다 그 부인 덕분이라네. 그녀가 안토니우스 곁에 구린내처럼 머무는 한, 칼을 꺼내 들고 자네 등을 노리며 주위를 맴도는 골수 안토니우스 분자들은 늘 있을 걸세, 카이사르. 그들이 클레오파트라 주위를 맴돌 일은 없으니 말이야."

"그런데 안토니우스가 군단과 함대를 에페소스로 옮기고 있다는 게 사실인가?"

"아, 사실이고말고. 클레오파트라가 우긴다네. 안토니우스와 함께 있어."

"그 말인즉슨 드디어 여왕이 돈주머니를 열었다는 거군. 안토니우스가 무척이나 기쁘겠어!" 기다란 속눈썹이 달린 옥타비아누스의 눈꺼풀이 스르륵 내려왔다. "하지만 너무도 어리석지 않나! 그는 정말로 내전을 생각하는 건가, 아니면 내가 드리누스 강 동쪽으로 병력을 보내도록 몰아붙이려는 계략인 건가?"

"솔직히 안토니우스가 무슨 생각인지는 그다지 중요한 것 같지 않네. 전쟁을 부추긴 이는 클레오파트라야."

"여왕은 외국인이네. 안토니우스를 이 판에서 지워버릴 수만 있다면 이탈리아를 침략하고 로마를 약탈할 작정으로 덤비는 외국인을 상대로 한 전쟁이 될 텐데. 안토니우스의 병력이 에페소스에서 그리스나 마케도니아 같은 서쪽으로 이동한다면 더더욱 그렇고."

"외국과의 전쟁이면 훨씬 좋겠지. 하지만 에페소스로 이동한 군대는 로마군이고, 아마 계속해서 그리스로 갈 군대도 로마군일 거야. 클레오파트라에겐 군대는 없이 함대뿐이고, 그마저도 다수는 아니야. 전함 500척 중에 대형 5단 노선은 60척, 3단 노선과 2단 노선을 합쳐서 60척이 전부니까."

"뭐가 됐든 안토니우스가 보낸 편지의 내용을 알아야겠네, 마이케나스! 성가신 아헤노바르부스! 왜 하필 올해에 그자가 집정관인 건가? 그자는 영리해. 멍청한 자라면 내용이 반역적이라도 편지를 낭독했을 거야."

"소시우스도 멍청하진 않네, 카이사르."

"그렇다면 그들이 로마와 이탈리아에서 떨어져 있는 것이 최선이네. 에페소스에 가 있으면 우리에게 해를 덜 끼칠 테니까."

"그 말은 그들이 이곳을 뜨는 걸 막지 않겠다는 뜻인가?"

"물론이네. 그들이 여기 있으면 내가 더 고달파지기만 할 거야. 다만, 전쟁을 치를 자금을 어디서 구한단 말인가? 게다가 또 내전이 터지는 걸 어느 누가 용납하겠나?"

"용납할 사람이 없지." 마이케나스가 말했다.

"내 말이 그 말이네. 다들 로마인 두 명이 패권 다툼을 한다고만 여기겠지. 사실은 짐승들의 여왕과 벌이는 싸움인데 말이야. 하지만 우리에겐 그 사실을 입증할 길이 없네! 우리가 안토니우스에 관해 무슨 말을 하든 하나같이 내전을 벌이기 위한 평계처럼 들릴 뿐이야. 내 평판이 의심받고 있네! 내가 절대 안토니우스와 전쟁을 일으키지 않겠다고 한 말이 너무 많이 인용되었어. 이제 나는 위선자처럼 보이게 됐네."

아그리파가 입을 열었다. 여태껏 그는 가만히 앉아 듣고만 있었다. "내전은 분명 용납받지 못할 테고, 자네 상황은 딱하게 생각하네, 카이사르. 하지만 이제부터 전쟁 준비를 시작해야 한다는 현실을 자네가 직시했으면 좋겠네. 동방에서 일이 진행되고 있는 속도로 봐선 내년에 터질 거야. 일리리쿰 군단병들을 해산시키면 안 된다는 뜻이지. 함대도 모아야 할 테고."

"하지만 무슨 돈으로 군단병 봉급을 주나? 추가 전함은 무슨 수로 건조하고? 나는 10만 명 넘는 퇴역병들을 좋은 땅에 정착시키느라 국고 자금을 몽땅 쏟아부었어!" 옥타비아누스가 외쳤다.

"부호들에게 빌리게. 전에도 그리하지 않았나." 아그리파가 말했다.

"그랬다가 또다시 로마를 엄청난 빚구덩이로 몰아넣으라고? 섹스투스 폼페이우스가 쌓아뒀던 재물의 절반 가까이는 국고에 들어가보지도 못했네. 곧바로 대출금과 이자를 갚는 데 들어갔지. 그 짓을 또 할 순 없네, 도저히 못 해. 그렇게 되면 기사들이 나라를 좌지우지하게 돼."

"그럼 과세를 하게." 마이케나스가 말했다.

"안 되네! 적어도 과세를 해야 할 일은 아니야."

"벌써 액수를 계산해본 건가?" 마이케나스가 물었다.

"물론이지. 안토니우스가 나에게 던진 가장 강력한 비방 중 하나는 내가 장군보다 오히려 회계원에 가깝다는 말이었네. 독수리 기 아래에 30개 군단을 유지하고 총 400척의 함선을 공급하려면, 신분 고하를 막론하고 로마 시민 전원에게 연소득의 4분의 1에 달하는 세금을 물려야 하니." 옥타비아누스가 말했다.

아그리파는 놀라서 입을 딱 벌렸다. "25퍼센트 말인가?"

"4분의 1이 그 뜻이잖나."

"거리 곳곳에서 유혈사태가 터지겠군." 마이케나스가 말했다.

"여자들에게도 세금을 부과하게." 아그리파가 말했다. "아티카는 연간 200탈렌툼의 수익을 올리네. 아티쿠스가 암으로 죽으면—필시 얼마 안 남았을 걸세—500탈렌툼으로 늘어날 테지. 그리고 아티쿠스의 주요 상속인이 나니까, 그의 돈은 안전하게 자네 것이네."

"이보게, 아그리파! 11년 전 삼두연합이 여자들에게 과세하려 했을 때 그들이 어떻게 나왔는지 잊었나? 호르텐시아가 아직까지도 건재하니 또다시 앞장서서 들고일어날 거야. 게다가 자네는 여자들에게 참정권을 주고 싶은가? 그걸 감수해야 할 테니까 말이네."

"클레오파트라에게 지배당하거나 로마 여자들에게 지배당하거나 전혀 다를 게 없어 보이는군." 아그리파가 말했다. "자네 말이 맞네, 카이사르. 남자들로만 국한해야겠어."

이제 원로원 내에 뚜렷한 다수파를 갖게 된 옥타비아누스는 메살라 코르비누스의 친척인 마르쿠스 발레리우스 메살라와 루키우스 코르넬리우스 킨나를 새 집정관들로 임명했다. 법무관들은 새로 정하지 않고 법정을 닫아버렸다. 남은 의원 700명 모두가 그의 사람일 리는 결코 없었지만, 옥타비아누스는 마치 그런 것처럼 굴면서 그 자신이 다음해 수석 집정관이 될 것이며 메살라 코르비누스가 차석 집정관을 맡을 거라고 선언했다. 내년에 전쟁이 일어난다면 옥타비아누스로서는 최대한 권한을 그러모아야 했다.

"클레오파트라와 그 앞잡이인 마르쿠스 안토니우스가 로마를 위협하는 한 민주주의는 무의미한 말이지요. 저도 잘 압니다." 옥타비아누스는 원로원 의원들을 향해 말했다. "하지만 원로원 의원 여러분, 맹세하건대 저는 동방에서 온 이 위협이 사라지는 즉시 로마 원로원과 인민에게 제대로 된 정부를 돌려줄 것입니다. 무엇보다 로마가 최우선이기 때문입니다. 이름이나 정치적 견해가 무엇이든 개인들보다는 로마가 훨씬 중요하기 때문입니다. 현재 제가 통치하는 까닭은 누군가는 그리해야 해서입니다! 제 트리움비르 직 임기가 끝나긴 했으나, 원로원과 인민은 몇 해째 통치를 경험하지 않은 데 비해 저는 지난 11년간 통치에서 벗어난 적이 없으니까요."

그는 잠시 숨을 고르며 고관석 단상 양쪽 줄을 쭉 훑어보았다. 단상 위에 그의 상아 대좌도 다시 놓아둔 터였다. "오늘 아침 강조하고 싶은 점은, 저는 현상황이 마르쿠스 안토니우스 탓이라고 생각하지 않는다는 것입니다. 책임은 클레오파트라에게 있습니다. 그 여자, 오로지 그 여자 탓입니다! 꾸준히 서쪽으로 진군한 사람은 클레오파트라지, 그 여자의 꼭두각시요 인형인 안토니우스가 아닙니다. 그가 추는 춤은 이집트의 춤입니다! 저나 로마나 무슨 짓을 했다고 육군과 해군의 위협을 받아야 합니까? 로마와 저는 우리의 의무를 다했을 뿐, 동방에 있는 안토니우스를 위협한 적은 단 한 번도 없습니다! 그런데 그가 왜 서방을 위협할까요? 정답은, 우리를 위협하는 사람은 그가 아니란 겁니다! 그가 아니라 클레오파트라입니다!"

이런 내용의 말이 계속됐다. 옥타비아누스가 한 말에 새로운 것이라곤 없었고, 새로울 것 없는 그의 말은 남아 있는 안토니우스파 100명은 물론 중립파 100명의 마음도 움직이지 못했다. 전 로마 남성에게 소득의 25퍼센트에 해당하는 세금을 부과하겠다고 발표했을 때는 원로원의 승인도 얻을 수 없었다. 원로원은 분노를 터뜨리고 거리로 쏟아져 나왔으며 뒤따른 유혈 폭동을 직접 이끎으로써 기사계급 사업가들을 기쁘게 했다. 선택의 여지가 없어진 옥타비아누스는 곧이어 에페소스에서 결정된 안토니우스의 반(反)원로원에 속한 304명의 공권박탈 조치를 실시했다. 이 조치로 공권박탈자들의 이탈리아 내 재산을 경매 및 공매로 팔아서 일리리쿰 군단들에 지급할 돈이 충분히 확보되었다.

아티쿠스가 살아생전 한 번도 써본 적 없던 검으로 자결하여 그의 불치병을 한순간에 끝내버리자 아그리파는 예전보다 훨씬 부유해졌고, 배 200척을 주문하겠다고 고집했다.

"하지만 둔하고 큰 5단 노선은 안 돼." 그는 옥타비아누스에게 말했다. "나는 리부르니족 전함을 쓰겠네. 오직 리부르니족 전함만 말이야. 그들의 배는 작고 기동성 있고 빠르고 저렴하네. 나울로쿠스에서 그 우수성이 입증되었지."

본인의 체구가 자그마해서인지, 옥타비아누스는 이 논거를 영 수긍하기 어려웠다. "이러나저러나 중요한 건 크기 아닌가?" 그가 물었다.

"아니야." 아그리파는 딱 잘라 말했다.

한여름이 되자 원로원 의원들 사이에서 동방으로 향하던 흐름이 살짝 역전되었다. '그 여자'와 그녀가 안토니우스에게 끼치는 치명적인 영향에 관한 이야기를 한가득 안고 로마로 돌아온 이들이 있어서였다. 그들은 옥타비아누스의 대의에 그의 웅변을 다 합친 것보다도 더 큰 도움을 줬다. 그러나 이들 망명자 중 누구도 곧 닥칠 전쟁이 클레오파트라의 생각이라는 완벽한 증거를 내놓지는 못했다. 그 부분에 관한 다 그침을 받자 그들 모두는 안토니우스가 여전히 여왕보다 앞에서 사령부를 장악하고 있음을 인정하지 않을 수 없었다. 내전에 몰두한 사람은 정말로 안토니우스 쪽인 것 같았다.

그러던 차에 안토니우스가 로마인 아내와 이혼했다는 충격적인 소식이 전해졌다. 옥타비아는 급히 사람을 보내 남동생을 찾았다.

"그이가 나와 이혼했어." 짤막한 편지를 옥타비아누스에게 내밀며 옥타비아가 말했다. "그의 집을 비우고 아이들을 데리고 가라는구나."

그녀의 눈에 눈물은 흐르지 않았다. 그러나 거기에는 죽어가는 짐승의 고통스러운 표정이 담겨 있었다. 옥타비아누스는 누이에게 손을 뻗었다.

"아, 누나!"

"그와 함께한 두 해는 내 삶에서 가장 행복한 시절이었어. 지금 내게 유일한 문제는 우리 가족을 다른 곳에 정착시킬 돈이 없다는 거야. 마르켈루스의 집에 억지로 비집고 들어가지 않는 한 말이야."

"우리집으로 와." 옥타비아누스가 즉각 말했다. "집이 넓으니 누나와 아이들이 곁채를 전부 써도 돼. 게다가 놀이 친구들이 한 지붕 아래 살면 티베리우스와 드루수스도 기뻐할 테고. 리비아 드루실라보다 더 자애롭게 우리 아이들 전부를 보살펴줄 어머니다운 사람이 생겼으니, 스크리보니아에게서 율리아도 데려다놓을 생각이야."

"아! 음, 티베리우스와 드루수스뿐 아니라 율리아도 온다면 엄마처럼 애들을 돌봐줄 손이 한 명 더 필요할 거야. 스크리보니아 말이야."

옥타비아누스는 조심스러운 표정이었다. "리비아 드루실라가 찬성할 것 같지 않은데."

옥타비아는 속으로, 리비아 드루실라는 어린아이들 때문에 성가실 일이 없어진다면 무슨 조치든 반길 거라고 생각했다. "올케에게 한번 물어봐, 카이사르, 부탁이야!"

리비아 드루실라는 옥타비아의 취지를 단번에 이해했다. "아주 좋은 생각이에요!" 그녀가 스핑크스 같은 미소를 지으며 말했다. "옥타비아 혼자서 그 짐을 질 순 없지만, 날 쳐다봐도 소용없어요. 유감스럽지만 나는 어머니 감이 아니니까요." 그녀는 미묘하게 유보적인 표정을 띠었다. "아, 당신이 스크리보니아를 보고 싶지 않은 것만 아니라면요."

"내가?" 옥타비아누스는 깜짝 놀란 얼굴이었다. "맙소사, 스크리보니아가 나한테 뭐라고 그런단 말이오? 그녀는 그전에 내 아내였던 클로디아에 비하면 썩 좋은 사람이었소. 그러다 성질 사납게 변했는데 왜인지는 모르겠소. 나이 탓이겠지. 하지만 난 율리아를 보러 갈 때마다 그 사람을 만나는데, 요즘은 아주 사이좋게 지내고 있다오."

리비아 드루실라는 피식 웃었다. "리비아 드루실라 저택이 하렘이 될 모양이군요! 놀랍도록 동방적이네요. 클레오파트라도 울고 가겠어요."

옥타비아누스는 아내에게 와락 달려들어 장난스럽게 목을 깨물었다. 그러고는 스크리보니아나 옥타비아, 아이들, 하렘에 관해선 까맣게 잊었다.

옥에 티는 다른 데서 나왔다. 열여덟 살 된 가이우스 스크리보니우스 쿠리오가 집을 옮기지 않겠다고 선언한 것이다. 그는 마르쿠스 안토니우스와 합류하러 동방에 갈 작정이었다.

"아아, 쿠리오, 꼭 그래야겠니?" 옥타비아가 경악하며 물었다. "네가 가면 카이사르 삼촌이 몹시 상심하실 거야."

"카이사르는 제 삼촌이 아니에요!" 청년은 경멸스럽다는 듯이 내뱉었다. "저는 안토니우스 진영에 속한다구요."

"네가 가버리면 내가 무슨 수로 안틸루스를 못 가게 말리겠니?"

"그야 쉽죠. 그애는 아직 성인이 아니니까요."

"하지만 그게 어디 말처럼 쉽나요." 옥타비아는 가이우스 폰테이우스에게 말했다. 그는 옥타비아의 이사를 돕겠다고 자진한 터였다.

"안틸루스가 언제 열여섯 살이 됩니까?"

"마냥 멀진 않죠. 그애는 디부스 율리우스가 죽은 해에 태어났어요."

"그럼 이제 겨우 열세 살이로군요."

"네. 하지만 아, 어찌나 충동적이고 제멋대로인지! 틀림없이 달아날 거예요."

"열세 살밖에 안 됐으니 달아나봐야 잡힐 겁니다. 반면에 젊은 쿠리오는 완전히 다른 문제예요. 그는 성년이 지나서 자기 운명을 마음대로 정할 수 있으니."

"카이사르에게 어떻게 말해야 할까요?"

"당신이 말할 필요 없습니다. 내가 하지요." 폰테이우스가 말했다. 소중한 옥타비아의 근심을 덜어줄 수만 있다면 못 할 것이 없었다.

이제 그녀가 이혼했으니 원칙상으로는 안 될 게 없었으나, 그녀를 향한 사랑을 입 밖에 꺼내기엔 폰테이우스는 너무 현명했다. 입을 다물고 있는 한 그녀의 삶에서 그가 차지한 자리는 공고했다. 하지만 그가 마음을 드러내는 순간 그녀는 그를 쫓아버릴 것이다. 그러니 시간을 두고 그녀의 마음의 병이 치유될 때까지 기다리는 편이 낫다. 다만 아무리 시간이라 해도 그런 힘이 있을까. 그는 알 수 없었다.

사투르니누스, 아룬티우스, 아트라티누스 등의 변절은 안토니우스 추종세력에 큰 타격을 주지 않았다. 그러나 플랑쿠스와 티티우스가 떠나자 그 자리에는 눈에 띄는 구멍이 남았다.

"그야말로 폼페이우스 마그누스의 전쟁 진영이 재현된 꼴이오."로마에 도착하자마자 플랑쿠스는 옥타비아누스에게 말했다. "나는 당시 마그누스 편에 있지 않았지만, 듣기로 모두의 의견이 제각각이었고 마그누스는 그들을 전혀 통제하지 못했다더군요. 그래서 파르살로스 전투가 터졌을 때도 그가 원하던 파비우스식 지연전술을 밀어붙일 힘이 없었고 말이오. 라비에누스가 사령관을 맡았고, 패전했소. 그 누구도 디부스 율리우스를 이길 수 없었소. 라비에누스는 자신이 할 수 있으리라 생각했지만. 아, 그 말다툼과 승강이라니! 정말이지 안토니우스의 전쟁 진영에서 돌아가는 꼴은 무엇과도 비교가 안 될 정도라오, 카이사르. 그 여자는 결정권을 달라며 우기고 자기 의견이 안토니우스의 의견보다 중요하기라도 한 것처럼 떠들어대는데다 그의 보좌관들과 원로원 의원들, 심지어 그의 백인대장들 앞에서 아무렇지도 않게 그를 바보 취급한다오. 안토니우스는 그걸 다 받아주지 뭐요! 그 여자 비위를 맞추고 뒤를 졸졸 따라다니면서 말이오. 그 여자는 그가 누운 긴 의자의 상석에 눕기까지 한다니까요, 세상에! 아헤노바르부스가 그 여자라면 얼마나 질색하는지 모르오! 둘이 살쾡이 한 쌍처럼 욕하고 으르렁거리며 싸운다오. 그런데도 안토니우스는 그 여자가 제 분수를 지키게 할 생각이 없지요. 하루는 식사중에 그 여자의 발에 쥐가 났는데, 글쎄 안토니우스가 어쨌는지 아시오? 그 여자 앞에 무릎 꿇고 앉아 발을 주물러줬다오. 식당 안은 거위털 베개에 나방이 내려앉는 소리까지 들릴 정도였소. 쥐죽은듯 고요했지요. 그런데 그는 아무 일도 없었다는 듯이 자기 자리로 돌아가는 게 아니오! 아무래도 이 일이야말로 티티우스와 내가 떠날 때가 됐다는 생각을 굳히게 만든 계기였던 것 같소."

"로마에선 온갖 해괴한 소문이 들립니다, 플랑쿠스. 워낙 많아서 뭘 믿어야 할지 모를 지경이에요." 플랑쿠스가 무슨 대가를 바랄지 내심 궁금해하며 옥타비아누스가 말했다.

"그중에 가장 심한 걸 믿더라도 크게 틀리지 않을 거요."

"그러면 이곳 로마에 있는 얼간이들에게 어떻게 말해야 이것이 안토니우스의 전쟁이 아니라 클레오파트라의 전쟁이라는 사실을 납득시킬 수 있을까요?"

"그러니까 아직도 저들은 안토니우스가 지휘한다고 생각한다는 얘기요?"

"네. 저들은 외국인 여자가 위대한 마르쿠스 안토니우스를 쥐락펴락할 수 있다는 생각 자체를 참을 수 없는 거죠."

"나도 그랬소. 내 눈으로 직접 보기 전까지는." 플랑쿠스는 킥킥 웃었다. "못 믿는 자들을 위해 당신이 사모스 섬─그 둘은 아테네로 가는 중인데 현재 그곳에 머물고 있소─관광 계획을 짜는 게 어떻겠소. 한 번 보고 나면 절대 잊지 않을 테니까."

"농담 따먹기는 당신에게 어울리지 않습니다, 플랑쿠스."

"그럼 진지하게 말하지요, 카이사르. 당신에게 더 나은 정보를 줄 수도 있겠지만, 공짜는 아니오."

이런 세상에, 플랑쿠스는 어쩜 저리 당당한지! 빙글빙글 돌리는 법 없이 대놓고 말하는구나. "값을 불러보세요."

"내 조카 티티우스에게 내년 보결 집정관 자리를 주시오."

"그는 섹스투스를 처형한 후로 로마에서 인기가 없습니다."

"그애가 행동에 옮긴 건 사실이오만 명령은 안토니우스가 내렸소."

"그에게 자리는 확실히 마련해줄 수 있지만 반대 세력으로부터 보호해줄 순 없습니다."

"그애가 경호원을 두면 되오. 이로써 거래가 성사된 거요?"

"네. 그럼 당신은 뭘 주실 수 있습니까?"

"안토니우스는 안티오케이아에 머물면서 술기운에서 회복되던 막바지에 유언장을 작성했소. 그 유언장이 지금까지 그대로인지는 알 수 없소만, 티티우스와 내가 그것을 직접 봤다오. 그가 알렉산드리아로 갈 때 가져간 걸로 알고 있소. 좌우간 소시우스가 로마에서 그 유언장을 맡겼소."

옥타비아누스는 얼굴을 찌푸렸다. "대체 안토니우스의 유언장이 무슨 상관입니까?"

"모든 면에서 상관이 있지요." 플랑쿠스가 짧게 대답했다.

"답이 충분치 않습니다. 상세히 말씀하시죠."

"우리가 그걸 목격할 당시 그는 기분이 좋은 상태였소. 그가 몇 마디를 했는데, 티티우스나 나나 그 말을 듣고 그게 상당히 수상쩍은 문서 같다는 생각을 했소. 사실상 반역적인 문건 같았지요. 작성자의 사망 전에는 공개되지 않는 문서를 반역적인 것으로 간주할 수 있다면 말이오. 필시 안토니우스는 사후 반역이라는 건 존재하지 않는다고 생각했기에 부주의한 발언을 한 게지요."

"더 구체적으로 말씀해주세요, 플랑쿠스!"

"그럴 순 없소. 안토니우스의 말이 너무 모호했으니까. 하나 티티우스와 내 생각으론 안토니우스의 유언장을 살펴보는 게 당신에게 이득이 될 듯하오."

"어찌 그리한단 말입니까? 유언장은 지극히 신성한 것인데요."

"그건 내 알 바 아니오, 카이사르."

"유언장 내용에 관해 뭐라도 알려주실 순 없습니까? 정확히 그가 뭐라고 말했습니까?"

플랑쿠스는 벌써 일어선 채로 토가 주름을 잡아당겨 정리하고 있었다. 그 일에 완전히 정신이 팔린 것처럼 보였다. "정말이지 토가보다 앉아 있기에 더 편한 의복을 만들 필요가 있소……. 그가 알렉산드리아와 그 여자를 어찌나 사랑하던지……. 그래, 토가는 성가셔……. 그 여자의 아들이 자기 권리를 가져야 한다느니……. 이런 짜증스러울 데가! 얼룩이 묻었잖아!" 이렇게 중얼거린 뒤 그는 여전히 옷매무새를 매만지며 기세 좋게 나갔다.

그 정도라면 그다지 반역적이진 않다. 다만 플랑쿠스는 진심으로 안토니우스의 유언장이 옥타비아누스에게 도움이 되리라 생각하는 것 같았다. 티티우스가 보결 집정관 자리를 얻는다 해도 아직 수개월 뒤의 일이므로, 옥타비아누스의 코앞에서 거짓 미끼를 흔들었다간 티티우스가 결코 고관석에 앉지 못하리라는 걸 플랑쿠스도 틀림없이 알 터였다. 하지만 어떻게 안토니우스의 유언장에 접근한단 말인가? 무슨 수로?

"베스타 신녀들이 보관하는 유언장이 200만 부가 넘는다던 디부스 율리우스의 말씀이 기억나오. 위층, 아래층은 물론이고 지하실 일부에도 서류가 들어차 있다고." 옥타비아누스는 리비아 드루실라에게 말했다. 그가 이처럼 충격적인 소식을 털어놓을 수 있는 유일한 사람이었다. "신녀들에겐 일정한 체계가 있소. 속주와 외국에서 온 유언장을 한곳에 모아두고 이탈리아인들의 유언장은 다른 곳에, 로마인들의 유언장은 또다른 곳에 두는 식이지. 하지만 디부스 율리우스가 그 체계에 관해 자세히 설명하진 않으셨고, 나도 당시에는 그 사안이 이렇게 중요해질지 몰랐기에 그분께 자세히 캐묻지 않았소. 멍청했지, 멍청했어!" 그는 주먹으로 자기 무릎을 세게 때렸다.

"걱정 말아요, 카이사르. 당신이 뜻한 바를 이룰 테니까." 리비아 드루실라의 두 눈, 줄무늬가 있는 짙은 파란색의 커다란 두 눈이 사색적인 빛을 띠었다. 그녀는 가만히 앉아 생각에 잠겼다가 픽 웃음을 터뜨렸다. "먼저 옥타비아를 위해 좋은 일을 하는 걸로 시작해봐요." 이윽고 그녀가 말했다. "그리고 나는 질투가 많기로 유명한 아내이니 날 위해서도 좋은 일을 해야 할 거예요."

"당신이 옥타비아를 질투한단 말이오?" 그가 믿기지 않는다는 듯이 물었다.

"우리와 가까운 친구들이 아니고서야 옥타비아와 나의 관계가 실제로 어떤지 알 수 없잖아요, 안 그래요? 온 로마가 그 이혼에 분개하고 있어요. 어리석은 사람! 그는 옥타비아와 아이들을 쫓아내면 안 되는 거였어요. 그 행동이야말로 클레오파트라가 그를 좌지우지한다며 당신이 퍼뜨리는 온갖 낭설보다도 그에게 더 큰 타격을 주니까." 아름다운 얼굴에 부드럽고 꿈꾸는 듯한 표정이 떠올랐다. "당신 정보원들이 로마와 이탈리아 인민에게 당신이 누나와 아내를 얼마나 사랑하는지, 그 둘을 마음으로 얼마나 아끼는지 알릴 수 있다면 정말 멋질 거예요. 그리고 당신이 레피두스를 다시 관저에 들어가게 해준다면 레피두스는 너무나 고마운 나머지 당신에 대한 사례로 옥타비아와 나를 위한 아주 작은 영예를 제안하려 들겠죠."

옥타비아누스는 아내가 치밀한 두뇌로 그의 두뇌를 앞지를 때마다 취하는 압도된 태도로 그녀를 뚫어져라 쳐다보고 있었다. "여보, 당신이 무슨 말을 하려는 건지 알았으면 좋겠지만 도저히 모르겠구려."

"당신이 로마와 이탈리아 곳곳에 세워놓은 수백 개에 이르는 옥타비아의 조각상들, 그와 함께 세웠던 내 조각상들을 생각해봐요. 그 조각상들에 새겨진 명문에 한 줄이 더해진다면 정말 멋지지 않겠어요? 그야말로 근사한 새로운 영예가 되겠죠?"

"난 아직도 무슨 말인지 모르겠소."

"옥타비아와 내게 영구적인 베스타 신녀의 지위를 부여하도록 최고 신관 레피두스를 설득해요."

"하지만 당신은 베스타 신녀가 아니잖소! 동정녀는 더더욱 아니고 말이오!"

"명예직 말이에요, 카이사르, 명예직! 메디올라눔과 아퀼레이아부터 레기움, 타렌툼까지 장터마다 나팔을 불어 이 사실을 대대적으로 알리라고요! 당신 누나와 아내는 이루 말할 수 없을 만큼 훌륭한 본보기라고, 워낙에 훌륭하여 유부녀로서의 정절과 품행이 그들을 베스타 신녀와 동일선상에 올려놓았다고요."

"계속해보시오!" 옥타비아누스가 열의를 띠며 말했다.

"우리가 베스타 신녀의 지위를 얻으면 신녀 관저를 자유롭게 오갈 수 있어요. 나까지 그 특권이 생긴다면 군이 옥타비아를 끌어들일 필요도 없어요. 안토니우스의 유언장이 정확히 어디에 보관되어 있는지 내가 찾아낼 수 있으니까. 아풀레이아는 내 저의를 의심하지 않을 거예요. 의심할 이유가 없잖아요? 아풀레이아의 모친이 당신 이복누나이고 아풀레이아는 자주 우리와 식사를 하는데다 나를 아주 좋아하는데요. 유언장을 훔쳐다줄 수는 없지만, 내가 보관 위치를 확인해두면 당신이 재빨리 물건을 확보할 수 있을 거예요."

옥타비아누스는 숨막히고 으스러지도록 아내를 꽉 껴안았다. 하지만 그녀는 숨막히고 으스러질 것 같아도 싫지 않았다. 그녀에겐 카이사르가 직접 생각해내지 못한 행동 방침을 제시해줄 수 있을 때가 세상 무엇보다 즐거웠기 때문이다.

"리비아 드루실라, 당신은 정말 대단하오!" 그녀를 풀어주며 그가 외쳤다.

"나도 알아요." 그녀는 이렇게 대꾸하고 남편을 살짝 다그쳤다. "이제 일을 시작해요, 여보! 계획대로 되려면 장날이 몇 번은 지나야 할 텐데, 우리에겐 너무 오래 기다릴 여유는 없으니까요."

레피두스에게는 트리움비르 지위를 잃은 비통함도 로마 시에서 추방당한 고통에는 비할 바가 아니었다. 그랬기에 옥타비아누스가 찾아와서 그가 관저로 다시 들어가려면 어떻게 해야 하는지 말해주자 그는 아무런 주저 없이 옥타비아와 리비아 드루실라를 베스타 신녀의 지위로 올려주기로 합의했다. 그것은 허울뿐인 영예가 아니었다. 이 지위로 두 여성에게는 신성불가침의 권리가 부여되어 어디든 위험 없이 다닐 수 있었다. 가장 비천하고 약탈을 일삼는 사내라 해도 감히 베스타 신녀를 건드릴 엄두는 내지 못했기 때문이다. 혹여 그런 짓을 벌인 사내는 영원히 불경의 낙인이 찍혀 사케르(버려진 자)가 됨과 동시에 시민권을 박탈당하고 채찍형과 참수형에 처해졌으며, 그의 재산은 보잘것없는 도기잔 하나까지 남김없이 몰수되었다. 그자의 아내와 자식들은 굶어죽기 십상이었다.

전 로마와 이탈리아가 크게 기뻐했다. 사람들이 표한 찬성이 리비아 드루실라보다는 옥타비아 쪽에 쏠려 있었다 해도 리비아 드루실라는 전혀 개의치 않았다. 그러기는커녕 베스타 신녀들의 식당에서 열릴 만찬에 초대해달라고 청해 동료 신녀들을 만나러 갔다.

수석 신녀 아풀레이아는 옥타비아누스의 조카였고, 리비아 드루실라가 옥타비아누스와 결혼하기 전 어리고 임신한 몸으로 베스타 신녀 관저에 머물렀던 시절부터 그녀를 잘 알았다.

"징조였어요." 식사를 들러 온 신녀 일곱 명이 식탁 주위로 놓인 의자에 자리잡고 앉자 아풀레이아가 리비아 드루실라에게 말했다. "이제야 털어놓는 얘기지만, 그때 얼마나 걱정했는지 몰라요. 아아, 당신이 기거했어도 종교적으로 아무런 여파가 나타나지 않았을 때 어찌나 안도했던지! 그 일은 지금 이렇게 되려는 징조였던 게 분명해요."

아풀레이아는 똑똑한 여자는 아니었지만, 그녀를 향한 사람들의 엄청난 경외심 덕택에 수석 신녀에게 기대되는 모습을 얼추 갖추기에 이르렀다. 그녀는 온통 새하얀 차림새였다. 긴 소매 드레스에 양옆이 길게 트인 튜닉을 겹쳐 입고 불라 부적을 매단 목걸이를 차고 있었다. 양모를 일곱 겹 말아올린 관을 써서 머리카락은 감춰져 있었으며 그 위로 하늘거리는 고운 베일을 몸 전체에 드리우고 있었다. 그녀는 베스타 신녀의 순결이 로마의 운을 좌우한다는 사실을 각별히 유념하여 휘하의 작은 무리를 혹독하게 다스렸다. (푸블리우스 클로디우스 같은) 사내가 베스타 신녀의 순결을 문제삼아 재판받게 한 사건이 간간이 있었지만, 아풀레이아가 책임지고 있는 한 그런 일은 결코 일어나지 않게 할 참이었다!

베스타 신녀 전원이 식탁에 둘러앉았다. 식탁 가득 맛있는 음식이 차려졌고 알바 푸켄티아에서 온 탄산 백포도주 한 병도 있었다. 아직

성년이 안 된 베스타 신녀 두 명은 유투르나 샘에서 길어온 물을 마셨지만, 아풀레이아와 같은 옷차림의 다른 세 신녀는 자유롭게 포도주를 마실 수 있었다. 일곱번째 신녀인 리비아 드루실라는 아직 감히 베스타 신녀 복장을 하지 않았으나 흰옷을 입고 오기는 했다.

"여러분들이 관리하는 유언장 사업 얘길 남편에게 좀 들었어요." 소녀들이 자리를 뜬 뒤 리비아 드루실라가 말을 꺼냈다. "하지만 모호한 이야기뿐이었죠. 언제 기회 봐서 유언장 보관소를 둘러볼 수 있을까요?"

아풀레이아의 얼굴이 환해졌다. "물론이죠! 언제든지요."

"아……. 지금은요?"

"원하신다면 되고말고요."

그렇게 해서 리비아 드루실라는 디부스 율리우스가 최고신관 시절 경험했던 견학에 나섰다. 안내에 따라 유언장의 세부 정보를 기입해둔 양피지가 걸린 수많은 상자 시렁을 구경했으며 위층으로 올라가 엄청난 수의 서류함을 보았고 아래층 지하실에도 내려갔다가 1층 보관시설까지 구석구석 확인했다. 굉장히 흥미진진한 견학이었다. 본인부터가 꼼꼼하고 체계적인 이 여성에게는 더욱 그랬다.

"원로원 의원 전용구역도 있나요?" 감탄사를 연발하며 한 바퀴 돌고 난 뒤 그녀가 물었다.

"아, 그럼요. 여기, 바로 이 층에 있어요."

"그럼 집정관을 지낸 적이 있는 사람은 일반 의원들과 구분해두나요?"

"물론이죠."

리비아 드루실라는 수줍은 듯하면서도 음모를 꾸미는 듯한 표정을 지어 보였다. "남편의 유언장을 보여달라고 부탁하는 건 꿈도 안 꾸지만," 그녀가 말했다. "남편과 같은 지위에 있는 사람의 것은 정말이지 한번 보고 싶군요. 가령 마르쿠스 안토니우스의 유언장은 어디에 있나요?"

"아, 그분은 특별한 장소에 있어요." 아풀레이아는 바로 대답했다. 머릿속에 아무런 의심도 스치지 않은 것 같았다. "집정관이자 트리움비르이지만 사실상 로마에 속하지는 않으니까요. 그분의 자리는 여기 따로 있어요."

아풀레이아는 베스타 신녀만 출입할 수 있는 공간과 유언장 접수 사무실을 구분 지어둔 칸막이벽 너머의 서류함 선반으로 리비아 드루실라를 데려가더니 선반 하나를 독차지하고 있던 두툼한 두루마리를 거침없이 꺼냈다. "여기 있어요." 그녀가 리비아 드루실라에게 문서를 건네며 말했다.

옥타비아누스의 아내는 조심스레 두루마리를 받아들고 뒤집어서 붉은 인장을 살폈다. '헤르쿨레스, IMP. M. ANT. TRI.' 그래, 안토니우스의 유언장이 맞군. 그녀는 즉시 두루마리를 돌려주며 소리내어 웃었다. "유산이 정말 많나봐요." 그녀가 말했다.

"위인들은 다들 그렇죠. 그중 가장 짧은 유언장을 남긴 분이 디부스 율리우스였어요. 어찌나 빈틈없고 명쾌하던지!"

"그러면 유언장을 다 읽어보는 건가요?"

아풀레이아는 깜짝 놀라 사색이 되었다. "아뇨, 아뇨! 작성자가 사망한 뒤에 유언 집행자가 유언장을 가지러 오면 자연히 보게 되지요. 유언 집행자는 반드시 우리가 있는 자리에서 유언장을 열어야 하는데, 우리가 각 조항 말미에 '확인필' 표시를 해야 하기 때문이에요. 그렇게 함으로써 유언장이 우리 품을 떠난 뒤에 내용을 추가할 수 없게 되죠."

"대단하군요!" 리비아 드루실라가 말했다. 그녀는 아풀레이아의 볼에 가볍게 입을 맞추고 손을 꼭 잡았다. "이제 가봐야겠어요. 그런데 마지막으로 가장 중요한 질문이 있는데, 작성자가 죽기 전에 유언장이 개봉된 경우가 있나요?"

수석 신녀의 얼굴이 또다시 사색이 되었다. "아뇨, 절대 없어요! 그건 우리가 한 서약을 깨는 짓이고, 우린 절대 서약을 깨지 않아요."

리비아 드루실라가 저택에 돌아와보니 남편은 서재에 있었다. 그는 아내의 얼굴을 슬쩍 보자마자 필경사와 서기 들을 밖으로 내보냈다.

"어떻게 됐소?" 그가 물었다.

"안토니우스의 유언장을 내 손에 쥐어봤어요." 그녀가 말했다. "그리고 그 유언장이 어디에 보관되어 있는지 정확히 설명할 수 있어요."

"그럼 그만큼은 진전이 있다는 거로군. 아풀레이아가 내게 유언장을 보게 해줄 것 같소?"

"그녀에게 순결을 잃었다는 혐의를 씌워 물 한 병과 빵 한 덩이와 함께 땅에 묻는다 해도 그러지 않을 거예요. 안됐지만 당신이 아풀레이아에게서—그리고 다른 신녀들로부터—빼내 와야 할 거예요."

"빌어먹을!"

"당신 수하의 게르만족들을 데리고 한밤중에 베스타 신녀 관저로 가서 유언장 접수처 입구 바깥쪽 일대를 완전히 차단하는 게 좋을 듯해요, 카이사르. 하루빨리 실행해야 할 거예요. 레피두스가 조만간 최고 신관 관저에 입주할 거라는 얘기가 있으니까. 아무래도 소란이 일 수밖에 없을 텐데, 레피두스가 관저에서 뛰쳐나와서 문제 상황을 확인하는 일은 없어야 하잖아요. 내일밤이어야 해요. 더 늦어선 안 돼요."

옥타비아누스가 문을 수도 없이 두드린 후에야 빼꼼 열린 한쪽 문틈으로 겁먹은 얼굴 하나가 나타나 주위를 살폈다. 가정부였다. 다음 순간 게르만족 두 명이 여자를 옆으로 홱 밀치더니 환히 타오르는 횃불 속에서 그들의 주인을 안으로 모셨고, 다른 게르만족 무리는 그뒤를 따라갔다.

"좋아!" 옥타비아누스가 아르미니우스에게 말했다. "운이 좋으면 베스타 신녀들이 나타나기 전에 물건을 손에 넣을 걸세. 그들은 옷을 입을 시간이 필요할 테니까."

그는 거의 성공할 뻔했다.

"지금 무슨 짓을 하는 거죠?" 베스타 신녀들의 개인 숙소로 연결되는 문 쪽에서 아풀레이아가 따지듯 물었다.

옥타비아누스는 안토니우스의 유언장을 손에 쥔 채 떡하니 버티어 섰다. "반역적인 문서를 압수하는 중이오." 그가 고자세로 말했다.

"반역적이라니, 말도 안 돼!" 성큼성큼 다가온 수석 신녀가 그의 앞을 막아서며 쏘아붙였다. "돌려주시죠, 카이사르 옥타비아누스!"

그는 대답 대신 머리 위로 아르미니우스에게 유언장을 넘겼다. 아르미니우스는 워낙 키가 컸기에 그가 유언장을 높이 들고 있자 아풀레이아는 손이 닿지 않았다.

"당신은 신을 모독했어요!" 수석 신녀가 헐떡거리며 내뱉는 순간 신녀 세 명이 더 들어왔다.

"허튼소리! 나는 전직 집정관으로서 본분을 다하고 있는 것뿐이오."

아풀레이아가 오싹한 괴성을 질렀다. "도와줘요, 도와줘요, 도와줘요!"

"저 여자 입을 막아, 코르넬." 옥타비아누스가 또다른 게르만족에게
말했다.

다른 세 신녀들까지 비명을 지르기 시작하자 게르만족들은 그들도
잡아서 조용히 시켰다.

옥타비아누스는 깜박거리는 불빛을 받으며 네 신녀들을 가만히 바
라보았다. 그의 눈이 흑표범의 눈처럼 차갑게 빛났다. "이 유언장을 당
신들의 관리 대상에서 빼가겠소." 그가 말했다. "당신들이 날 막을 방법
은 없소. 당신들의 안위를 지키려면 여기서 있었던 일을 누구에게도 발
설하지 않는 게 좋을 거요. 혹여 입을 연다면 내 휘하의 게르만족들이
무슨 짓을 할지 장담할 수 없소. 저들은 베스타 신녀들을 전혀 숭배하
지 않는데다 숫처녀라면 가리지 않고 능욕하길 즐긴다오. 그러니 침묵
을 지키시오, 숙녀분들. 이건 농담이 아니니까."

그러고서 그는 가버렸다. 로마의 행운이 울고불고 난리치도록 내버
려둔 채.

옥타비아누스는 회의 개최가 허용되는 첫날 득의양양한 얼굴로 원
로원을 소집했다. 로마에 남아 옥타비아누스를 성가시게 하는 편을 택
했던 루키우스 겔리우스 포플리콜라는 얼음같이 차디찬 공포가 등골
을 훑고 지나가며 양팔과 목의 털이 쭈뼛 곤두서는 기분이 들었다. 저
버러지 새끼가 또 무슨 꿍꿍이일까? 게다가 플랑쿠스와 티티우스는 왜
저리 좋아서 어쩔 줄 모르는 것 같지?

"지난 2년간 저는 마르쿠스 안토니우스에 관해, 그리고 그가 짐승들
의 여왕에게 얼마나 의존하고 있는지에 관해 본 원로원의 구성원들에

게 말해왔습니다." 옥타비아누스가 고관 의자 앞에 서서 발언을 시작했다. 오른손에는 두툼한 두루마리를 들고 있었다. "그 어떤 말로도 제가 진실을 말했음을 오늘 이 자리에 있는 여러분 대다수에게 납득시키지 못했습니다. 여러분은 자꾸만 '증거를 내놓으시오!'라며 불평했지요. 좋습니다, 제게 증거가 있습니다!" 그는 두루마리를 높이 들었다. "여기 제 손에 마르쿠스 안토니우스의 유언장이 있으며, 이 안에는 안토니우스의 가장 열렬한 추종자들조차도 따져 물을 수 있을 모든 증거가 담겨 있습니다."

"유언장이라고 했소?" 포플리콜라가 몸을 꼿꼿이 세우며 물었다.

"그렇습니다, 유언장."

"유언은 신성한 것이오, 옥타비아누스! 작성자가 살아 있는 동안에는 누구도 입 밖에 꺼낼 수 없소!"

"반역적인 내용이 담겨 있는 경우는 예외지요."

"설사 그렇다 해도 마찬가지요! 죽은 뒤에 한 말로 사람을 반역자로 여기는 법이 있소?"

"아, 있습니다, 루키우스 겔리우스. 있고말고요."

"이건 불법이오! 당신의 추가 의사진행을 거부하겠소!"

"어떻게 나를 막으시려고요? 당신이 계속 끼어들어 방해하면 내 릭토르들을 시켜 쫓아내겠습니다. 그만 자리에 앉아 조용히 들으세요!"

포플리콜라는 좌우를 돌아보고 모두의 얼굴이 호기심으로 빛나고 있음을 알자 자신이 졌음을 인정했다. 하지만 당분간만이다. 일단 저 애송이 괴물이 최악의 짓을 하도록 내버려두자. 그러고 나서······. 그는 얼굴을 잔뜩 찌푸리며 앉았다.

옥타비아누스는 유언장 두루마리를 펼쳤지만 거기 적힌 것을 보고

읽지는 않았다. 이미 다 외웠으므로 그럴 필요가 없었다.

"여러분 중에는 마르쿠스 안토니우스를 로마인 중에서도 가장 로마인다운 로마인이라 부르는 분들이 있다고 들었습니다. 로마의 발전에 헌신하며 용감하고 대담한데다 로마의 지배력을 동방 전역으로 확장할 수 있는 탁월한 역량을 지녔다고 말이지요. 그가 필리피 전투 이후에 자신의 세력권으로 동방을 요청했던—그리고 결국 받아냈던!—것도 바로 그런 이유에서라고 말입니다. 그 일이 있은 지 이제 10년이 지났습니다. 10년 동안 로마에서는 그를 거의 볼 수 없었습니다. 그가 동방에서 지배력을 구축하는 데 너무나 철저하고도 열성적으로 매진했기 때문에요. 어쨌든 여러분 중에 루키우스 겔리우스 포플리콜라 같은 일부는 그렇게 주장하겠죠. 하지만 그가 동방으로 떠났을 때는 좋은 의도였을지 몰라도 그런 마음가짐은 오래가지 않았습니다. 왜냐고요? 무슨 일이 있었냐고요? 그에 대한 답은 한마디로 요약할 수 있습니다. 답은 클레오파트라입니다. 짐승들의 여왕 클레오파트라. 주술 숭배, 사랑과 독을 다루는 기술에 능숙한 강력한 마녀 말입니다. 매일 스스로 100가지 독약을 마시고 100가지 해독제를 먹었던 미트리다테스 대왕이 기억나지 않습니까? 그래서 그가 독으로 자살하려 했을 때는 독이 들질 않았습니다. 결국 그의 경비병이 검으로 베어 죽여야 했지요. 미트리다테스 왕이 클레오파트라의 조부였다는 사실도 상기시켜드리는 게 좋겠군요. 그 여자의 몸에 흐르는 피는 애초부터 로마에 적대적인 것입니다.

두 사람은 타르소스에서 처음 만났습니다. 그곳에서 그 여자가 주문을 걸었지요. 하지만 주문의 효과는 온전치 않았습니다. 안토니우스의 쌍둥이 자식을 낳긴 했으나 안토니우스는 그 여자와 떨어져 있었으니까요. 그러다 그가 파르티아 왕국 침공을 준비하던 해 겨울에 이르러 상황이 바뀌었습니다. 그는 여왕을 안티오케이아로 불렀고, 여왕이 그리로 간 거지요. 그렇게 여왕은 그의 곁에 머물면서 동방의 여느 매춘부만큼이나 천박한 종군 정부(情婦)가 되었습니다. 네, 그 여자는 안토니우스와 그의 거대한 군대가 에우프라테스 강 상류로 진군할 때 동행했습니다! 그러다 안토니우스는 제정신이 들어 여왕에게 고향으로 돌아가라고 명령했습니다. 그가 마지막으로 독립심을 드러낸 순간이었죠! 아아, 우리의 용감한 안토니우스는 왜 계속 여왕에게 맞서지 못했을까요?" 옥타비아누스는 어깨를 으쓱했다. "이 질문에 대한 답은 제게 없습니다."

포플리콜라는 어느덧 구부정하게 파묻히듯 앉아 가슴께에 팔짱을 끼고 있었다. 앞쪽 벤치에 앉은 플랑쿠스와 가운데 줄의 티티우스가 기대감에 자꾸 몸을 들썩거리는 모습이 옥타비아누스의 눈에 들어왔다. 그는 조용한 회의장 관객들을 향해 열변을 재개했다.

"그가 파르티아 메디아를 상대로 치른 형편없는 전투는 곱씹을 필요가 없습니다. 로마군 병력의 3분의 1을 잃은 것보다 더 우리의 관심을 끄는 것은 그의 끔찍한 퇴각 이후의 기간이기 때문입니다. 안토니우스는 그가 가장 잘하는 짓을 했습니다. 정신이 망가질 때까지 술을 들이부었지요. 제정신을 잃고 무력해진 그는 다름 아닌 클레오파트라에게 구원을 호소했습니다. 로마가 아니라 클레오파트라에게요. 여왕은 돈, 식량, 무기, 약, 하인 수천 명, 의사 수십 명 등 상상을 초월하는 선물 보따리를 들고 레우케 코메로 갔습니다. 두 사람은 레우케 코메에서 안티오케이아로 이동했고, 거기서 안토니우스는 드디어 유언장을 작성하기에 이르렀습니다. 사본 한 부는 이곳 로마에 맡겨두었고 다른 한 부는 안토니우스가 지난겨울 도착한 알렉산드리아에 있습니다. 그러나 그즈음 그는 클레오파트라의 손아귀에 완전히 잡혔고 약물에 절어 지배당하는 상태였습니다. 더는 술을 마실 필요도 없었습니다. 클레오파트라의 물약부터 그녀의 감언이설까지, 더 좋은 삼킬 것들이 생겼으니까요. 그 결과 금년 봄이 끝날 무렵에 그는 자신의 육해군 전부를 에페소스로 옮겼습니다. 에페소스! 정작 그 병력이 필요한 아르메니아 파르바와 시리아 남부를 잇는 전선에서, 파르티아군의 습격을 경계해야 할 그곳에서 서쪽으로 1천500킬로미터 떨어진 곳으로 말입니다. 그런데 왜 그가 육해군을 에페소스로 옮겼을까요? 그리고 왜 이후에 그 병력을 또 그리스로 옮겼을까요? 로마가 그에게 위협의 대상이라서? 아니면 이탈리아가? 드리누스 강 서쪽에 주둔한 육군이나 해군 부대가 그를 향해 호전적인 움직임을 보인 적이 있습니까? 아니요, 그런 적은 없습니다! 여러분이 굳이 제 말을 믿어줄 필요도 없습니다. 여러분 중 가장 보잘것없는 이들에게조차 이 사실은 명백하니까요!"

옥타비아누스의 눈은 평의원들이 굳게 침묵을 지키며 앉아 있는 뒷줄을 훑었다. 그런 뒤 그는 느리고 조심스럽게 고관석에서 내려와 회의장 한가운데 자리를 잡았다.

"저는 결코 마르쿠스 안토니우스가 자진해서 고국에 이런 침략 행위를 저질렀다고 생각지 않습니다. 로마인이라면 그런 짓을 할 리 없습니다. 부당하게 공권을 박탈당했다가 돌아오려고 한 사람들은 예외겠지만요. 가이우스 마리우스, 루키우스 코르넬리우스 술라, 디부스 율리우스 같은 이들 말입니다. 하지만 마르쿠스 안토니우스가 공공의 적으로 선포된 적이 있습니까? 아뇨, 그런 적은 없습니다! 바로 지금 이 순간에도 그는 언제나 그랬듯이 로마의 로마인 지위를 유지하고 있습니다.

수세대에 걸쳐 조국에 이바지해온 안토니우스 가문의 가장 최근 혈통으로서. 늘 현명했던 건 아니지만 항상 열렬한 애국심을 지녔던 가문이지요.

그러면 마르쿠스 안토니우스에게 무슨 일이 있었던 걸까요?" 옥타비아누스는 힘찬 어조로 물었다. 그렇지만 이번 연설에선 깜박 조는 의원들을 깨울 필요가 없었다. 그들은 말똥말똥한 정신으로 열심히 경청하고 있었다. "이에 대한 답 역시 한 단어입니다. 클레오파트라죠. 그는 클레오파트라의 장난감이요 꼭두각시입니다. 네, 여러분 모두 저와 함께 그 별명들을 줄줄 읊을 수 있을 정도라는 걸 잘 압니다! 하지만 여러분 대다수는 절대로 저를 믿지 않았다는 것 또한 잘 알고 있습니다. 오늘 저는 제가 말하는 내용이 사실은 안토니우스가 클레오파트라의 영향하에 저지른 배신행위를 축소한 것이라는 증거를 여러분께 제시할 수 있습니다. 그녀는 외국인이고 여자이고 짐승들을 숭배합니다! 또한 누구보다 강하고 가장 로마인다운 로마인조차 홀릴 수 있는 힘을 지닌 강력한 마녀입니다.

아시다시피 그 외국인 여자에게는 디부스 율리우스의 친자라고 주장하는 장남이 있습니다. 이제 열다섯 살이 된 청년으로, 세상에, 프톨레마이오스 15세 카이사르라는 칭호를 달고 그 여자와 나란히 이집트 왕좌에 앉아 있지요! 로마인에게 그자는 사생아이고 로마 시민이 아닙니다. 그가 디부스 율리우스의 아들이라고 믿는 분들이 있다면, 그건 사실이 아니며 그는 클레오파트라가 재미 삼아 데리고 논 노예의 아들이라는 증거를 드릴 수 있습니다. 그 여자는 타고나길 육욕이 강하여 애인이 무수히 많고, 항상 무수히 많은 애인을 두어왔습니다. 처음에는 그들을 성교 상대로 이용하다가 그다음엔 독약의 희생양으로 삼지요.

그렇습니다, 여왕은 그들을 죽을 때까지 실험합니다! 그녀에게 장남을 낳아준 노예도 그렇게 죽었습니다.

그런 게 무슨 상관이란 말이오? 다들 이렇게 물으시겠지요. 여왕은 가엾은 안토니우스를 감언이설로 구슬려 이 사생아를 왕 중의 왕으로 선언하게 했고, 이제는 그 아이를 카피톨리누스 언덕에 들여앉히기 위해 로마와 전쟁을 일으키고 있습니다! 원로원 의원 여러분, 여왕이 카피톨리누스 언덕에 왕좌를 잡고 자기 아들의 이름으로 심판하는 날이 오면 고통받게 될 거라고 협박하길 즐긴다는 사실을 맹세하에 증언할 수 있는 이들이 이 자리에 앉아 있습니다! 네, 여왕은 안토니우스의 군대를 이용해 로마를 정복하고 이 나라를 프톨레마이오스 15세 카이사르의 왕국으로 바꿔놓을 작정인 것입니다!"

그는 목청을 가다듬었다. "하지만 그러면 로마가 앞으로도 계속 세계에서 가장 위대한 도시, 법과 정의와 상업과 사회의 중심지로 남을까요? 아니요, 그렇지 않습니다! 세계의 수도는 알렉산드리아로 옮겨질 것입니다! 로마는 아무것도 아닌 존재로 전락할 것입니다."

두루마리가 펄럭이며 펼쳐졌다. 두루마리는 옥타비아누스의 높이 들어올린 손에서부터 검은색과 흰색 판석이 깔린 바닥까지 내려왔다. 워낙 갑작스럽고 요란한 그 소리에 의원 서너 명이 놀라 움찔했지만, 옥타비아누스는 그들을 무시하고 발언을 계속했다.

"바로 이 문서, 안토니우스의 유언장에 증거가 들어 있습니다! 이 문서는 그가 보유한 로마와 이탈리아 부동산과 투자물, 돈을 포함한 그의 전 재산을 클레오파트라 여왕에게 남긴다고 되어 있습니다. 그가 사랑하고, 사랑하고, 또 사랑한다고 맹세하는 여왕에게요! 그가 가장 사랑하는 아내이자 그라는 존재의 중심이랍니다. 그는 프톨레마이오스 15

세 카이사르가 디부스 율리우스의 적자이며 디부스 율리우스가 그분의 로마인 아들인 제게 남긴 모든 유산의 상속자라고 증언합니다! 그는 자신의 저 유명한 '기증'이 유효로 인정되어야 한다고 주장하는데, 그렇게 하면 프톨레마이오스 15세 카이사르가 로마의 왕이 됩니다! 왕이 없는 로마의 왕 말입니다!"

회의장이 웅성거리기 시작했다. 유언장이 공개되었고, 옥타비아누스가 진술하고 있는 내용을 확인하고 싶은 누구든지 유언장을 검토할 수 있게 되었다.

"원로원 의원 여러분, 격분하셨습니까? 당연히 그러시겠죠! 하지만 이건 안토니우스의 유언장에 담긴 최악의 내용이 아닙니다! 최악의 내용은 매장 관련 조항에 있지요. 그 조항은 그가 어디에서 사망하든 시신을 그와 어디든 함께 다니는 이집트인 방부 처리자에게 맡겨 이집트 기술에 따라 방부 처리하도록 지시하고 있습니다. 또한 그가 사랑하는 알렉산드리아에 시신을 안치하라고 지시했습니다! 그의 사랑하는 아내 클레오파트라와 나란히요!"

의원들이 앉아 있던 접의자와 상아 대좌에서 펄쩍 뛰어오르며 주먹을 흔들고 고함을 내지르는 통에 일대 소란이 일었다.

그들이 잠잠해질 때까지 기다렸다가 포플리콜라가 외쳤다. "나는 단 한 마디도 믿을 수 없소! 그 유언장은 위조요! 그렇지 않다면 어떻게 당신이 그 문서를 손에 넣을 수 있었겠소, 옥타비아누스?"

"유언장을 열심히 지키려는 베스타 신녀들에게서 억지로 빼왔습니다." 옥타비아누스가 차분히 말했다. 그가 두루마리를 던져주자 포플리콜라는 그것을 들어올려 다시 감으려 했다. "굳이 처음이나 중간 부분을 보려 애쓰지 마십시오, 루키우스 겔리우스. 바로 끝으로 가세요. 인장을 살펴보시죠."

포플리콜라는 떨리는 손으로 유언장을 쥐었다. 옥타비아누스가 조심스럽게 주위로 돌아가며 봉인을 뜯은 덕에 온전히 보이는 인장을 확인한 다음, 안토니우스의 시신 처리에 관한 조항으로 시선을 옮겼다. 그러다 침을 꿀떡 삼키고 덜덜 떠는가 싶더니 긴 두루마리를 털썩 내던졌다. "그에게 가서 분별력을 되찾게 해야겠소." 그는 이렇게 말하며 간신히 비틀비틀 일어났다. 곧이어 대놓고 눈물을 흘리면서 줄줄이 앉은 의원들 쪽으로 고개를 돌리고 덜덜 떨리는 두 손을 내밀었다. "누가 같이 가시겠소?"

나서는 사람은 많지 않았다. 포플리콜라와 같이 자리를 뜬 이들에게는 야유와 욕설이 쏟아졌다. 드디어 원로원도 확신하게 된 것이다. 마르쿠스 안토니우스는 더이상 로마인이 아니라고, 그는 클레오파트라의 마법에 걸렸으며 클레오파트라를 위해 그의 조국으로 진군할 준비를 하고 있다고.

"아, 완벽한 승리요!" 집에 돌아온 옥타비아누스는 리비아 드루실라에게 말했다. 집까지 그를 목말 태우고 온 아그리파와 코르넬리우스 갈루스는 잘 어울리는 한 쌍의 조랑말 같았다. 하지만 옥타비아누스는 문앞에서 다음날 저녁에 식사하러 오라고 말하면서 마이케나스, 스타틸리우스 타우루스와 함께 그들을 돌려보냈다. 이번 승리처럼 흥미진진한 일은 가장 먼저 아내와 나눠야만 했다. 그녀의 앙큼한 계략이 일을 훨씬 수월하게 만들어주었으니까. 아풀레이아와 신녀 무리에게 강요해봤자 유언장이 보관된 곳을 그에게 보여주지 않았을 테고 그가 감히 관저를 뒤질 수도 없었으리라는 것을 그는 잘 알았다. 유언장이 어디에 있는지 그가 미리 정확히 알고 있어야만 했다.

"카이사르, 난 이런 결과가 나올 거라는 데 한 치의 의심도 없었어요." 리비아 드루실라가 남편에게 안기며 말했다. "당신은 계속 로마를 장악할 거예요."

옥타비아누스는 불만스러운 듯 툴툴거리며 어깨를 움츠렸다. "그건 아직 이론의 여지가 있소, 여보. 안토니우스의 배반 소식 덕에 내가 세금을 거둬들이기는 좀더 수월해지겠지만, 다른 대안이라고는 이집트 법에 따라 이집트의 지배하에 떨어지는 것뿐임을 온 나라에 납득시키지 못하는 한 그 정책은 앞으로도 계속 사람들의 호응을 얻지 못할 거요. 무료 곡물 배급이 없어지고 경기대회가 사라지며 상업활동이 끝장나고 모든 시민 계급에서 로마의 자치권이 종식되리라는 사실을 말이오. 사람들은 아직까지 이 사실을 이해하지 못했고, 나는 안토니우스의 솜씨 좋은 손이 휘두른 이집트의 도끼가 떨어지기 전에 저들에게 이를 설명할 수 없을까봐 두렵소. 이것은 내전이 아님을 사람들에게 각성시켜야 하오! 로마를 가장한 외국과의 전쟁이라는 것을."

"당신 정보원들에게 그 얘기를 토 나올 정도로 널리 퍼뜨리라고 해요, 카이사르. 안토니우스가 저지른 행동을 아주 간단한 말로 전달하세요. 사람들은 쉬워야 이해하니까요." 리비아 드루실라가 말했다. "하지만 문제는 그게 다가 아니겠죠?"

"아, 물론이지. 나는 이제 트리움비르도 아니니 전쟁의 초기 상황이 내게 불리하게 돌아간다면 원로원의 핵심 세력 중에 대망을 품은 어느 늑대가 나를 덮칠지 몰라요. 리비아 드루실라, 내가 잡고 있는 권력은 허약하기 짝이 없소! 폴리오가 은둔 생활을 접고 푸블리우스 벤티디우스를 등에 업고 나타나기라도 하면 어쩌겠소?"

"카이사르, 카이사르, 그렇게 침울해하지 말아요! 이 전쟁은 외국과의 전쟁임을 대대적으로 선전해야죠. 방법이 전혀 없나요?"

"한 가지 있소. 그걸로 충분하진 않겠지만." 그가 말했다. "공화국이 탄생하고 얼마 되지 않았을 때 우리를 침략한 외국에 페티알레스 신관단을 파견해 합의를 타결하려 한 적이 있소. 신관단 우두머리인 파테르 파트라투스는 베르베나리우스라는 직책을 맡은 신관을 함께 데려갔지. 이 신관은 카피톨리누스 언덕에서 채취한 갖가지 약초와 흙을 가지고 다녔소. 그 약초와 흙이 페티알레스 신관단에게 마법의 보호막 역할을 해주기 때문이었지. 하지만 그 일이 너무 번거로워졌고, 그래서 벨로나 신전에서 성대한 의식을 치르는 걸로 대신했다오. 나는 그 의식을 부활시켜서 최대한 많은 사람들이 목도하게끔 하려고 하오. 하지만 그 정도는 시작일 뿐 끝은 안 돼요."

"당신은 그런 걸 다 어떻게 알아요?" 리비아 드루실라가 신기해하며 물었다.

"디부스 율리우스가 말씀해주셨소. 그분은 우리의 옛날 종교의식에 대단히 해박하셨거든. 그 주제에 관심이 많은 무리가 있었는데 디부스 율리우스, 키케로, 니기디우스 피굴루스, 아피우스 클라우디우스 풀케르였지 아마. 한번은 디부스 율리우스가 웃으며 말씀하시길, 당신께선 항상 그 의식을 거행하고 싶어 몸이 근질거렸지만 그럴 시간이 없었다고 하셨지."

"그렇다면 그분을 위해서라도 당신이 해야겠군요, 카이사르."

"그래야지."

"좋아요! 또 뭐가 있죠?" 그녀가 물었다.

"널리 퍼져 있는 선전 방법 말고는 달리 생각나는 게 없소. 그런데 그것으로는 내 위치를 덜 위태롭게 할 수 없을 거요."

그녀는 두 눈을 크게 뜨더니 한참 허공을 응시했다. 그러곤 크게 숨을 들이마셨다. "카이사르, 나는 마르쿠스 리비우스 드루수스의 손녀예요. 할아버지는 모든 이탈리아인에게 로마 시민권을 주는 법률을 제정해서 이탈리아 전쟁을 막을 수 있을 뻔했던 호민관이셨죠. 살해당하는 바람에 뜻을 이루지 못하셨지만요. 그 칼을 봤던 게 기억나요. 가죽 자르는 데 쓰는 아주 위험한 물건이었죠. 할아버지는 며칠이나 끔찍한 고통으로 비명을 지르다 돌아가셨대요."

그는 이야기에 사로잡힌 채 그녀의 얼굴을 골똘히 응시했다. 대체 무슨 말을 하려는 건지 정확히 알 수는 없었지만, 그녀가 하려는 말이 대단히 중요할 듯한 느낌이 강하게 들었다. 가끔 그의 아내 리비아 드루실라는 천리안을 가진 듯했다. 꼭 천리안은 아니라 해도 그럴 때면 섬뜩하고 초현실적인 느낌이 드는 것만은 분명했다. "계속해요." 그가 재촉했다.

"할아버지가 그토록 비범한 일을 하지 않았더라면 그분을 살해할 필요까진 없었을 거예요. 그분이 보인 활약으로 지위가 너무 높이 올라갔기 때문에 살해가 아니고선 그분을 무너뜨릴 길이 없었던 거죠. 할아버지는 은밀히 모든 이탈리아 비시민권자들로부터 엄숙한 개인적 충성 서약을 받아냈어요. 할아버지의 법이 통과됐더라면 이탈리아 전체를 피호민으로 얻었을 테고, 마음만 먹으면 영구히 독재관으로 통치할 수 있을 정도로 막강한 권력을 가졌을 거예요. 실제로 어쩌셨을지는 우리가 결코 알 수 없게 됐지만." 그녀는 볼을 홀쭉하게 만들며 기묘한 표정을 지었다. "문득 이런 생각이 드네요. 로마와 이탈리아 사람들에게 당신에 대한 개인적 충성 서약을 해달라고 청하는 게 가능할까요?"

그는 얼어붙은 듯 굳어졌다가 이제 몸을 떨기 시작했다. 이마에서 식은땀이 솟아나와 눈으로 흘러들어가자 산에 덴 듯이 쓰라렸다. "리비아 드루실라! 어쩌다 그런 생각을 한 거요?"

"아마도 그분의 손녀라서겠죠. 우리 아버지는 양아들이었지만요. 그건 언제나 우리 가문의 중요한 이야기 중 하나였어요. 드루수스는 용자 중의 용자였죠."

"폴리오든 살루스티우스든, 분명 누군가 당시 역사 기록에 그 서약의 양식을 보존해두었을 거요."

그녀는 미소를 지었다. "그런 자들에게 비밀을 누설할 필요 없어요. 그 서약은 내 머릿속에 있으니 암송해 들려줄 수 있어요."

"하지 마시오! 아직은! 내게 그 내용을 적어주시오. 그런 다음 드루수스가 아닌 나의 필요에 맞게 수정하는 걸 도와주시오. 가능한 한 빨리 페티알레스 신관단의 의식 일정을 잡고 정보원들이 활동에 돌입하게 하겠소. 짐승들의 여왕에 대한 공격도 계속할 거요. 마이케나스를 시켜 여왕이 행할 만한 끔찍한 비행을 생각해내고 애인들의 명단과 극악무도한 범죄 목록을 정리하도록 하겠소. 여왕이 내 개선행진에서 걸을 때 그녀를 측은히 여기는 사람이 없어야 하니까. 여왕이 워낙 작고 가냘프게 생겼으니 하르피아아, 복수의 세 여신, 세이렌, 고르곤을 섞어놓은 완벽한 괴물로 알려지지 않는 한 그녀를 보고 동정심을 느끼는 사람이 생길 수도 있소. 나는 안토니우스를 당나귀 등에 거꾸로 앉히고 그의 머리에 오쟁이 진 사내의 표식을 달아줄 거요. 그가 고귀해 보일, 혹은 로마인처럼 보일 기회를 허락하지 않겠소."

"지금 주제에서 벗어나고 있어요." 그녀가 부드럽게 말했다.

"아! 맞소. 나는 새해에 수석 집정관이 될 테니 올해 12월 말이 다가

오면 알프스 산지부터 이탈리아의 발등, 발끝, 발뒤꿈치 지역까지 모든 도시와 마을에 벽보를 붙일 거요. 거기에 서약 내용을 알리고 누구든 원하는 사람은 서약하라고 정중히 부탁하겠소. 강요도 보상금도 없을 거요. 그야말로 깨끗하고 철저하게 자발적인 서약이어야 하니까. 클레오파트라의 위협에서 벗어나고 싶은 사람들은 내가 성에 차도록 일을 해낼 때까지 내 편에 서기로 맹세해야 하오. 그리고 충분히 많은 인원이 서약한다면 누구도 감히 나를 내치고 내 임페리움을 박탈하지 못할 거요. 폴리오 같은 자들이 서약하기를 거부하더라도 그때 당장이든 차후에든 처벌을 가하진 않을 거요."

"항상 응징 따위는 초월해야 해요, 카이사르."

"잘 알고 있소." 그는 소리내어 웃었다. "필리피 전투 직후 술라나 내 신성한 아버지 같은 인물들에 관해 깊이 숙고하는 시간을 가지면서 그들이 어느 부분에서 실수를 범했는지 파악하려 해봤소. 그러다 깨달은 사실이, 그들은 원로원과 민회를 엄하게 다스리는 것뿐만 아니라 화려하고 요란한 삶도 즐겼다는 점이었소. 그에 반해 나는 조용히 눈에 띄지 않는 사람이 되어 친근하고 상냥한 늙은 아빠처럼 로마를 통치하길 택했지."

벨로나는 로마 고유의 전쟁신으로, 로마 신들이 얼굴도 성별도 없이 순수한 힘으로만 존재하던 시절까지 거슬러올라갔다. 벨로나의 다른 이름인 네리오는 이후에 생긴 전쟁신 마르스와 얽힌 한층 더 불가사의한 존재였다. 장님 아피우스 클라우디우스는 에트루리아 전쟁과 삼니움 전쟁중에 벨로나의 지지를 얻기 위해 신전을 축성하면서 건물 안에 여신의 조각상을 세웠다. 신전과 조각상 모두 외관이 멋졌고, 관리도 꾸준히 잘 이루어져서 선명한 색깔의 도료를 주기적으로 덧칠했다. 전쟁은 로마 시의 신성경계선 안에서는 논의할 수 없는 주제였으므로 벨로나 성역은 신성경계선 바깥의 마르스 평원에 마련되었으며 공간이 아주 널찍했다. 로마 신전들이 모두 그렇듯 벨로나 신전도 높다란 기단 위에 세워올린 건물이었다. 경내로 들어가려면 열 단씩 두 층으로 나뉜 계단 스무 단을 올라가야 했다. 두 층계 사이 널따랗게 놓인 대(臺) 위의 정확히 한가운데에 높이가 1미터 남짓한 붉은색 대리석 네모기둥이 서 있었다. 층계 밑에는 1유게룸에 이르는 땅 전체에 판석이 깔려 있었으며, 그 가장자리에 둘러선 남근 모양 대좌들 위에 위대한 로마 장군들의 조각상이 세워져 있었다. 파비우스 막시무스 쿵타토르, 아피우스 클라우디우스 카이쿠스, 스키피오 아프리카누스, 아이밀리우스 파울루스, 스키피오 아이밀리아누스, 가이우스 마리우스, 카이사르 디부스 율리우스를 비롯한 수많은 인물상들은 제각각 아름답게 채색되어 마치 살아 있는 듯 생생해 보였다.

스무 명으로 이루어진 페티알레스 신관단은 벨로나 계단에 모여 원로원 의원, 기사, 3계급·4계급·5계급 시민과 일부 최하층민 극빈자 등 그 자리를 가득 채운 청중 앞에서 의식을 거행했다. 원로원 전체를 참석시켜야 했지만, 마이케나스는 충분히 가까운 곳에서 행사를 볼 수 있는 나머지 인원을 신중하게 골라서 그들이 다양한 사회계층 사이에 분산되도록 했다. 그렇게 함으로써 수부라와 에스퀼리누스 지구 사람들도 팔라티누스와 카리나이 지구 사람들 못지않게 충분히 대표될 수 있었다.

다른 신관단들도 모두 참석한데다 로마에서 임무 수행중인 릭토르들까지 빠짐없이 와 있었다. 따라서 심홍색과 자주색 줄무늬 토가와 둥근 망토와 상아색 아펙스 모자, 토가를 추어올려 머리에 뒤집어쓴 대신 관들과 조점관들이 어우러져 형형색색의 화려한 장관이 연출되었다.

페티알레스 신관들은 초창기 관례에 따라 맨몸에 암적색 토가를 걸 쳤으며 머리에 아무것도 쓰지 않았다. 베르베나리우스는 카피톨리누 스 언덕에서 채취해 온 약초와 흙을 들고 파테르 파트라투스, 즉 신관 단장 바로 곁에 서 있었다. 신관단장의 역할은 의식의 마지막에 국한되 었다. 길고도 지루한 의식 절차의 대부분에는 이젠 알아듣는 사람이 없 을 만큼 엄청나게 오래된 언어가 사용되었으며, 그 뜻 모를 말에 완벽 하게 숙달한 신관이 낭송을 맡았다. 아주 사소한 잘못 하나만 나와도 아예 처음부터 다시 의식을 시작해야 했으므로 누구도 실수하고 싶어 하지 않았다. 희생제물은 작은 수퇘지였고, 네번째 페티알레스 신관이 이집트보다도 오래된 부싯돌 칼로 제물을 죽였다.

마지막으로 파테르 파트라투스가 신전 안으로 성큼성큼 걸어가더니 세월의 흔적으로 자루가 검어진 잎사귀 모양의 창을 들고 나타났다. 그 는 위쪽 층계의 단 열 개를 걸어 내려가 작은 기둥 앞에 섰다. 그가 던 지려고 들어올린 창의 은색 끄트머리가 차갑고 눈부신 햇빛에 번쩍거 렸다.

"로마여, 그대는 위협받고 있습니다!" 그가 라틴어로 외쳤다. "여기 제 앞에 로마의 장군들이 포위한 적의 영역이 있습니다! 저는 적의 영 역의 이름을 이집트로 선포하는 바입니다! 이 창을 던짐으로써 우리, 로마의 원로원과 인민은 이집트의 왕과 여왕으로 형상화된 이집트를 상대로 성전(聖戰)을 시작합니다!"

창이 그의 손을 떠나더니 기둥 꼭대기 위로 날아가 '적의 영역'이라 불리는 1유게룸 넓이의 공터에 떨어졌다. 깃발 하나가 미리 옮겨져 있었는데, 파테르 파트라투스는 빼어난 전사였다. 가볍게 떨리며 내리박힌 창 끄트머리가 뽑힌 깃발 아래의 땅을 푹 찔렀던 것이다. 커다란 환호성이 터져나옴과 동시에 사람들이 창을 향해 조그만 양모 인형을 던졌다.

대신관단의 나머지 무리와 함께 한쪽에 조금 떨어져 서 있던 옥타비아누스는 이 모든 광경을 지켜보며 흡족해했다. 오래된 전통이고 인상적이며 틀림없는 모스 마이오룸의 일부였다. 로마는 이제 공식적으로 전쟁중이지만 로마인을 상대로 한 전쟁은 아니다. 적은 이집트의 지배자들인 짐승들의 여왕과 프톨레마이오스 15세 카이사르였다. 좋아, 좋았어! 아그리파를 파테르 파트라투스로 삼을 수 있었던 건 정말로 운이 좋았다. 마이케나스 역시─살이 좀 처졌을지는 몰라도─베르베나리우스로 썩 훌륭하지 않았던가?

그는 피호민 수백 명에 둘러싸여 집으로 걸어갔다. 여느 때와 달리 더할 나위 없이 즐거운 시간이었다. 부호들조차─왜 항상 가장 돈 많은 이들이 세금 내기를 가장 꺼릴까?─오늘은 그에게 너그러워진 것 같았다. 물론 그래봤자 세금 납부 한 번에 그치고 말겠지만. 그는 개개인의 수입을 상세히 기록하고 5년마다 수정 보완되는 시민 명부를 활용한 세금 납부 계획을 완성해두었다. 원칙대로라면 감찰관이 하는 일이었지만, 몇십 년 동안 죽 감찰관들이 모자랐다. 지난 10년간 트리움비르로 서방에 있었던 옥타비아누스는 감찰관 업무를 떠맡아 모든 시민의 수입을 최신 상태로 관리했다. 새로운 세금 징수는 복잡한 업무인 만큼 큰 건물이 필요했다. 마르스 평원의 미누키우스 주랑건물이었다.

그는 첫 납부일을 축제일처럼 만들 생각이었다. 그렇다고 사람들이 기뻐하진 않겠지만, 애국적인 분위기는 형성될 터였다. 미누키우스 주랑건물의 주랑과 구내는 심홍색 SPQR 깃발과, 자칼 머리에 가슴을 훤히 드러내고 갈고리 발톱 같은 손으로 SPQR을 비틀어 엉망으로 짓이겨놓고 있는 여자 형상이 담긴 벽보로 장식되었다. 또다른 벽보에는 이중 왕관을 쓴 백치 같고 추하게 생긴 청년의 모습이 담겨 있었으며 그 아래 이런 글귀가 있었다. '이게 디부스 율리우스의 아들이라고? 그럴 리가!'

에스퀼리누스 언덕 위로 해가 뜨자마자 행렬이 모습을 드러냈다. 빛나는 신관용 토가를 차려입고 머리에는 월계관을 쓴 옥타비아누스가 선두에서 행렬을 이끌었다. 역시나 머리에 관을 쓰고 소용돌이 모양 조점관용 지팡이를 들고 심홍색과 자주색으로 염색한 토가를 입은 아그리파가 그의 뒤를 따랐다. 그다음 마이케나스, 스타틸리우스 타우루스, 코르넬리우스 갈루스, 메살라 코르비누스, 칼비시우스 사비누스, 도미티우스 칼비누스, 은행가인 삼촌 및 조카 발부스와 오피우스, 그리고 옥타비아누스의 가장 충실한 지지자 여러 명이 뒤따랐다. 하지만 옥타비아누스에게는 이들만으로 충분하지 않았으니, 그는 자신과 아그리파 사이에 세 여자를 끼워넣었다. 리비아 드루실라와 옥타비아는 베스타 신녀의 로브를 입고 있었고, 이 때문에 세번째 여자인 스크리보니아는 눈에 잘 띄지 않았다. 옥타비아누스는 자신의 25퍼센트 세금으로 200탈렌툼 이상의 금액을 내는 모습을 과시했다. 그렇다고 주화가 잔뜩 담긴 자루가 등장하진 않았다. 그저 종이 한 조각, 그의 은행가들이 발행한 어음 한 장뿐이었다.

리비아 드루실라가 탁자 앞으로 나왔다. "저는 로마 시민입니다!" 그녀는 큰 소리로 외쳤다. "저는 여자라서 세금을 내지 않지만 이 세금은 내고 싶습니다. 이집트의 클레오파트라가 사랑하는 우리 로마를 사람도 돈도 없는 사막으로 바꿔놓지 못하도록 막는 데 필요한 세금이기 때문입니다! 저는 이 대의를 위해 200탈렌툼을 내겠습니다!"

옥타비아도 똑같은 연설을 하고 똑같은 액수를 내놓았다. 다만 스크리보니아는 50탈렌툼밖에 내지 못했다. 어차피 별 상관은 없었다. 그 사이 순식간에 모여든 군중의 환호성이 워낙 커서 800탈렌툼을 내겠다고 한 아그리파의 말소리도 거의 묻혀버렸던 것이다.

하루 동안 하기엔 참 많은 일이었다.

하지만 옥타비아누스와 그의 아내가 충성 서약의 초안을 작성하는 데 들인 세심한 주의와 인내심에는 비할 바가 못 되었다.

"으아!" 60년 전 마르쿠스 리비우스 드루수스가 받았던 서약 원본을 쳐다보며 옥타비아누스는 한숨을 쉬었다. "드루수스가 그랬듯이 나도 사람들에게 내 피호민이 되겠다고 맹세시킬 수 있다면 좋으련만!"

"당시에 이탈리아인들은 보호자가 없었잖아요, 카이사르. 그들은 로마 시민이 아니었으니까. 그에 반해 요즘은 누구나 보호자가 있어요."

"나도 알아요, 알아! 신들을 몇이나 활용해야겠소?"

"최소한 솔 인디게스, 텔루스, 리베르 파테르는 끌어와야죠. 드루수스는 더 많이 언급했어요. 물론 그분이 마르스를 언급한 건 무척 놀랍지만. 어쨌든 당시에는 전쟁의 기미라곤 없었잖아요."

"아, 내 생각엔 결국 전쟁이 일어나리란 걸 아셨던 것 같소." 옥타비아누스가 펜을 든 채로 말했다. "라레스와 페나테스는 어떻소?"

"좋아요. 그리고 디부스 율리우스도요, 카이사르. 그분은 당신의 위상을 강화해주니까요."

서약문은 새해 첫날 알프스 산지부터 이탈리아의 발등, 발끝, 발뒤꿈치 지역까지 전국 곳곳에 나붙었다. 로마에서는 포룸 로마눔의 로스트라 연단 벽, 수도 담당 법무관의 재판소, 라레스의 성소가 있는 모든 교차로, 고기·생선·과일·채소·기름·곡물·후추·향신료 등을 파는 온갖 시장, 그리고 카페나 성문에서 퀴리날리스 성문에 이르는 주요 성문들의 안쪽 공간을 장식했다.

유피테르 옵티무스 막시무스, 솔 인디게스, 텔루스, 리베르 파테르, 화로의 여신 베스타, 라레스와 페나테스, 마르스, 벨로나와 네리오, 디부스 율리우스, 로마와 이탈리아 인민의 기초를 세우고 그들의 투쟁을 도와준 신들과 영웅들의 이름으로, 나는 임페라토르 가이우스 율리우스 카이사르 디비 필리우스가 친구나 적으로 여기는 이들을 나의 친구나 적으로 여길 것을 맹세한다. 내 목숨과 내 자식과 부모와 내 재산을 희생하는 한이 있더라도 임페라토르 가이우스 율리우스 카이사르 디비 필리우스가 이집트의 클레오파트라 여왕과 프톨레마이오스 왕을 상대로 수행하는 전쟁에서 그를 위해 일할 것이며 본 서약을 맹세한 다른 모든 이들을 위해 일할 것을 맹세한다. 임페라토르 가이우스 율리우스 카이사르 디비 필리우스의 활약으로 이집트가 패배할 시에는, 피호민이 아닌 친구로서 그와 결속할 것을 맹세한다. 나는 본 서약을 가능한 한 많은 이들에게 전할 의무를 진다. 나는 내 신뢰가 응당한 보상을 가져다줄 것임을 자신하며 굳게 맹세한다. 만일 내 맹세가 거짓일 시에는 내 목숨과 자식과 부모와 재산을 빼앗길 수 있다. 그렇다 해도 상관없다. 이와 같이 나는 맹세한다.

서약문 공표는 커다란 돌풍을 일으켰다. 옥타비아누스가 이에 관해 미리 발표하지 않은 상태에서 돌연 서약문이 떡하니 등장했기 때문이다. 그 곁에는 마이케나스나 옥타비아누스의 정보원이 질문에 답하고 서약을 받을 준비를 갖춘 채 자리를 지켰다. 필경사도 근처에 앉아 서약하는 이들의 이름을 받아 적었다. 마르쿠스 안토니우스가 자기도 모르게 배반자가 되었다는 소식은 어느덧 사방으로 퍼졌다. 사람들은 그의 탓이 아님을 알았고 이집트가 이 전쟁을 일으킨다는 것도 알았다. 안토니우스는 클레오파트라의 앞잡이였고, 감금되고 약에 중독되어 여왕의 성욕을 채워주고 여왕을 위해 전장에서 싸우는 파괴 도구였다. 클레오파트라에 관한 유언비어는 점점 더 부풀려져 급기야 그녀는 자신의 사생아 아들 프톨레마이오스 '카이사르'마저 성적 대상으로 이용하는 인간 이하의 괴물이 되기에 이르렀다. 이집트 군주들은 일상적으로 근친상간을 저지르는데, 그만큼 로마인답지 않은 일이 또 어디 있겠는가? 마르쿠스 안토니우스가 그 짓을 묵인한다면 그는 더이상 로마인이 아니다.

서약은 먼바다에서 이는 잔물결과 흡사했다. 몇 명이 바로 서약을 했고, 그들이 서약한 뒤 다른 사람들도 서약하도록 설득함에 따라 점차 서약의 물결이 해일처럼 밀어닥쳤다. 옥타비아누스의 군단은 모두 서약했으며 그의 함선 선원들과 노잡이들도 마찬가지였다. 그리고 마지막으로, 서약하지 않는 행위가 순식간에 반역의 증거가 되고 있음을 인지한 원로원 의원들도 전원 서약을 했다. 서약을 거부한 폴리오만이 예외였다. 옥타비아누스는 약속대로 아무런 응징도 하지 않았다. 세금에 대한 반대는 사그라졌다. 이제 사람들이 원하는 건 클레오파트라와 프톨레마이오스를 무찌르는 것뿐이었다. 그들의 패배가 곧 세금 납부를 끝내는 길이기 때문이었다.

아그리파, 스타틸리우스 타우루스, 메살라 코르비누스를 비롯해 나머지 장군과 제독 들은 각자 사령부로 보내진 한편, 옥타비아누스 역시 로마를 떠날 채비를 했다.

"마이케나스, 자네가 나 대신 로마와 이탈리아의 통치를 맡게." 옥타비아누스가 말했다. 그는 지난 몇 달 동안 자신이 성숙했고 변했음을 자각하지 못하고 있었다. 지난 9월에 그는 서른한 살이 되었고 이제 얼굴에 완전히 틀이 잡혀 있었다. 그 얼굴은 강하면서도 고요했으며 남성적인 틀 안에서도 여전히 매우 아름다웠다.

"원로원이 절대 허용하지 않을 걸세." 마이케나스가 말했다.

옥타비아누스는 싱긋 웃었다. "반대할 원로원이 남아 있지 않을 거야, 친애하는 마이케나스. 내가 전장으로 같이 데려갈 테니까."

"맙소사!" 마이케나스가 힘없이 말했다. "원로원 의원 수백 명이라니, 난리가 날 게 뻔하네."

"천만에. 그들 한 명 한 명에게 빠짐없이 할 일을 줄 걸세. 게다가 그들이 내 감독 아래 있는 동안은 로마에 들어앉아 못된 짓을 꾸밀 수가 없어."

"자네 말이 옳네."

"나는 항상 옳지."

클레오파트라는 지독한 악조건에서 고군분투했다. 그녀와 안토니우스가 에페소스에서 아테네로 떠나면서 상황은 더 불리해지기만 했다. 그녀의 걱정스러운 마음 밑바닥에는 안토니우스가 자기 생각이나 계획을 모두 말하지 않는다는 확신이 자리잡고 있었다. 클레오파트라가 로마의 카피톨리누스 언덕에서 판결을 언도하는 자신의 모습에 관해 공상을 펼칠 때마다 그의 눈에는 뭔가 재밌어하는 듯한 기미가 어렸는데, 평소 그를 잘 아는 그녀가 보기에 그건 불신의 징후였다. 그래, 그가 옥타비아누스를 저지해야만 하며 이제 그자를 저지할 방법은 전쟁밖에 남지 않았다는 결론을 내린 건 사실이었다. 그러나 그가 앞으로 로마를 어떻게 할 계획인지는 확실히 감잡을 수가 없었다. 또한 사령부 내에서 다툼이 있을 때 그가 항상 그녀의 편을 들기는 했지만 그럴 때마다 그의 태도는 그런 다툼이 별로 대수롭지 않다는 식이었다. 마치 그녀의 비위를 맞춰주는 것이 자신의 보좌관들을 만족시키는 것보다 중요하다는 듯이. 어쩌다 클레오파트라가 의구심을 직접 표현할 때면 그가 불성실하다는 그녀의 비난을 재빨리 피해가는 요령도 크게 늘었다. 나이들고 기억이 깜박깜박해서일 수도 있겠지만, 과연 그는 카이사리온이 로마의 왕이 될 거라고 진정으로 믿고 있는 것일까? 그녀는 확신이 없었다.

안토니우스의 30개 로마 군단 중에 19개 군단만이 그리스 서부로 출항했다. 나머지 11개 군단은 시리아와 마케도니아의 수비군으로 배정되었다. 그렇지만 안토니우스의 육상 병력은 피호국 왕들이 제공해준 보병과 기병 4만 명만큼 증원되었다. 그 왕들 대부분은 몸소 에페소스까지 찾아왔으나 그곳에서 안토니우스와 클레오파트라와 함께 아테네로 갈 순 없다는 사실을 알게 되었다. 그 대신 각자 정해진 그리스 서부의 전장으로 가게 되었는데, 그들 중 누구도 기꺼이 받아들일 수 없는 지시였다.

피호국 왕들과 따로 간다는 계획은 다름 아닌 마르쿠스 안토니우스의 결정이었다. 그들이 사령부 막사에서 클레오파트라의 독재를 목격하면 안토니우스의 로마인 장군들에 반대하며 그녀 편을 들어 그를 더 곤란하게 만들리라는 우려 때문이었다. 그가 얼마나 심각한 곤경에 처했는지는 오직 그만이 알았다. 그의 이집트인 아내가 발언권을 갖겠다는 투지로 얼마나 불타고 있는지는 오직 그만 아니까. 사실 그 모든 게 우스꽝스럽기 짝이 없었다! 클레오파트라가 원하는 것과 그의 로마인 장군들이 원하는 것은 대개 비슷비슷했다. 클레오파트라나 그들이나 그 사실을 인정하려 들지 않는 게 문제일 뿐.

가이우스 율리우스 카이사르라면 사령관으로서 안토니우스의 약점을 정확히 집어냈을 것이다. 그런데 그런 통찰력은 카니디우스에게만 있었고, 신분이 미천한 카니디우스는 대체로 무시되었다. 한마디로 말해 안토니우스는 개별 전투를 지휘할 수는 있어도 전체 군사작전을 지휘하지는 못했다. 모든 게 잘되리라 여기는 그의 낙천적인 믿음은 끊임없이 등한시되는 병참과 보급품 문제에만 이르면 그를 저버렸다. 게다가 안토니우스는 클레오파트라를 만족시키는 데 골몰한 나머지 장비와 물자에 관해 생각할 겨를이 없었다. 그녀의 비위를 맞추느라 온 힘을 써버린 탓이었다. 그의 참모진에게는 이것이 약점 같아 보였지만, 안토니우스의 진짜 약점은 그가 클레오파트라를 죽이고 그녀의 군자금을 몰수하지 못한다는 것이었다. 그녀를 향한 애정과 그의 정정당당한 승부 정신이 그것을 불가능하게 했다.

그리하여 클레오파트라는 아무것도 모른 채 자신이 안토니우스보다 우세하다는 사실을 대단히 뿌듯해했으며 그녀에게 헌신한다는 증거로 그에게 이런저런 요구를 해서 일부러 그의 고위 참모진을 도발했다. 자신의 행동 때문에 안토니우스의 과업이 훨씬 힘들어지고 있다는 것도, 또 자신이 그의 참모진에게 날이 갈수록 더욱 혐오스러운 존재가 되고 있다는 것도 전혀 간파하지 못했다.

사모스에서 안토니우스는 갑자기 영감을 받고 그곳에 남아 한껏 즐기겠다고 고집했다. 그의 보좌관들은 먼저 아테네로 가고 그는 클레오파트라하고만 있게 됐다. 그녀가 그를 술 취했다고 여긴다면 더욱더 좋을 터였다. 그의 술잔에 담겼던 포도주는 거의 다 순금 요강에 은밀히 비워졌다. 요강은 클레오파트라가 준 선물이었다. 그녀는 자기 요강 바닥엔 독수리 문양과 SPQR 글자를 새겨넣어서 로마에 대고 똥오줌을 쌀 수 있다며 신나게 떠들었다. 그러다 결국엔 장황하게 욕을 얻어먹고 요강이 깨졌지만, 그 이야기는 이미 이탈리아로 건너가 옥타비아누스가 최대한 우려먹은 유언비어가 된 후였다.

또하나의 장애는 안토니우스가 알고 보니 전쟁의 천재가 아니라는 그녀의 확신이 점점 더 강해진다는 것이었다. 다만 클레오파트라는 바로 그녀 자신의 행동 때문에 안토니우스가 예전 같은 열정과 정당한 지휘권을 가지고 이 전쟁을 시작하는 것이 불가능해졌음은 깨닫지 못했다. 그가 결국은 자기 뜻대로 하긴 했지만, 끝도 없이 계속되는 집안 싸움은 그의 기상을 꺾어놓았다.

"집으로 가시오." 안토니우스는 진력이 나서 몇 번이고 그녀에게 말했다. "이 전쟁은 내게 맡기고 집으로 가시오."

하지만 이미 그를 꿰뚫어 보았는데 그녀가 어찌 그럴 수 있겠는가? 그녀가 이집트로 떠나면 안토니우스는 옥타비아누스와 타협할 것이고, 그녀의 계획은 모두 실패로 끝날 것이다.

아테네에서 그는 클레오파트라가 다시 그의 군대와 합류할 날을 두려워하며 서쪽으로 더 가지 않으려 했다. 카니디우스는 훌륭한 부사령관이었으므로 그리스 서부 상황은 그가 관리할 수 있을 터였다. 자신의 주된 임무는 보좌관들을 여왕으로부터 보호하는 일이라고 안토니우스는 생각했다. 이 임무가 너무나 힘들었던 나머지 카니디우스에게 편지 쓰는 일도 게을리했지만, 사실 안토니우스만큼 쾌락에 중독된 사람이 아니었다면 그렇게까지 어려울 일은 아니었다. 그러나 그는 보급품에 관한 편지라면 모조리 무시했다.

옥타비아누스가 자신의 유언장을 압수해서 읽었다는 소식에 안토니우스는 숨이 멎도록 놀랐다.

"반역이라고, 내가?" 그는 믿기지 않는다는 듯이 클레오파트라에게 물었다. "도대체 언제부터 사람의 사후 처분 내용을 가지고 반역자 낙인을 찍는단 말이오? 이런 개수작이 있나, 해도 해도 너무하잖아! 내게서 합법적인 트리움비르 직과 임페리움도 전부 빼앗아 갔으면서! 원로원은 어찌 감히 저 구역질나는 남창 새끼를 편든단 말이오? 그놈이야말로 신성모독을 저지른 장본인인데! 살아 있는 사람의 유언장은 누구도 열어볼 수 없는 법이건만, 그런 짓을 했잖소! 그런데도 저들은 그놈을 봐주었소!"

곧이어 충성 서약이 공개되었다. 폴리오는 서약문 사본과 함께 자신은 서약을 거부했다는 내용의 편지를 아테네로 보냈다.

"안토니우스, 그자는 참으로 교활합니다!" 편지에는 이렇게 적혀 있었다. "서약하길 거부한 이들에게 아무런 보복도 가하지 않았습니다. 자신의 신성한 아버지를 연상시키는 그의 관용에 후손들이 감명받게 하려는 게지요! 심지어 보노니아와 무티나의—당신의 피호민들로 가득한 당신의 도시들 말입니다!—정무관들에게 누구도 강제로 서약할 필요 없다는 내용의 공문까지 보냈습니다. 제가 알기로는 서약이 옥타비아누스의 속주들에까지 적용될 예정인데 이들은 그리 운이 좋지 않습니다. 속주민은 원하든 원하지 않든 무조건 서약해야 한답니다. 보노니아, 무티나 주민이나 저와는 달리 선택권이 없는 거죠.

안토니우스, 확실히 말씀드리지만 사람들이 무더기로, 순전히 자진해서 서약하고 있습니다. 보노니아와 무티나 사람들도 대대적으로 서약하고 있는데, 겁을 먹어서 한 행동이 아닙니다. 지난 몇 년간 이어진 불확실한 상황에 너무나 진절머리가 났기 때문이에요. 그러니 안정이 올 것 같다고만 생각되면 아마 광대의 누더기에 대고도 서약할 겁니다. 옥타비아누스는 다가올 전쟁으로부터 당신을 단절시켰습니다. 당신을 짐승들의 여왕에게 속아 약과 술에 전 앞잡이로 전락시켜서 말이에요. 제가 보기에 무엇보다 흥미로운 부분은 옥타비아누스가 이집트 여왕을 아직까지 계속 끌어대고 있다는 점입니다. 여왕과 더불어 프톨레마이오스 15세 카이사르 왕도 똑같은 침략자로 거명하고 있고요."

클레오파트라는 얼굴이 사색이 된 채 떨리는 손으로 폴리오의 편지를 내려놓았다. "안토니우스, 어찌 옥타비아누스가 카이사르의 아들에게 이럴 수 있죠? 카이사르의 피를 물려받은 아들, 그의 진정한 상속자에게요! 게다가 아직 어린아이일 뿐인 애에게!"

"분명 당신도 알 텐데요." 자기 차례가 되어 편지를 받아 읽던 아헤노바르부스가 말했다. "카이사리온은 지난 6월에 열여섯 살이 됐소. 그도 이제 성인이오."

"하지만 그앤 카이사르의 아들이에요! 그의 하나뿐인 아들이라고요!"

"아버지를 쏙 빼닮은 판박이이기도 하지요." 아헤노바르부스가 딱 잘라 말했다. "로마와 이탈리아가 이 청년을 보는 순간 무슨 일이 벌어질지 옥타비아누스는 뻔히 아는 거요. 감당 못하게 많은 추종자들이 카이사리온에게 따라붙겠죠. 원로원은 앞다투어 그를 로마 시민으로 만들고, 옥타비아누스에게서 그의 '아빠'의 재산은 물론 그보다도 훨씬 중요한 피호민 전부를 빼앗을 테죠." 아헤노바르부스는 여왕을 쏘아보았다. "당신은 이집트에 있고 카이사리온을 이 전쟁에 보냈다면 좋았을 거요, 클레오파트라. 그랬다면 군사회의에서 그만큼 원한이 일지도 않았겠죠."

클레오파트라는 기가 죽어 아헤노바르부스와 맞서 싸울 형편이 아니었다. "아뇨, 당신 말이 사실이라면 카이사리온을 이집트에 둔 게 옳았어요. 그애를 위해서라도 먼저 싸움에서 이긴 후에 그앨 내보여야죠."

"이렇게 멍청하다니! 카이사리온이 지중해 저쪽 구석에 처박혀 있는 한 그애는 투명인간이오. 옥타비아누스가 그애를 카이사르와 전혀 닮지 않은 모습으로 묘사한 전단을 발행하더라도 전혀 이의가 안 나올 수 있다고요. 그리고 혹시나 옥타비아누스가 이집트까지 가기라도 하면, 카이사르의 피를 받은 당신 아들은 쥐도 새도 모르게 죽을 거요."

"옥타비아누스는 절대 이집트에 갈 수 없어요!" 그녀가 소리쳤다.

"당연히 못 가지요." 카니디우스가 끼어들었다. "우리가 바로 그리스 서부에서 그를 무찌를 테니까요. 확실한 소식통으로부터 들었는데, 옥타비아누스는 정원을 채운 16개 군단과 게르만족 및 갈리아인 기병 1만 7천 명으로 병력 규모를 정했다고 합니다. 그의 지상군은 그게 다입니다. 그의 해군은 나울로쿠스에서 크게 활약했던 대형 5단 노선 200척과 보잘것없이 작은 리부르니족 군함 200척으로 이루어져 있고요. 수적으로는 모든 면에서 우리가 우세합니다."

"옳은 말이에요, 카니디우스. 우리가 질 리 없죠." 이 말 끝에 클레오파트라는 몸을 떨었다. "어떤 문제들은 전쟁만이 해결할 수 있지만, 결

과는 항상 불확실해요. 당장 카이사르만 봐도 그래요. 그는 항상 수적
으로 밀렸잖아요. 들리는 말로는 아그리파라는 자도 거의 카이사르 못
지않게 훌륭하다더군요."

폴리오의 편지를 받은 직후에 그들은 그리스 서부 코린토스 만 어귀
에 있는 파트라이로 이동했다. 이제 육해군 전 병력은 가장 서쪽의 펠
로폰네소스 반도를 빙 돌아 아드리아 해 입구에 도착해 있었다.

케르키라를 비롯해 전략적으로 중요한 섬들과 메토네에 전함 몇백
척을 수비 병력으로 남겨두었음에도, 주력 함대만 무려 로마 역사상 가
장 거대한 5단 노선 480척에 달했다. 이들 거함은 한 줄로 늘어선 노
세 개당 노잡이 여덟 명이 배치되었으며, 배 전체에 갑판이 깔렸고 떡
갈나무 들보로 에워싸인 순수 청동 재질 충각이 달려 있었다. 혹여 적
함에 들이받혔을 때 충격을 완화할 수 있도록 각재에 철판을 대어 덧
싼 장갑대로 선체를 보강했다. 선체 길이는 60미터, 폭은 15미터였으
며 수면 위 높이는 중앙부에선 3미터이고 선수와 선미에선 7.5미터였
다. 한 척당 노잡이 480명과 해병 150명이 탔으며 포를 실어나르는 높
은 탑들로 가득했다. 이 모든 요소로 인해 함선들은 난공불락이 되어
수비에 이점을 갖췄으나, 달팽이가 기어가듯 속도가 느린 탓에 공격에
서는 이점이 없었다. 안토니우스의 기함인 안토니우스호는 심지어 더
욱 덩치가 컸다. 클레오파트라의 함선 중 60척은 크기와 구조가 동일
했지만 또다른 60척은 노 하나에 노잡이가 네 명이 배정된 널찍한 3단 노
선으로, 노를 저을 때뿐 아니라 돛을 올렸을 때도 빠른 속도로 이동할
수 있었다. 클레오파트라의 기함인 카이사리온호는 우아하게 칠하고
금박을 입혀놓았음에도 움직임이 날랬으며 전투보다는 도주에 적합하

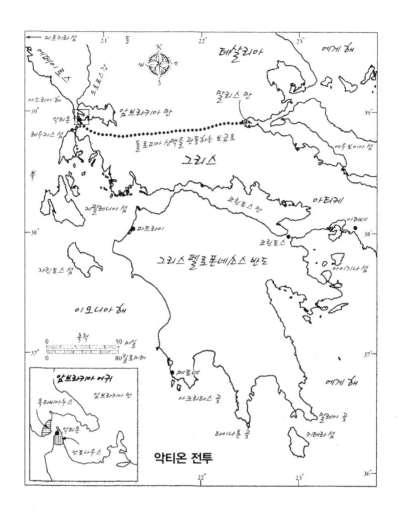

악티온 전투

게 설계된 것이었다.

모든 준비가 갖추어지자 안토니우스는 만족스러운 기분으로 가만히 앉아서 별생각 없이 대략 굵직한 명령을 내렸다. 너무 대충대충 내린 명령이었으므로, 세부사항 대부분은 자질이 훌륭하거나 평범하거나 형편없거나 제각각인 보좌관들 개인의 능력에 내맡겨졌다.

그는 아크리타스 곶에서 바로 북쪽에 위치한 펠로폰네소스 지역의 항구도시 메토네와 케르키라 섬을 잇는 선상에 자리를 잡았다. 형인 보쿠스로부터 도피중인 마우레타니아의 보구드에게 메토네의 지휘권이 주어졌고, 레우카스 섬에 세워진 다른 대규모 해군기지는 가이우스 소시우스에게 맡겨졌다. 아프리카의 키레나이카 지역까지 수비대가 배치되었다. 디부스 율리우스의 생질손인 루키우스 피나리우스 스카르푸스가 1개 함대 및 4개 군단과 함께 그곳을 맡았다. 이는 이집트에서 들어오는 곡물과 식품 화물을 보호하기 위해 반드시 필요한 조치였다. 대규모의 식량이 사모스 섬과 에페소스, 그리스 동부 해안의 여러 항구도시에 보관되었다.

안토니우스는 마케도니아 서부와 에페이로스 북부는 무시하기로 결정했다. 이 지역들을 지키려면 전선이 늘어나고 그만큼 부대와 함선의 배치 밀도가 낮아지므로, 옥타비아누스에게 이 지역들과 동방의 큰길인 에그나티우스 가도를 내주기로 한 것이었다. 그는 전선이 너무 길고 성겨지면 안 된다는 두려움에 사로잡힌 나머지 케르키라마저 비워버렸다. 그의 주력 기지는 암브라키아 만이었다. 바닷물이 들쑥날쑥 불규칙한 모양으로 육지에 거의 둘러싸인 이 거대한 만은 아드리아 해로 이어진 어귀의 폭이 1.5킬로미터도 채 되지 않았다. 이 어귀 남쪽에 뾰족하게 뻗은 육지를 악티온 곶이라 불렀는데, 안토니우스는 바로 이곳에 사령부 진지를 세우고 휘하 군단과 보조군을 그 주변의 비위생적이며 모기가 들끓는 습지 수 킬로미터에 걸쳐 부채꼴로 배치시켰다. 지상군은 진중에 그리 오래 있지 않았는데도 지독한 곤경을 맞이하고 있었다. 폐렴과 학질이 유행하고 가장 건장한 축에 속하는 병사들마저 독감에 걸렸으며 식량도 다 떨어져갔다.

안토니우스의 보급망은 체계적으로 준비되어 있지 않았고, 클레오파트라가 결함을 바로잡기 위해 무엇을 제안하든 아예 무시되거나 고의적인 방해를 받았다. 그렇다고 클레오파트라나 안토니우스나 보급품에 관해 크게 고민했다는 뜻은 아니다. 두 사람 다 대륙 동쪽에 식량을 둔 그들의 정책이 좋은 전략이라고 확신했다. 옥타비아누스가 그 은닉처에 닿으려면 펠로폰네소스 반도를 빙 돌아야 할 테니까. 하지만 그들이 미처 계산에 넣지 못한 것이 있었으니, 마케도니아부터 코린토스까지 굵은 등뼈처럼 이어지며 그리스 동부와 서부를 갈라놓은 높고 험준하여 거의 지나다니기 불가능한 산맥이었다. 이 산맥에는 길이 있다고 해봤자 좁은 산길에 불과했다.

보좌관들 중에 푸블리우스 카니디우스만이 반드시 은닉 식량과 곡물 대부분을 배에 실어 펠로폰네소스 반도를 돌아서 가져와야 한다는 입장이었다. 그러나 안토니우스는 고집스러운 태도를 견지하며 수일이 지나서야 그 명령을 승인했다. 게다가 그 일을 수행하려면 먼저 동쪽으로 항해를 해야 했고 그것만으로도 시간이 걸렸다.

결과적으로 안토니우스와 클레오파트라에게는 시간이 없었다. 늦겨울과 초봄에는 아드리아 해 동쪽에 있는 편이 유리하다는 건 워낙 익히 알려진 사실이었으므로, 안토니우스 사령부의 어느 누구도 옥타비아누스와 그의 병력이 여름 전에 아드리아 해를 건너리라고—혹은 건널 수 있을 거라고—생각하지 않았다. 그러나 이해에는 넵투누스부터 라레스 페르마리니까지 바다의 신들 모두가 옥타비아누스의 편이었다. 희한하게도 계절에 맞지 않게 아주 상쾌한 서풍이 불었다. 이는 곧 옥타비아누스는 순풍과 순류를 타고 가는 반면에 안토니우스는 역풍과 역류를 헤치고 가야 한다는 의미였다. 옥타비아누스가 어디든 내키는 곳에 항해하거나 상륙하는 것을 막을 길이 없었다.

군대 수송선들이 브룬디시움에서 아드리아 해를 건너 무더기로 들어오는 동안, 마르쿠스 아그리파는 갤리선 400척 중 절반을 파견하여 안토니우스의 메토네 기지를 공격했다. 아그리파는 완승 행진을 거두었다. 보구드를 죽이고 그의 함선 절반을 파괴한 뒤 나머지 절반은 자기 수중으로 징발한 상태에서 그대로 여세를 몰아 레우카스 섬의 소시우스에게도 똑같이 해주러 간 것이다. 소시우스는 무사히 달아났으나 그것은 아주 작은 성공에 지나지 않았다. 출발지가 어디든 뱃길로 안토니우스와 클레오파트라에게 들어가는 곡물과 식료품 보급이 완전히 끊어져버렸기 때문이다. 순식간에 육해군에게 식량을 공급할 길이 육로밖에 남지 않게 되었지만, 안토니우스는 로마인 병사들을 짐 나르는 짐승으로 삼지 않겠다고 고집부렸다. 심지어 짐 나르는 짐승도 몰지 않게 하겠다고 우겼다! 이번에는 클레오파트라의 게을러빠진 이집트인들이 뭐라도 하게 하자! 그들에게 육로 이동 계획을 맡기면 되잖아!

그 지역 동부에 있는 당나귀와 노새를 모조리 징발하여 실을 수 있는 최대한도로 짐을 실었다. 그런데 알고 보니 이집트인 감독관들은 동물에 대한 배려가 거의 없었다. 그들은 짐승들에게 마실 물도 제대로 주지 않고, 물자 행렬이 돌로피아 산맥을 넘어가는 동안 짐승들이 죽어나가는 모습을 무심히 보고만 있었다. 결국 수천 명의 그리스인이 칼끝으로 위협받으며 마지못해 보급품 자루와 단지를 어깨에 메고 말리스 만 끄트머리와 암브라키아 만 사이 120킬로미터나 되는 길을 걸어야 했다. 이 불운한 짐꾼들 중에 플루타르코스라는 그리스인도 끼어 있었는데, 이 시련을 무사히 견뎌낸 그는 훗날 밀을 질질 끌며 120킬로미터를 갔던 끔찍한 이야기로 줄곧 손자들을 즐겁게 해주었다.

4월 말에 이르자 아그리파가 아드리아 해를 장악했으며, 옥타비아누스의 전 병력은 케르키라 섬에 가려진 에페이로스의 토리네 주변에 안전하게 상륙했다. 옥타비아누스는 케르키라를 주력 해군기지로 삼기로 정한 뒤 악티온에 있는 안토니우스를 기습하기 위해 육군 병력을 이끌고 남쪽으로 계속 밀고 나갔다.

그때까지 안토니우스가 내린 잘못된 결정은 모두 클레오파트라가 그의 보좌관들에게 미친 악영향에 기인한 것이었다. 그런데 바로 이 시점에 그는 가장 기본적인 실수를 저지르고 말았다. 그가 가진 함선 전부를 암브라키아 만 안에 가둬놓은 것이다. 아그리파에게 잃은 것을 제하고도 남은 함선은 총 440척에 달했다. 배들의 큰 덩치와 느린 속도를 고려하면, 더없이 이상적인 상황이 아니고서야 그 일대에 갇힌 함대를 폭이 1.5킬로미터도 안 되는 수로를 통해 만 밖으로 빼내기란 불가능했다. 게다가 안토니우스와 클레오파트라가 무력하게 손놓고 있는 사이 그들의 나머지 기지들이 아그리파에게 함락되었다. 파트라이, 코린토스 만 전체, 펠로폰네소스 서부를 잃은 것이다.

빠르게 진군하여 안토니우스의 지상군을 기습 공격하려던 옥타비아누스의 시도는 실패로 끝났다. 비가 와서 땅은 질척거렸고, 그의 병사들은 감기 기운이 있었다. 안토니우스와 암살자 데키무스 투룰리우스는 정찰병들의 보고를 토대로 몇 개 군단과 갈라티아인 기병대를 이끌고 나가 선두 군단들을 격파했다. 옥타비아누스는 부득이 진군을 중단할 수밖에 없었다.

승리가 절실했던 안토니우스는 전장에서 (그의 군 경력에서 네번째로) 병사들에게 그를 임페라토르로 연호하게 했으며 자신의 성공을 엄청나게 부풀렸다. 질병도 돌고 배급식량도 나날이 줄어들어 진지 내 사기는 극도로 낮았다. 그의 지휘 계통은 클레오파트라 탓에 불만으로 가득했다. 클레오파트라는 가만히 뒷전에 물러나 있으려는 시늉조차 않고 주기적으로 진지 일대를 돌면서 나무라고 흠을 잡았으며 쌀쌀맞고 거만한 태도를 취했다. 자신의 기준으로 보면 그녀는 아무것도 잘못한 게 없었다. 로마인들과 어울린 세월이 어느덧 꼬박 16년을 채웠는데도 그녀는 아직 남녀를 불문하고 어느 누구에게도, 심지어 디아데마 띠를 두를 운명을 타고난 사람에게조차 자동으로 숭배가 따르진 않는다는 평등주의 개념을 온전히 이해하지 못했다. 일반 군단병들은 자기네가 지금과 같은 궁지에 빠진 것을 클레오파트라 탓으로 돌리면서 그녀에게 야유와 조소를 퍼붓고 강아지떼처럼 시끄럽게 짖어댔다. 그런다고 클레오파트라가 그들에게 벌을 주도록 지시할 수도 없었다. 그들을 책임지는 백인대장과 보좌관 들은 그녀를 아예 무시했기 때문이다.

옥타비아누스는 마침내 암브라키아 만의 북쪽 곶 근처 마른땅에 진을 쳤고 '기다란 벽' 형태의 방어시설로 그의 거대한 주둔지와 아드리아 해변의 보급품 기지를 연결했다. 곧바로 교착 상태가 이어졌다. 아그리파는 바다로부터 만을 봉쇄했고 옥타비아누스는 안토니우스가 덜 질퍽한 지대로 이동할 기회를 빼앗았다. 굶주림이 더욱 기승을 부렸으며 뒤이어 절망감이 찾아왔다.

서풍이 조금씩 드문드문해지던 어느 날, 안토니우스는 타르콘디모토스의 지휘 아래 함대 일부를 내보냈다. 아그리파가 믿음직한 리부르니족 병력과 함께 서둘러 이들을 맞이하러 나와서 적을 완파했다. 타르콘디모토스는 전사했다. 순전히 바람의 방향이 갑작스레 바뀐 덕분에 안토니우스의 함대 대부분은 자기네가 있던 감옥 안으로 간신히 복귀할 수 있었다. 이번 기습 공격을 피호국 왕이 이끈데다 어느 함선에도 로마인 병사들이 없었다는 사실에 아그리파는 의아했지만, 이런 행보를 안토니우스의 마음속에 과연 자신이 승리할 수 있을지 의심이 일었다는 증거로 해석했다.

사실 그렇게 된 연유는 마르쿠스 안토니우스가 실의에 빠진 와중에도 여전히 정기적으로 열던 군사회의에서 의견 차이가 있었던 탓이었다. 안토니우스와 로마인들은 지상전을 원한 반면 클레오파트라와 피호국 왕들은 해상전을 원했다. 양쪽 파벌 모두 그들이 승산 없는 상황에 빠진 것을 알았고, 이제는 이탈리아 침공 계획을 버리고 이집트로 돌아가서 조직을 재정비하고 더 나은 전략을 안출해야 하는 상황임을 조금씩 인지하고 있었다. 그러나 이렇게 하려면 먼저 대규모 퇴각이 가능해지도록 옥타비아누스에게 큰 타격을 가해야만 했다.

식량이 산맥을 넘어 조금씩 흘러들어와서 어찌어찌 굶주림은 면하고 있었지만, 부족한 배급량을 강제해야만 했다. 이 문제와 관련해 클레오파트라가 지는 바람에 7만 명에 이르는 비로마인 파견대가 급속도로 소외되기 시작했다. 안토니우스는 은밀히 로마인 병사 6만 5천 명에게 식량을 더 많이 배급해주고 있었다. 그러나 충분히 은밀하진 못했던지 비밀이 피호국 왕들에게 새어나갔다. 그들은 맹렬히 항의했고 이일로 안토니우스를 혐오하게 되었다. 또한 이처럼 불공평한 처사를 중단하도록 안토니우스를 설득하거나 으르지 못한 클레오파트라를 나약하게 여겼다.

여름이 성큼 다가오면서 학질과 장티푸스가 진지 곳곳에 번졌다. 로마인과 비로마인을 막론하고 누구 하나 육군을 교련하거나 해군을 훈련해야 한다는 생각을 할 신중함이나 열의가 없었다. 거의 14만 명에 이르는 안토니우스의 병사들은 배고프고 병들고 불만에 찬 채로 하릴없이 빈둥거렸다. 윗선의 누군가가 타개책을 생각해내기를 기다릴 뿐, 싸우고 싶다고 조르지도 않았다. 그들이 이미 포기해버렸음을 보여주는 확실한 징후였다.

그러던 중 안토니우스가 타개책을 생각해냈다. 우울한 기분을 떨치고 정신을 차린 그는 참모진을 불러 자신의 생각을 설명했다.

"지금 우린 아케론 강과 가까이 있으니 꽤나 운이 좋네." 그가 지도를 가리키며 말했다. "그리고 옥타비아누스는 여기 있는데, 우리보다 훨씬 열악하지. 그는 자기 진지에서 한참 떨어진 오로포스 강에서 담수를 가져와야 하니까. 원래 반으로 쪼개 속을 비운 나무 몸통으로 연결되어 있었던 것을 아그리파가 이탈리아에서 가져오는 토관(土管)으로 갈고 있네. 하지만 현재로선 그의 급수 사정은 불안정해. 따라서 우리는 그의 급수를 차단함으로써 그가 현 위치에서 철수하여 오로포스 강과 더 가까운 위치로 이동할 수밖에 없게 만들 거야. 유감스러운 점은 우리가 이 기습 작전을 강행하기 위해 이동해야 하는 거리 때문에 보병대의 총공격은 감행할 수가 없다는 것이네. 적어도 처음에는 불가능해."

그는 오른손 검지로 해당 지역을 가리켜 보이며 말을 이었고 목소리에는 자신감이 묻어났다. 사령부 막사의 분위기는 한결 밝아졌다. 무엇보다 클레오파트라가 침묵을 지키고 있었던 덕이 컸다.

"그러므로 데이오타로스 필라델포스, 당신 기병대와 트라키아인 기병대를 데리고―로이메탈케스가 부사령관을 맡을 거요―선봉에 서시오. 만 동쪽으로 상당히 먼 거리를 우회하게 되겠지만 그쪽에서 무슨 일이 벌어지든 옥타비아누스가 주시하고 있지는 않을 거요. 거리가 너무 머니까 말이오. 마르쿠스 루리우스가 로마군 10개 군단을 데리고 당신 뒤에 최대한 바짝 붙어서 따라갈 거요. 그동안 나는 보병군을 대거 이끌고 만을 건너서 옥타비아누스의 방벽 바로 아래 진지에 그들을 대기시키겠소. 옥타비아누스는 딱히 당황하지 않을 테고 내가 싸움을 걸어도 날 무시할 거요. 워낙 견고한 방벽으로 에워싸여 있으니 놀랄 턱이 없지. 루리우스, 당신의 보병대가 데이오타로스 필라델포스의 기병대와 만나면 그 즉시 수 킬로미터에 이르는 옥타비아누스의 도관을 뜯어낸 다음 그의 북쪽 은닉처에 있는 식량을 약탈하는 거요. 사태 보고를 들으면 그는 곧바로 오로포스 강 유역으로 병력을 이동시키려 할 거요. 그가 한창 병력을 빼내는—그리고 아그리파가 그를 돕는—사이에 우리는 이집트로 철수하는 거요."

흥분이 번져갔다. 그것은 훌륭한 책략이었고 성공할 확률도 매우 높았다. 그러나 로마군 병사들에게 식량이 더 많이 지급된다는 소식 이후로 이미 내부의 불만이 심히 커져 있던 차였다. 트라키아인 지휘관 한 명이 탈영하여 옥타비아누스에게 가서는 이 계획을 낱낱이 누설했다. 옥타비아누스는 그의 게르만족 일부로 안토니우스측의 기병대를 저지할 수 있었다. 전투는 없었다. 데이오타로스 필라델포스와 로이메탈케스는 그 자리에서 옥타비아누스 편으로 넘어간 뒤 게르만족 기병들과 합세하여 다가오는 보병들을 진압했다. 보병들은 그대로 뒤돌아 악티온 방향으로 달아났다.

안토니우스는 이 참사를 전해 듣자 마지막 남은 기병대인 아민타스 휘하의 갈라티아 파견대를 결집시킨 다음 군단들의 사기를 회복시키기 위해 직접 나섰다. 그러나 자신의 동료들과 게르만족 무리에 마주치는 순간 아민타스는 그대로 탈주하여 기병 2천 명과 함께 옥타비아누스 편으로 들어갔다.

계획이 좌절되어 절망에 빠진 안토니우스는 그의 군단들을 이끌고 악티온으로 되돌아갔다. 이 끔찍한 곳에서는 어떤 지상전을 하건 이길 수 없으리라는 확신 때문이었다.

"이 난국을 어떻게 벗어난단 말이오!" 그는 클레오파트라에게 울부짖었다. 희망은 마치 미라처럼 시커멓게 쪼그라들어 있었다. "신들도 행운도 나를 버렸소! 바람이 평소대로 불었다면 옥타비아누스는 절대 아드리아 해를 건널 수 없었을 거요! 그런데 그에게 순풍이 불어주면서 내 계획을 모조리 망쳐버렸소! 클레오파트라, 클레오파트라, 나는 어찌해야 한단 말이오? 이젠 다 틀렸소!"

"쉬, 쉬이." 클레오파트라는 나지막이 중얼거리며 그의 뻣뻣한 곱슬머리를 쓰다듬다가 그 머리칼이 희끗해지고 있다는 걸 처음으로 알아차렸다. 거의 하룻밤 사이에 흰 서리가 내려 있었다!

클레오파트라 역시 그와 똑같은 무력감을 확인한 터였다. 이번 사태에서 로마의 신들뿐 아니라 그녀의 신들까지 옥타비아누스를 편들었다는 지독한 두려움을. 그렇지 않다면 어째서 그가 계절과 상관없이 아드리아 해를 건널 수 있었겠는가? 또 어째서 그가 아그리파처럼 훌륭한 지휘관을 얻었겠는가? 하지만 무엇보다 절박한 질문은 따로 있었다. 그녀는 왜 마르쿠스 안토니우스를 그의 필연적인 운명 속에 내버려두고 고향 이집트로 떠나지 않았는가? 의리 때문에? 아니, 그건 절대 아니지! 따지고 보면 안토니우스에게 빚진 게 뭐가 있다고? 그는 나의 앞잡이고 도구이며 무기일 뿐인걸! 그건 처음부터 쭉 알았던 사실이잖아! 그런데 난 대체 왜 그의 곁에 붙어 있는가? 그에게는 이 원정에 필요한 기술이나 배짱이 없다. 처음부터 없었다. 그저 나를 사랑했기에 내게 필요한 사람이 되려 했을 뿐이다. 그를 쓰다듬어주며 그녀는 생각했다. 로마가 문제야. 이집트의 클레오파트라만큼 위대하고 강력한 군주조차도 로마인을 로마의 틀에서 빼낼 수 없다. 나는 거의 성공할 뻔했지. 하지만 그럴 뻔했던 것에 그쳤다. 카이사르에게 시도했지만 안 먹혔고 안토니우스에게도 먹히지 않는다. 그런데 나는 왜 여기 있을까? 왜 지난 몇 주 동안 그에게 더 물렁하게 굴고 그를 닦달하지 않았던 걸까? 왜 그에게 다정했던 걸까? 난 원래 다정한 사람이 아닌데?

그러다 그녀는 갑작스레 천재지변을 당한 것 같은 공포와 함께 깨달았다. 그 깨달음은 산사태, 거대한 물벼락, 지진처럼 그녀를 덮쳤다. 나는 그를 사랑해! 클레오파트라는 그를 보호하듯 부드럽게 껴안으며 그의 얼굴과 두 손과 손목에 입을 맞췄다. 그러고는 망연자실 넋이 나간 채, 너무나 은밀하게 살금살금 다가와 그녀를 침범하고 정복해버린 이 새로운 감정의 정체를 자각했다. 나는 그를 사랑해, 그를 사랑해! 아아, 가엾은 마르쿠스 안토니우스, 마침내 복수를 이뤘군요! 날 향한 당신의 사랑 못지않게 나 역시 당신을 사랑하니까. 온전하게, 끝없이. 높은 벽에 둘러싸여 있던 내 심장은 진동을 일으키다 갈라졌고 결국 크게 벌어져 마르쿠스 안토니우스를 받아들였다. 이 분열을 일으킨 쐐기는 나를 향한 그의 사랑이었다. 그는 로마인으로서 자신의 영혼을 내게 바쳤고, 너무나 짙고 어두워서 나 말고는 아무것도 보이지 않는 검은 밤으로 걸어들어갔다. 그리고 그의 제물을 받아든 나는 그를 사랑하게 되었다. 앞으로 무슨 일이 일어나든 우리 둘의 미래는 같다. 난 그를 버릴 수 없다.

"아, 안토니우스, 사랑해요!" 그를 껴안으며 클레오파트라는 외쳤다.

　여름이 지나는 사이 보좌관들 수십 명이 안토니우스를 버렸고 원로
원 의원들은 수백 명씩 떼 지어 옥타비아누스에게로 몰려갔다. 안토니
우스가 절망에 빠져 그들을 막으려 하지도 않았으므로 만을 건너기만
하면 되는 쉬운 일이었다. 그들이 망명을 청하며 대는 구실의 핵심은
항상 파멸의 원인인 '그 여자'였다. 다만 한 첩자는 특이한 내용을 클레
오파트라에게 보고했다. 트라키아의 로이메탈케스가 안토니우스를 유
달리 매섭게 비난하자 옥타비아누스가 그에게 버럭 화를 냈다는 것이
었다.

　"조용히 하시오!" 그는 쏘아붙였다. "내가 배신을 좋아한다고 해서
배신자까지 좋아한다는 뜻은 아니니까."

　안토니우스에게 최악의 타격은 7월 말에 왔다. 클레오파트라에 대한
혐오를 숨기지 않으면서―아니, 목이 쉬도록 맹렬히 드러내면서―아
헤노바르부스가 떠난 것이다.

　"안토니우스, 당신을 위해서조차 그 여자를 하루도 더 못 견디겠습
니다. 제가 병중인 건 당신도 아시겠지만 죽어가고 있다는 건 아마 모
르실 겁니다. 저는 제대로 로마다운 환경에서 죽고 싶습니다. 저 여자
의 입김을 조금도 느낄 수 없는 곳에서요. 아, 어찌 그리 바보십니까,
마르쿠스! 저 여자가 없었으면 당신이 이겼을 거예요. 저 여자가 있는
한 당신에겐 승산이 없습니다."

　안토니우스는 눈물을 흘리며 나이우스 도미티우스 아헤노바르부스
를 싣고 만을 건너는 작은 배를 지켜보았다. 그런 뒤 아헤노바르부스의
소지품 일체를 뒤따라 보냈다. 클레오파트라의 격렬한 반대는 들은 척

도 하지 않았다.

아헤노바르부스가 떠난 다음날, 퀸투스 델리우스가 마지막 남은 원로원 의원들과 함께 뒤따라갔다.

그다음날 옥타비아누스는 안토니우스에게 품위 있는 편지를 보냈다. "당신의 가장 충실한 벗인 나이우스 도미티우스 아헤노바르부스가 어젯밤 평안히 세상을 떠났습니다. 제가 그를 반갑게 맞이하고 정중히 대했음을 알려드리고 싶군요. 제가 알기로 그의 아들 루키우스는 당신과 제 누이 옥타비아 사이에서 태어난 큰딸과 약혼중입니다. 저는 그 약혼을 존중하겠다고 아헤노바르부스에게 약속했습니다. 디부스 율리우스와 마르쿠스 안토니우스, 그리고 아헤노바르부스 가문의 혈통을 연결하는 부부의 자식을 지켜보는 건 흥미로울 테지요, 안 그렇습니까? 아헤노바르부스 가문이 항상 율리우스 가문을 적대했음을 감안하면 일종의 줄다리기에 비유할 수 있겠군요."

"그가 보고 싶소, 그가 보고 싶어!" 안토니우스의 얼굴에 눈물이 마구 쏟아져내렸다.

"그는 내게 완강한 적이었어요." 클레오파트라는 이렇게 말한 뒤 입을 꼭 다물었다.

8월 이두스 날에 클레오파트라는 작전회의를 소집했다. 우리 편 사람이 이리도 적다니, 이리도! 마르쿠스 안토니우스를 상아 대좌에 다정하게 앉히면서 그녀는 생각했다.

"내게 계획이 있어요." 그녀는 마지막으로 남은 선임 보좌관들인 카니디우스, 포플리콜라, 소시우스, 마르쿠스 루리우스에게 선언했다. "하지만 다른 사람들도 생각한 계획이 있을 수 있겠죠. 만약 그렇다면 내가 말하기 전에 한번 들어보고 싶군요." 클레오파트라의 어조는 겸손했고 진실되게 들렸다.

"제게 계획이 있습니다." 카니디우스가 말했다. 직접 회의를 소집할 필요 없이 이렇게 의견을 말할 기회가 예기치 않게 찾아와서 무척 감사한 기분이었다. 그는 수개월 전부터 안토니우스를 조금도 신뢰하지 못하고 있었다. 그가 과거의 모습이 모두 사라진 찌꺼기로 변해버렸기 때문이다. 그건 다른 누구도 아닌 클레오파트라 탓이었다. 그런 그녀를 한때나마 옹호했다니! 뭐, 이제는 아니지만.

"말해보세요, 푸블리우스 카니디우스." 그녀가 말했다.

늘씬한 몸과 육체노동을 좋아하는 기질에도 불구하고 카니디우스 역시 나이들어 보였다. 그래도 그의 솔직함은 조금도 줄지 않았다. "우리가 가장 먼저 해야 할 일은 함대를 버리는 겁니다." 그가 말했다. "기함은 최대한 많이 살린다는 얘기가 아닙니다. 클레오파트라 여왕의 기함까지 포함해 모든 함선을 버려야 한다는 뜻입니다."

뻣뻣하게 굳어졌던 클레오파트라는 입술을 벌렸다가 다시 닫았다. 카니디우스가 터무니없는 자기 계획을 끝까지 말하게 한 뒤에 공격하자!

"육군은 강행군으로 마케도니아 쪽 트라키아까지 퇴각합니다. 그곳에서라면 작전을 짜고 우리가 고른 장소에서 전투를 치를 여지가 있을 겁니다. 우리는 소아시아와 아나톨리아, 심지어 다키아에서도 추가 병력을 모을 수 있는 완벽한 위치에 있게 됩니다. 현재 테살로니카 인근에 주둔해 있는 마케도니아군 7개 군단을 활용할 수 있습니다. 장군님도 아시다시피 훌륭한 병사들이죠. 공기가 맑고 건조한 암피폴리스 뒤쪽을 제안하고자 합니다. 올해는 비가 제법 왔기에 필리피 전장에서 겪었던 모래 폭풍은 없을 겁니다. 우리가 거기 도착할 때면 수확이 한창일 테고 수확량도 풍부할 겁니다. 이 조치를 취함으로써 우리의 아픈 병사들이 체력을 회복할 시간을 벌 수 있고, 이 끔찍한 장소를 떠난다는 사실만으로 사기가 치솟을 겁니다. 더군다나 옥타비아누스와 아그리파가 카이사르 같은 속도로 행군할 수 있을 것 같지도 않습니다. 듣기로는 옥타비아누스의 자금이 다 떨어져간다고 하니까요. 그는 겨울도 다가오고 보급로도 불확실한 상황에 이탈리아에서 멀리 떨어진 곳에서 전투를 치르지 않기로 결정할지도 모릅니다. 우리는 육로로 행군하는 반면에 그는 아드리아 해에서 에게 해 북부까지 함대들을 옮겨야 합니다. 우리는 함대가 필요 없겠지만, 그는 우리가 에그나티우스 가도를 막고 있는 상황에서 물자를 확보하려면 함선에 의지할 수밖에 없을 겁니다."

카니디우스는 말을 멈췄다. 그러나 클레오파트라가 입을 열려는 차에 그가 너무나 당당하게 손을 들어올렸으므로 그녀는 발언하지 않았다. 나머지 사람들은 그의 말을 하나라도 놓칠세라 열심히 듣고만 있었다. 멍청이들!

"여왕 전하," 카니디우스가 이번에는 그녀를 향해 말을 이었다. "아시다시피 저는 누구보다 확고히 당신을 지지하는 사람이었습니다. 하나 이제는 그렇지 않습니다. 군사작전은 여자가 나설 일이 아님을, 특히 그 여자가 사령부 막사를 차지할 경우 더더욱 그러함을 지난 시간들이 증명했습니다. 당신의 존재는 이의와 분노와 반대의 씨를 뿌렸습니다. 당신의 존재 때문에 우리는 귀중한 병사들과 심지어 더 귀중한 시간을 잃었습니다. 당신의 존재는 로마군 병사들에게서 활력과 이기려는 의지를 없애버렸습니다. 당신의 성별이 너무나 많은 문제를 일으켰기에,

설령 당신이 율리우스 카이사르 같은 인물이라 해도—물론 실제로는 전혀 그렇지 않지만—당신 존재는 안토니우스와 그의 사령관들에게 끔찍한 짐입니다. 따라서 저는 당신이 즉시 이집트로 돌아가야 한다고 단호히 말하는 바입니다."

"그럴 일은 절대 없어!" 클레오파트라가 벌떡 일어서며 외쳤다. "어찌 감히, 카니디우스! 이 전쟁을 내내 지탱한 건 내 돈이고 내 돈은 곧 나예요! 나는 이 전쟁에서 승리할 때까지 집에 가지 않을 거예요!"

"제 말의 요지를 못 알아들으셨군요, 여왕 전하. 저는 당신이 여기 있는 한 우리가 이 전쟁에서 이길 수 없다고 했습니다. 당신은 여자의 몸으로 전쟁에서 남자 역할을 하려 했지만 성공하지 못했습니다. 당신과 당신의 괴상한 짓거리로 인해 우리는 큰 대가를 치렀고, 이제는 당신도 그 사실을 깨달아야 할 때입니다. 우리가 승리하려면 당신이 즉시 집으로 돌아가야만 합니다!"

"난 가지 않을 거예요!" 클레오파트라는 이를 앙다물고 내뱉었다. "더군다나 어떻게 우리가 함대를 모두 버려야 한다는 제안을 할 수 있죠? 함대에는 육군의 열 배에 달하는 비용이 들어갔는데 그걸 옥타비아누스와 아그리파에게 고스란히 넘겨주자는 건가요? 그러면 온 세상을 그들에게 넘기는 거나 마찬가지예요!"

"저는 함대들을 적에게 내주자고 한 게 아닙니다, 전하. 제가 말하고자 한 뜻은—이번엔 명백하게 말하지요—함대를 태우자는 겁니다."

"태운다고요?" 그녀는 헉 소리를 내며 두 손을 목으로 가져갔다. 화가 치받아 목이 메는 듯했다. "태운다고? 거기 들어간 그 모든 나무, 그 모든 노동, 그 모든 돈이 연기 속에 사라진다고요? 절대 안 돼요! 안 돼, 안 돼, 안 된다고요! 우리에겐 전투에 내보낼 수 있는 상태의 5단 노선이 400척도 넘게 있고 수송선은 그보다도 훨씬 많아요! 우리에겐 남은 기병대도 없다고요, 이 멍청이! 다시 말해 육군은 싸울 수 있는 처지가 아니라는 거죠. 완전히 절름발이가 됐다니까요! 뭔가를 버려야 한다면 보병대를 버려요!"

"지상전은 기병대가 아니라 보병대로 결정됩니다." 카니디우스가 대꾸했다. 그는 이 정신 나간 여자와 본전을 찾으려는 그녀의 집착에 굴복하지 않을 작정이었다. "함대를 태우고 암피폴리스로 행군해야 합니다."

설전이 맹렬히 계속되는 동안 안토니우스는 가만히 앉아 침묵을 지켰다. 클레오파트라가 포플리콜라, 소시우스, 루리우스를 등에 업은 카니디우스와 홀로 맞서고 있었다. 그들이 쏟아내는 말은 마치 윙윙거리며 공중을 떠돌고, 세졌다가 약해지고, 벽면에서 색을 지워내 서로에게 번지게 하는 것처럼 보였다. 현실 같지가 않아, 하고 안토니우스는 생각했다.

"난 집에 가지 않을 거야! 내 함대를 태우는 건 용납할 수 없어!" 클레오파트라는 입가에 거품을 문 채 바락바락 악을 썼다.

"여자는 집에 가시오! 함대는 반드시 태워야 하오!" 사내들은 주먹을 움켜쥐고 고함을 질렀다. 몇몇은 그녀를 향해 주먹을 휘두르기도 했다.

마침내 안토니우스가 기운을 냈다. 그가 한 손을 탁자 위에 내려놓자 탁자가 마구 흔들렸다. "다들 입다무시오! 입다물고 자리에 앉으라고!"

그들은 하나같이 격렬한 분노와 좌절감에 부르르 떨면서 자리에 앉았다.

"함대는 태우지 않을 것이오." 안토니우스가 지친 목소리로 말했다.

"여왕의 말이 맞소. 함대는 남겨둬야 하오. 배를 모두 태워버리면 옥타비아누스와 지중해 동단 사이에 아무것도 남지 않게 되니까. 이집트가 무너질 거요. 옥타비아누스는 암피폴리스에서 간단히 우리를 우회할 테니 말이오. 그는 곧장 이집트로 배를 몰 것이고, 이집트는 함락되겠지. 우리가 육로로 행군해야 할 경우 먼저 도착할 수 없으니까. 그 거리를 생각해보시오! 헬레스폰트 해협까지만 해도 1천500킬로미터에다 아나톨리아까지 또 1천500킬로미터, 알렉산드리아까지 또다시 1천500킬로미터요. 카이사르라면 아마 서너 달 안에 그 거리를 갈 수도 있었겠지만, 그의 병사들은 그를 위해 죽어도 좋다는 이들이었소. 그에 비해 우리 병사들은 한 달이면 강제 행군에 싫증을 내고 탈영할 거요."

그의 논거에는 이견의 여지가 없었다. 카니디우스와 포플리콜라, 소시우스, 루리우스는 침묵했고, 클레오파트라는 가만히 앉아 눈을 내리깐 채 승리감을 표출하지 않았다. 이제야 그녀는 이 멍청이들이 견딜 수 없었던 건 그녀의 성별임을, 그녀가 외국인이라는 사실이나 그녀의 돈주머니가 아님을 깨달았다. 그들의 모든 증오는 여자를 겨냥한 것이었다. 로마인들은 여자를 좋아하지 않는 거야. 그러니 시골 빌라에 들어앉아 있는 것 말고 별달리 하는 일이 없을 때도 여자들은 집에 두고 가는 거지! 마침내 그녀는 수수께끼의 답을 찾았다.

"내 성별 때문인지 몰랐어요." 나머지 사람들이 자리를 뜬 뒤 클레오파트라는 안토니우스에게 말했다. 그의 사령관들은 험악하게 투덜대면서도 안토니우스의 말이 옳다고 납득하며 나갔다. "어쩜 나는 그리도 몰랐을까요?"

"아, 당신이 살아온 삶이 한 번도 그 베일을 벗기지 않았기 때문이지."

침묵이 내렸지만, 불편한 침묵은 아니었다. 클레오파트라는 안토니우스에게서 변화를 감지했다. 마치 그녀와 그에게 남은 네 친구들 간의 쓰디쓴 반감과 한참 계속된 논쟁이 그의 무심한 마음을 뚫고 들어가 그에게 얼마간 다시 힘을 불어넣은 것 같았다.

"이제는 카니디우스나 다른 이들에게 내 계획을 말하고 싶지 않아졌어요." 그녀가 말했다. "하지만 당신에겐 얘기하고 싶어요. 들어줄래요?"

"기꺼이 그러겠소, 내 사랑. 기꺼이."

"우리가 여기서 이길 수 없다는 건 나도 알아요." 그녀가 말했다. 그러나 마치 이 사실이 걱정스럽지 않다는 듯 씩씩한 목소리였다. "또한 육군이 아무 쓸모 없다는 것도 알아요. 당신의 로마 병사들은 언제나처럼 충성스럽고 그들 중엔 탈영도 없었어요. 그러니 가능하다면 그들은 남겨야 해요. 내가 원하는 건 암브라키아에서 벗어나 서둘러 이집트로 달아나는 거예요. 그런데 그럴 수 있는 길은 하나뿐이에요. 바로 우리 함대들이 전투를 개시하는 거죠. 그 전투는 당신이 안토니우스호에 승선해서 직접 지휘해야만 해요. 나는 해군 문제에 서투르니까 세부계획을 짜는 일은 당신과 당신 친구들에게 맡길게요. 다만 당신의 로마 병사들을 내 수송선들에 최대한 많이 태우고 싶어요. 그동안 당신은 가장 빠른 갤리선들에 다른 병사들을 태우고요. 5단 노선은 잊어버려요. 그 배들은 워낙 느려서 잡힐 테니까요."

안토니우스는 그녀의 얼굴에 눈을 고정한 채 주의깊게 듣고 있었다. "계속하시오."

"이건 우리끼리의 비밀이에요, 마르쿠스, 내 사랑. 카니디우스에게도 말해선 안 돼요. 그 사람은 계속 육지에 두고 남은 보병대를 지휘하게 해요. 포플리콜라, 소시우스, 루리우스는 당신 함대들의 지휘를 맡겨서 계속 바쁘게 하고요. 그들은 당신이 확실히 자리를 지키는 한 수상한 낌새를 채지 못할 거예요. 나는 전선과 충분히 떨어진 후방에서 카이사리온호에 탄 상태로 어디쯤 틈이 생길지 지켜볼게요. 그러다 틈이 생기면 우리는 그 즉시 당신 병사들과 함께 이집트로 달아나는 거예요. 안토니우스호 가까이에 부속선 한 대를 항시 준비해뒀다가 내 배가 움직이는 게 보이면 뒤따라와요. 재빨리 날 따라잡아서 카이사리온호에 타요."

"내가 탈주자 같아 보일 텐데." 안토니우스가 이맛살을 찌푸리며 말했다.

"당신 군단들을 살리기 위한 행동이었다는 게 알려지고 나면 그렇지 않을 거예요."

"당신 계획을 보강할 수 있겠소, 여보. 피나리우스 스카르푸스가 맡은 1개 함대와 4개 군단이 키레나이카에 있소. 배 한 척만 내주면 내가 파라이토니온으로 가서 피나리우스와 내 병사들을 데려오겠소. 우리는 알렉산드리아에서 다시 만나는 거요."

"파라이토니온요? 거긴 키레나이카가 아니라 리비아잖아요."

"바로 그래서 지금 당장 키레나이카로 배를 보낼 거요. 피나리우스에게 즉시 파라이토니온으로 이동하라는 명령을 전하는 거지."

"여기 있는 당신의 11개 군단 전부를 구해낼 순 없다는 걸 고려하면 추가 4개 군단은 꽤나 유용하겠군요." 그녀가 만족스러워하며 말했다. "그렇게 해요, 마르쿠스. 그 배를 카이사리온호 바로 옆에 대기시켜놓을게요. 하지만 그 배에 타기 전 카이사리온호에 와서 작별인사를 하고 가야 해요, 꼭."

"그야 어렵지 않지." 그는 웃으며 말한 뒤 그녀에게 키스했다.

비밀은 새어나갔다. 9월 칼렌다이에 군단들이 클레오파트라의 수송선들과 빠른 항해가 가능해 보이는 배들에 통조림 속 정어리처럼 빽빽하게 태워지자 이는 불가피한 일이었다. 해상 전투 이상의 뭔가가 있다는 징후들은 이미 그전에도 드러났다. 거대한 5단 노선을 제외한 모든 배에 돛이 실린데다 엄청나게 많은 물과 식량이 가득 채워져 있었던 것이다. 카니디우스, 포플리콜라, 소시우스, 루리우스와 나머지 보좌관들은 교전을 치르자마자 바로 이집트로 가기 위한 것이라고 추측했다. 옥타비아누스의 눈에 띄기 전 연기가 없어지도록, 항해에 부적합하거나 필요 없는 배들이 암브라키아 만 어귀로부터 한참 떨어진 지점에서 모조리 해변으로 끌려가 불태워졌을 때 이 추측은 한층 더 확고해졌다. 하지만 그 교전 역시도 눈속임이며 끝까지 싸우지 않을 거라는 사실은 아무도 짐작하지 못했다. 자부심 강한 로마인인 포플리콜라, 소시우스, 루리우스는 전투에서 전력을 다하지 않는다는 계획을 받아들이지 못했을 터였다. 카니디우스는 이 눈속임을 간파했지만 동료들에겐 아무 말도 하지 않았고, 옥타비아누스가 상황을 간파하기 전에 미처 수송선에 끼어 타지 못할 병사들을 행군시킬 준비에만 집중했다.

 아드리아 해안 지역의 여름 막바지에는 바람이 다른 어느 철보다 규칙적이었다. 아침에는 서쪽에서 바람이 불어오다가 정오쯤에 북서쪽으로 방향을 틀었으며 북쪽으로 향할수록 강도가 세졌다.

옥타비아누스와 아그리파는 전투가 임박했다는 조짐을 놓치지 않고 있었다. 다만 안토니우스와 클레오파트라가 소유한 수송선마다 돛과

물과 식량이 실렸다는 내용을 보고해온 첩자는 없었다. 그들이 이 정보를 알았다면 도주에 대한 대응책을 구상했을지도 몰랐다. 하지만 그들은 그 사실을 몰랐기에 그저 적군이 가만히 앉아 있는 데 진력이 나서 모든 것을 걸고 해상에서 아그리파를 무찌르기로 결심한 거라고 짐작했다.

"안토니우스의 전략은 단순하네." 사령관 막사에서 아그리파는 옥타비아누스에게 말했다. "그는 북쪽 끝에서 내 전함들을 쳐 남쪽으로 몰아야 하네. 다시 말해 자네의 육상 진지와 코마로스 만에 있는 내 기지로부터 멀리 떨어뜨리는 거지. 그의 육군은 충분한 승산을 가지고 자네의 진지와 내 해군 기지를 칠 테고. 내 전략도 똑같이 단순하네. 나는 그가 내 전선을 바람 부는 쪽으로 돌려놓지 못하게 막아야 하지. 이 방향 틀기 경주에서 이기는 쪽이 전투도 이기게 될 걸세."

"그러면 바람이 안토니우스보다 자네에게 조금 더 유리하군." 옥타비아누스가 잔뜩 흥분하며 말했다.

"맞네. 또하나 내게 유리한 건 크기야, 카이사르. 안토니우스의 거대한 5단 노선들은 너무 느리거든. 그는 거인 안타이오스고 우리는 그에 비하면 난쟁이인 헤라클레스네." 아그리파는 씩 웃으며 말했다. "그런데 그는 헤라클레스가 안타이오스를 그의 어머니인 땅에서 들어올렸다는 사실을 잊은 것 같네. 글쎄, 해상에서 싸우는 전투에는 안타이오스가 힘을 얻을 땅이 없지."

"내가 자네 전선의 남쪽 끝에서 지휘할 소함대를 주게." 옥타비아누스가 말했다. "이번 전투가 끝나도록 마른땅에만 머물러서 모두가 나를 겁쟁이라 부르게 하진 않을 거야. 그래도 내가 주요 공격지점에서 충분히 떨어져 있으면 설사 어이없는 실수를 저지른다 해도 자네의 전술에 방해가 되진 않겠지. 우리 군단병을 몇 명이나 쓸 계획인가, 아그리파?
만약 안토니우스가 이길 경우 우리의 진지와 항구를 침공할 것임을 감
안했을 때?"

"3만 5천 명이네. 저 거대한 코끼리들을 멀리서부터 끌어올 하르팍
스를 함선마다 싣고, 갈고리 달린 건널판자도 최대한 많이 실을 거야.
우리 병사들은 해병대원으로 훈련을 받았다는 점에서 우리에게 이점
이 있네. 안토니우스는 군이 그런 일에 신경쓴 적이 없거든. 한데 카이
사르, 자넨 우리 전선의 남쪽 끝에 있어봤자 아무 소용이 없네. 내 리부
르니족 함선에 부사령관으로 타는 편이 나아. 자네가 내 명령을 철회하
지 않을 거라고 믿네."

"이런, 칭찬 고맙네! 예상일은 언제인가?"

"모든 조짐상 내일이네. 우린 준비되어 있을 걸세."

9월 둘째 날, 마르쿠스 안토니우스는 6개 소함대를 이끌고 암브라키
아 만에서 나왔다. 가장 북쪽에 있는 소함대는 그가 직접 지휘했다. 그
의 북쪽에 위치한 우익은 6개 소함대 중 3개로, 각각 대규모 5단 노선
55척으로 구성되었다. 포플리콜라가 그의 부사령관을 맡았다. 아그리
파는 안토니우스의 예상보다 해안으로부터 더 먼 곳에 노를 멈췄는데,
이는 곧 안토니우스가 바랐던 것보다 더 멀리까지 노를 저어야 한다는
의미였다. 오전 중반쯤 그는 필요한 거리를 달성하여 노를 멈추고 노잡
이들을 쉬게 했다. 바람이 북쪽으로 방향을 틀기 시작한 정오가 되어서
야 전투를 시작할 수 있었다.

클레오파트라와 그녀의 수송선들은 더 멀어진 거리를 기회 삼아 마
치 예비 병력으로 남으려는 듯이 만어귀로 이동했으며, 뜻밖에 아그리

파가 해안에서 멀리 떨어져 있는 점에 기대어 그들이 실은 병력 수송선으로 쓰일 것임을 숨겨보려 했다.

바람이 바뀌기 시작했다. 양쪽 진영 모두 노 젓기에 돌입하여 필사적으로 북쪽을 향해 배를 저었다. 양측의 북쪽 끝에 위치한 갤리선들이 한 줄로 펼쳐졌는데, 아그리파의 리부르니족 함선들보다 안토니우스의 5단 노선들 사이의 간격이 더 멀었다.

노 젓기 경주는 무승부였다. 어느 쪽도 상대편을 바람 부는 방향으로 돌려놓지 못했다. 그 대신 끝쪽의 두 소함대가 전투에 말려들었다. 안토니우스호와 아그리파의 기함 디부스 율리우스호가 맨 먼저 교전을 시작했고, 작고 날쌘 리부르니족 전함 여섯 척이 순식간에 안토니우스호를 붙잡고 잡아당겼다. 잠시 살펴볼 틈이 생기자 안토니우스는 그의 갤리선 열 척도 리부르니족 전함들에 붙잡혀 곤경에 빠졌음을 알게 되었다. 몇 척은 불길에 휩싸여 있었다. 불이 일을 대신해줄 터였으니 그 배들을 들이받아서 침몰시키지 못해도 별문제가 되지 않았다. 삿갓조개처럼 달라붙은 리부르니족 전함 여섯 척의 병사들이 안토니우스호 갑판으로 쏟아져 들어오기 시작했다. 결국 안토니우스는 배를 버리기로 마음먹었다. 클레오파트라와 그녀의 수송선들이 만을 벗어나 돛을 올리고 상쾌한 북서풍을 받으며 남쪽으로 가는 모습이 그의 눈에 들어왔다. 그는 부속선으로 뛰어내렸고, 빠른 속도로 유명한 그 배를 타고 리부르니족 전함들 사이를 요리조리 피하며 멀어져갔다.

안토니우스호가 항복할 때쯤엔 이미 700미터나 떨어져 있던 이 부속선의 존재를 디부스 율리우스호에서는 그 누구도 알아차리지 못했다. 루키우스 겔리우스 포플리콜라와 안토니우스의 우익에 있던 나머지 2개 소함대는 교전하지 않고 즉시 항복한 반면, 안토니우스의 중앙을 지휘하던 마르쿠스 루리우스는 배들을 돌려 만으로 되돌아갔다. 안토니우스의 전선 남쪽 끝에서 가이우스 소시우스가 지휘하던 좌익은 루리우스의 예를 따랐다.

대참패였고, 웃음거리가 될 만한 전투였다. 해상에 나간 700척 이상의 배들 중에 격돌한 배는 스무 척도 되지 않았다.

사실 워낙 믿기 힘든 상황이었기에, 아그리파와 옥타비아누스는 더없이 이상한 이 결과가 일종의 속임수이며 다음날이면 무슨 다른 책략이 있을 거라고 확신했다. 그래서 아그리파의 함대는 그날 밤새도록 바다 한가운데서 노를 올린 채 쉬었고, 그 바람에 클레오파트라와 로마인 병사 4만 명을 잡을 수도 있었을 기회를 다 놓쳐버렸다.

다음날에도 기발한 책략 따위는 나오지 않자 아그리파는 코마로스 기지로 복귀한 뒤 옥타비아누스와 함께 포로들을 만나러 갔다.

그들은 포플리콜라로부터 충격적인 진실을 들었다. 안토니우스가 함대를 버리고 달아나는 클레오파트라를 따라갔다는 것이었다.

"전부 그 여자 탓이오!" 포플리콜라가 꽥 소리를 질렀다. "안토니우스는 애초에 싸울 생각이 없었소! 그는 안토니우스호가 끝장나자마자 배 옆구리에 있던 부속선으로 넘어가 쏜살같이 클레오파트라를 쫓아갔소."

"말도 안 돼!" 옥타비아누스가 외쳤다.

"내 눈으로 똑똑히 봤소! 그리고 그 광경을 본 순간 뭣하러 내 병사와 선원 들의 목숨을 위험에 빠뜨리나 하는 생각이 든 거요. 불현듯 항복하는 편이 더 명예롭다고 여겨졌소. 내 양식 있는 결정을 마땅히 참고해주길 바라오."

"당신 기념비에 적어드리지요." 옥타비아누스는 상냥스레 말한 뒤 곧바로 게르만족 수하들에게 지시했다. "즉시 이자를 처형하도록. 제대로 처리됐는지 확인하고."

소시우스만이 이 운명을 면했다. 아룬티우스가 그의 선처를 호소했고 옥타비아누스가 그 말을 들어준 덕분이었다.

나중에 안 일이지만, 카니디우스는 육군을 설득해 옥타비아누스의 진지를 공격하려 했으나 그를 빼곤 아무도 싸우고 싶어하지 않았다. 병사들은 진지를 철거하고 동쪽으로 행군하려 들지도 않았다. 카니디우스는 종적을 감추었지만 군단 대표들은 옥타비아누스와 평화 교섭을 했다. 옥타비아누스는 외국인 병사들을 집으로 돌려보내고 로마인들에게는 그리스와 마케도니아에 땅을 내주었다.

"자네들 중 누구도 이런저런 이야기로 이탈리아를 오염시키게 할 수 없어서네." 옥타비아누스는 군단 대표들에게 말했다. "관용이 내 방침이기는 하나 자네들은 절대 고향으로 갈 수 없어. 자네들의 주인 안토니우스를 따라서 동방을 사랑해보게."

가이우스 소시우스는 강제로 충성 서약을 해야 했으며 이후 옥타비아누스가 악티온에 대해 '공식적으로' 어떤 발언을 하건 절대 반박해선 안 된다는 경고를 들었다. "한 가지 조건부로 당신 목숨을 살려주는 거요. 장작더미에 들어가는 날까지 침묵하시오. 그리고 언제든 내가 그 장작더미에 불을 붙일 수 있다는 걸 명심하시오."

"산책을 좀 해야겠네." 악티온 해전 2주 뒤에 옥타비아누스는 아그리파에게 말했다. "친구와 함께 갔으면 하니 핑계 댈 생각 말게. 정리 작업은 순조롭게 진행중이고 자네는 필요 없으니까."

"그 누구보다, 그 무엇보다 자네가 최우선이네, 카이사르. 어디를 산책하고 싶은가?"

"여기만 아니면 어디든. 하! 똥오줌 냄새와 수많은 병사들을 견딜 수가 없네. 피라도 좀 있었으면 견디기가 좀더 수월했겠지만 그것도 아니잖아. 무혈의 악티온 전투라니!"

"그럼 일단 말을 타고 달리세. 암브라키아에서 벗어나 숨쉴 만한 곳이 나올 때까지 북쪽으로 말이야."

"훌륭한 생각이네!"

그들은 두 시간 동안 말을 달려 코마로스 만의 움푹 들어간 해역보다 더 먼 곳에 이르렀다. 숲이 가까워졌을 때 아그리파는 햇살이 아롱거리며 반짝이는 개울가에 멈춰 섰다. 개울물은 돌투성이 바닥 위로 굽이쳐 흐르며 거품을 일으켰고 이끼로 뒤덮인 주변 땅은 달콤한 흙내음을 풍겼다.

"여기네." 아그리파가 말했다.

"여기선 산책을 못 하잖아."

"그래, 하지만 저쪽에 멋진 바위 두 개가 있잖은가. 저기에 둘이 마주 앉아 얘기를 할 수 있지. 산책 말고 얘기 말이야. 자네가 정말로 하고 싶은 건 그거 아닌가?"

"훌륭해, 아그리파!" 옥타비아누스는 소리내어 웃더니 자리에 앉았다. "늘 그렇듯이 자네 말이 맞네. 여기엔 평화와 고독과 성찰이 있군. 소리를 내는 거라곤 개울뿐인데 그 또한 선율이야."

"가죽 부대에 물 탄 포도주를 담아 왔네. 자네가 좋아하는 팔레르눔 포도주야."

"믿음직한 아그리파!" 옥타비아누스는 포도주를 들이키고 친구에게 가죽 부대를 건넸다. "완벽해!"

"이제 그만 뱉어내게, 카이사르."

"적어도 요즘은 그 말이 천식을 암시하지는 않는군." 그는 한숨을 내쉬며 다리를 쭉 뻗었다. "무혈의 악티온 전투라……. 적함 400척 중 교전한 배는 열 척이고, 그중에 가라앉을 때까지 발포한 배는 단 두 척이었네. 전사자는 많아야 100명이나 될까. 그런데 이런 전투 때문에 나는 로마와 이탈리아 인민에게 25퍼센트 세금을 물렸단 말인가? 심지어 둘째 해의 분담금은 지금도 징수중인데? 그들의 돈으로 내가 보여줄 수 있는 게 전투 같지도 않은 전투뿐이라면, 나는 욕 세례를 받을 테고 어쩌면 갈가리 찢길지도 모르네. 마르쿠스 안토니우스나 클레오파트라를 내놓을 수조차 없어! 그들이 선수를 치고 달아나버렸으니까. 나는 바보같이 안토니우스가 그보단 나은 인물인 줄로 믿고 재빨리 뒤쫓아가는 대신 그를 패배시키려 꾸물거리고만 있었네."

"자자, 카이사르, 이미 다 끝난 일이네. 나는 자네를 알아. 다시 말해 자네는 분명 악티온을 대승리로 바꿔놓을 수 있을 거야."

"여러 날 머리를 짜냈는데, 자네에게 먼저 내 구상을 얘기해보고 싶네. 자네는 솔직하게 대답해줄 테니까." 그는 조약돌을 여러 개 주워 그가 앉은 바위에 늘어놓기 시작했다. "악티온에서 있었던 일을 호메로스가 찬가를 짓고 싶어할 만한 이야기로 부풀리는 것 말고는 대안이 없어 보이네. 두 함대는 티탄족들처럼 북쪽부터 남쪽까지 완전히 한 덩이로 충돌했어. 그 때문에 포플리콜라, 루리우스를 비롯한 사람들이 죽었고 소시우스만 살아남았지. 아룬티우스야 자기 호소로 소시우스가 목숨을 부지했다고 생각하라지, 자네는 이제 상황을 제대로 알지만. 안토니우스는 안토니우스호에서 용맹스럽게 싸우며 그 나름대로 교전을 잘 치르던 중 클레오파트라가 비겁하게도 전투와 그를 모두 저버리고 떠나는 것을 흘낏 보았네. 약기운이 여전히 몸속에 많이 남아 있었던 건지, 그는 돌연 극도의 공황에 빠지더니 부속선을 징발하여 발정난 수캐가 암캐를 따라가듯이 여왕을 뒤따라갔어. 그가 클레오파트라를 쫓아가면서 그녀에게 외치는 걸 그의 제독 여러 명이 보았네"―옥타비아누스는 가성으로 목소리를 올렸다―"'클레오파트라, 나를 버리지 마시오! 제발, 날 버리지 말아요!' 병사들의 시체가 사방에 떠다니고 바다는 피로 붉게 물들고 돛대와 밧줄이 물위에 뒤엉켜 있었지만, 마르쿠스 안토니우스를 태운 부속선은 클레오파트라를 뒤쫓아 그 살육의 현장을 뚫고 계속 나아갔네. 그러고 나자 안토니우스의 제독들은 낙심했지. 그리고 전투에서 비길 자가 없는 자네, 아그리파가 적들을 궤멸시킨 거야."

"지금까지는 괜찮군." 아그리파는 이렇게 말하며 포도주를 또 한번 벌컥벌컥 들이켰다. "그다음은 어찌되나?"

"안토니우스는 클레오파트라의 배를 따라잡아 간신히 승선하네. 현재 시제로 바꾼 걸 이해해주게. 진상이 결코 알려지지 않을 이야기를 꾸며낼 때면 그게 항상 도움이 되거든." 윤색의 대가가 말했다. "그런데 불현듯 그는 정신을 차리고 자신이 너무나 비겁하게도 남겨두고 온 참상을 마음의 눈으로 보게 되네―날 필리피에서 겁쟁이였다고 비난한 대가가 뭔지 그 추잡한 인간 안토니우스에게 호되게 가르쳐주겠어! 이번엔 그자가 당할 차례야―자신이 너무나 비겁하게 남겨놓은 참상을 보는 거지. 그는 몹시 괴로워하며 울부짖다가 팔루다멘툼을 머리에 뒤집어쓴 채 사흘간 꼼짝 않고 갑판에 앉아 있네. 클레오파트라는 그에게 해독제를 먹이고 갑판에서 내려가 그녀의 선실로 가자고 간청하지만 그는 자신의 비겁함에 너무도 큰 충격을 받은 나머지 움직이려 들질 않아. 수천 명이 죽었고, 그 책임은 그에게 있으니까!"

"여자애들이 사 읽는 쓰레기 서사시 같군." 아그리파가 말했다.

"그래, 정말 그렇지? 하지만 자넨 온 로마와 이탈리아가 이 이야기를 사지 않을 거라는 데 판돈을 걸겠나?"

"나는 그렇게 어리석지 않네. 설사 비싼 종이에 찍어낸대도 저들은 그걸 살 거야. 마이케나스가 미사여구를 좀더 넣기만 하면 흠잡을 데 없을 걸세."

"전쟁에 나선 일로 내게 쏟아졌던 원성이 확실히 줄어들긴 하겠지. 사람들은 돈 쓴 만큼의 값어치를 원하는 법이니."

"민감한 주제가 나와서 말인데, 카이사르, 자네 빚을 무슨 수로 갚을 건가? 이제 클레오파트라도 무찔렀으니 계속 세금을 징수할 핑곗거리도 없네. 그렇지만 그 여자가 살아 있는 한 자네에게 평온이란 없을 거야. 그 여자는 안토니우스가 옆에 있든 없든 또다시 전쟁을 준비할 테니까. 그 여자가 세상의 지배자로 세우고 싶은 사람은 디부스 율리우스에게서 얻었다는 아들이지 안토니우스가 아니네. 그래서…… 돈은 어찌할 건가?"

"일단은 안토니우스의 피호국 왕들을 얼굴이 티로스 자줏빛이 되고 눈이 튀어나올 때까지 쥐어짤 거야. 최종적으로는 이집트를 침공할 거고."

아그리파는 나무들 사이로 비치는 햇빛을 힐끗 보더니 자리에서 일어섰다. "돌아갈 시간이네, 카이사르. 여기서 어두워질 때까지 있다가 곤란에 처하면 안 되니까. 아티쿠스에 따르면—그분 말이라면 맞을 거야—숲에는 곰과 늑대가 우글거린다네."

병력 수송선들은 전부 클레오파트라와 같이 가버리고 없었지만 안토니우스의 전함 300척가량은 손상되지 않았다. 처음에 옥타비아누스는 이 배들을 전부 태워버릴 생각이었다. 그는 작고 치명적인 리부르니족 전함에 홀딱 반한 나머지 향후 모든 해전을 리부르니족 전함으로 치르리라는 확신을 갖게 되었다. 거대한 5단 노선은 한물간 퇴물이었다. 그러다 그는 생각을 바꿔 안토니우스의 거함들 중 60척을 지중해 서단에서 날로 횡행하는 해적질을 제지할 용도로 남겨두기로 했다. 그 배들은 카이사르가 갈리아 속주와 리구리아가 만나는 해안의 항구도시에 세운 퇴역병 거류지인 포룸 율리로 보내졌다. 나머지는 암브라키아 내 해변에서 불태워졌으며, 충각이 워낙 많이 나와서 그것도 상당수는 태워야 했다. 개중에 가장 화려한 충각들은 포룸 로마눔에 있는 디부스 율리우스 신전 앞의 기둥 장식용으로 남겨졌지만, 나머지는 지극히 실제적인 위협이 있었음을 납세자들에게 상기시킬 목적으로 이탈리아 전역에 보냈다.

아그리파는 이탈리아로 돌아가 노련병 달래기에 돌입할 예정이었다. 최근 들어 그들은 병역중에 승전하고 나면 어김없이 반항적인 경향을 보였기 때문이다. 원로원도 집으로 보내졌으며 그들은 다행스러운 마음으로 돌아갔다. 안토니우스의 반(反)원로원을 채웠던 이들에게조차 그간의 해외 체류는 편안한 생활이 아니었던 것이다. 관용이 대세를 이루었다. 안토니우스의 제독들이 처형되고 나자, 이제 논쟁의 여지가 없는 로마의 지배자는 아직 잡히지 않은 세 사람인 카니디우스, 데키무스 투룰리우스, 카시우스 파르멘시스만 참수형에 처할 것이라고 선언했다. 카니디우스를 제외한 두 사람은 디부스 율리우스의 암살자들 가운데 마지막 남은 생존자였다.

옥타비아누스는 육로를 통해 그의 군단들을 이집트로 행군시키면서 도중에 피호국 왕들을 찾아갈 계획이었다. 그러나 이 계획은 실행되지 못했다. 로마에서 레피두스의 아들 마르쿠스가 악티온의 승자로부터 권력을 찬탈하려 모의중이라는 다급한 전갈이 들어온 까닭이었다. 스타틸리우스 타우루스 휘하에 군단들을 동방으로 출발시킨 옥타비아누스는 아드리아 해의 겨울 강풍에 용감히 맞서며 이탈리아로 돌아갔다. 디부스 율리우스가 살해된 직후의 잊지 못할 도항 이후로 최악의 도항이었으나, 이제는 천식이 그를 괴롭히지 않았으므로 옥타비아누스는 비교적 잘 견뎌냈다.

브룬디시움부터는 노새 네 마리가 끄는 이륜마차로 아피우스 가도를 따라 로마를 향해 전속력으로 달리다가, 학질이 만연한 포메티아 늪지대를 피하기 위해 테아눔 시디키눔에서 라티나 가도로 방향을 틀었다. 옥타비아누스는 한 장날 주기 내로 목적지에 도착했으나 알고 보니 괜한 헛걸음을 한 꼴이었다. 아그리파가 도착하기도 전에 가이우스 마이케나스가 벌써 반란을 진압해놓았던 것이다. 마르쿠스 레피두스와 그의 아내 세르빌리아 바티아는 스스로 목숨을 끊었다.

"참 희한한 일이지." 옥타비아누스는 마이케나스와 아그리파에게 말했다. "세르빌리아 바티아가 한때 나와 약혼한 사이였다는 게."

예상대로 노련병들은 뒤숭숭한 분위기 속에 반란을 거론하고 있었다. 옥타비아누스는 토가를 입고 머리에 월계관을 쓴 채 대담무쌍하게 카푸아 인근의 드넓은 진지 한가운데를 걷는 방법으로 그들 문제를 처리했다. 그는 미소 짓고 손을 흔들며 들을 수 있는 거리에 있는 모두에게 그들의 용맹함과 충성심을 큰 소리로 칭찬했고, 적임자들을 찾아서 자리를 잡고 앉아 힘겨운 협상에 들어갔다. 으레 한 군단의 대표들이 가장 불만 많은 병사이자 욕심은 많으면서 게으른 치들이었으므로, 그는 돈과 땅을 협상 카드로 내놓았다.

"지금부터 7, 8년 뒤면 퇴역 수당에서 토지가 빠지게 될 거야." 그가 말했다. "그러니 오늘 이 자리에 있는 자네들은 모두 좋은 토지를 얻는 것에 감사하게. 나는 로마의 사투르누스 신전 아래 있는 것과 완전히 별개의 국고인 군인기금을 설립할 계획이네. 국가가 그 기금에 자금을 투입하고 그 돈은 10퍼센트 이율로 투자될 것이네. 병사들도 출자할 테고. 현재 내 연금계리사들이 연금을 지불할 능력을 계속 유지하려면 얼마를 확보해야 할지 액수를 산출중이네. 연금 수령액은 상당할 것이고 개인별 복무 기록으로 정해지는 일괄 지불 금액까지 더해질 거야. 하지만 토지는 선택지에 아예 들어가지도 않지."

"알맹이 없고 머나먼 얘기죠!" 무리의 우두머리 토르나티우스가 일부러 더 무례하게 말했다. "우린 토지와 두둑한 현금 수당을 받으려고 이 자리에 나왔습니다. 지금 당장요, 카이사르."

"알고 있네." 옥타비아누스는 정중한 태도로 말했다. "하지만 이집트에 가서 짐승들의 여왕을 쳐부수기 전까지는 자네들이 원하는 걸 내줄 처지가 못 되네. 거기에 가야 자네들의 요구를 들어줄 수 있는 돈벌이가 있어." 그는 한 손을 들어올렸다. "아니, 토르나티우스, 안 되네! 논쟁해봤자 아무 소용이 없고 난폭한 행동은 더더욱 무익해. 지금 당장은 로마나 나나 자네들에게 줄 돈이 한 푼도 없네. 자네들이 진중에 얌전히 있는 동안은 잘 먹고 편히 지낼 수 있지만, 누구라도 난동을 부리는 순간 자네들은 반역자로 취급될 걸세. 기다리게! 인내심을 가져! 당장은 아니지만 보상은 주어질 테니까."

"그것으로는 충분하지 않습니다." 토르나티우스가 말했다.

"그것으로 충분해야 할 거야. 어느 병사라도 약탈 행위를 할 경우 로마 원로원과 인민에 의해 어떠한 보복 조치든 용얼된다는 칙령을 캄파니아의 모든 도시와 마을에 발표해두었으니. 그들은 반역적인 병사들에게 가만히 당하지 않을 걸세, 토르나티우스. 게다가 자네가 대대적인 폭동을 일으킬 만큼 내 군단병 전체에게 영향력이 있을 것 같지도 않군."

"그저 엄포를 놓으시는 거죠." 토르나티우스가 중얼거렸다.

"아니, 그렇지 않네. 우리가 대화하고 있는 지금 이 순간에도 카푸아 일대의 모든 진지에 칙령을 발표하고 있는 중이거든. 칙령을 통해 병사들에게 내가 처해 있는 곤란한 상황을 알리고 인내심을 가져달라 부탁할 것이네. 어쨌든 병사들 대다수는 사리를 알지. 그들은 내 취지를 알아들을 거야."

토르나티우스와 그의 동료들은 잠잠해졌고, 대부분의 병사들이 옥타비아누스가 부탁한 2년을 기다릴 각오가 되어 있음을 깨달은 뒤로는 내내 잠자코 지냈다.

"저들의 이름을 적었나?" 옥타비아누스는 아그리파에게 물었다.

"물론이지, 카이사르. 저들은 조용히 사라질 걸세."

"당신이 집에 있을 수 있기를 바랐는데." 리비아 드루실라가 남편에게 말했다.

"아니, 여보, 그건 애초에 불가능했소. 클레오파트라가 무장을 시작하도록 내버려둘 순 없는 노릇이잖소. 이제 원로원이 복귀했어도 나는 반란 사태로부터 안전하오. 카푸아 병사들도 자기네 대표들이 어쩐 일인지 대열로 복귀하지 않는다는 걸 깨닫는 순간 얌전히 굴 것이오. 그리고 아그리파가 정기적으로 카푸아에 머무는 한 아무리 야심 찬 원로원 의원이라도 군사를 일으키지 않을 테고."

"당신이 로마의 수반인 것에 사람들이 점차 익숙해지고 있어요." 리비아 드루실라가 미소를 띠며 말했다. "어떤 이들은 당신이 행운을 가져오는 존재라고까지 말해요. 온갖 역경에도 불구하고 자기들을 안전하게 지켜줬다고요. 섹스투스 폼페이우스 때도 그랬고, 이제 클레오파트라를 상대해서도 말이죠. 안토니우스는 거의 언급조차 없어요."

"그가 어디 있는지 도통 모르겠소. 그 여자와 같이 알렉산드리아에 있지도 않거든."

이 수수께끼는 여러 날 지나지 않아 키레나이카에서 가이우스 코르넬리우스 갈루스가 보낸 편지 한 통이 도착하면서 풀렸다.

"내가 키레네에 도착하자마자 피나리우스가 그의 함대와 4개 군단을 넘겼네." 갈루스는 이렇게 적었다. "피나리우스는 안토니우스로부터 동쪽으로 리비아를 거쳐 파라이토니온까지 행군하라는 명령을 받았지만, 보아하니 그는 카토 우티켄시스처럼 사막 해변을 따라 수백 킬로미터를 터벅터벅 걷고 싶지 않았던 것 같네. 그래서 그 자리에 가만히 있었지. 그가 안토니우스에게 받은 명령을 보여준 다음에야 나는 그가 왜 행군하지 않는지 이해할 수 있었네. 안토니우스는 최후의 일전을 원하네. 아직 끝나지 않은 거야. 사람을 보내 수송선들을 가져오게 해두었네, 카이사르. 수송선들이 도착하는 즉시 군단들을 태우고 피나리우스 함대의 호위를 받아 알렉산드리아로 출발할 것이네. 아직 봄이 오기 전일 테고 자네에게서 언제 출발할지 전갈을 받기 전이겠지만. 아, 깜박 잊고 말하지 않은 게 있는데 안토니우스는 피나리우스와 그의 병력을 파라이토니온에서 만날 계획이라네."

"누가 시인 아니랄까봐." 아그리파가 툴툴거렸다. "논리라곤 없군."

"아티카는 어찌 지내나?" 옥타비아누스가 화제를 바꾸며 물었다.

"매우 안 좋네. 자기 아빠가 검으로 자결한 이후로 쭉. 거참 이상한 일이지. 딸이 아니라 꼭 남편을 떠나보낸 아내처럼 구니까 말이야. 음식은 먹으려 들지 않으면서 술은 지나치게 많이 마시고, 마치 어린 빕사니아가 싫어진 것처럼 그앨 방치하고 있어. 아내가 욕조에서 손목을 긋는 일이 없도록 감시할 사람을 붙여두려 하네. 아내의 돈은 내게 올 거야. 그 돈을 빕사니아에게 남겨주라고 설득해봤지만—자네가 어렵지 않게 보코니우스 여성상속법에서 면제해줄 거라고 말이지—아내는 거부했네. 하지만 혹시라도 정말로 아내에게 무슨 일이 생기면 아내의 재산은 빕사니아에게 지참금으로 줄 걸세."

그리하여 옥타비아는 또 한 명의 어린아이를 인계받았다. 아그리파가 옥타비아누스에게 아티카에 관해 얘기한 사흘 뒤 그녀가 독약을 먹고 고통스럽게 죽자 옥타비아누스의 누이는 빕사니아를 받아들여야 했다. 한번 한 말은 지키는 사람이었던 아그리파는 아티카의 돈을 그 아이에게 넘겨주었고, 이로써 빕사니아는 더없이 훌륭한 신붓감 후보가 되었다.

옥타비아누스는 옥타비아에 비할 정도는 아니어도 자신에게 아이들을 대단히 사랑하고 보호하려는 마음이 있음을 깨달은 터였다. 안틸루스는 도망치려 했다가 도로 잡혀 와서도 아무런 벌도 받지 않았다. 또한 옥타비아누스가 집에서 저녁식사를 할 때면 항상 육아실 아이들 전원이 함께했다. 빕사니아까지 오면서 아이들은 총 열두 명이 되었으므로, 옥타비아가 동생에게 엄마처럼 애들을 돌볼 손이 한 명 더 필요하다고 했던 말은 결코 과장이 아니었다.

리비아 드루실라로서는 어느 아이를 어느 아이와 결혼시킬지 계획을 짤 때가 되었다. 그녀는 옥타비아누스를 붙잡고 억지로 얘기를 듣게 했다.

"물론 안틸루스와 율루스는 다른 데서 신부를 찾아야 할 거예요." 그녀가 말했다. 특유의 자신만만하고 확신에 찬 얼굴 표정은 옥타비아누스에게 반박할 여지를 주지 않았다. "티베리우스는 빕사니아와 결혼하면 돼요. 그애는 재산이 어마어마하고 티베리우스도 그앨 좋아하니까요."

"그럼 드루수스는?" 옥타비아누스가 물었다.

"토닐라요. 그애들도 서로 좋아하거든요." 그녀는 목청을 가다듬더니 심각한 표정을 지었다. "마르켈루스는 율리아와 결혼해야 해요."

그는 얼굴을 찌푸렸다. "그애들은 사촌 사이요, 리비아 드루실라. 사촌 간 결혼은 디부스 율리우스가 반대하신 일이오."

"카이사르, 당신 딸은 아직 왕관만 쓰지 않았다뿐 여왕이에요. 그애의 남편이 누가 되든 우리 집안사람이 아니라면 당신에게 위협이 될 거예요. 카이사르의 딸과 결혼하는 사람은 당신의 후계자예요."

"늘 그렇듯이 당신 말이 맞소." 그는 한숨을 내쉬었다. "그럼 좋소, 마르켈루스와 율리아를 짝지읍시다."

"안토니아는 이미 짝이 정해졌어요, 루키우스 아헤노바르부스로요. 나라면 다른 혼처를 골랐겠지만, 그애는 혼약이 정해질 당시 부친의 책임하에 있었고 당신이 그 혼약을 존중해주기로 약속했으니까요."

"그러면 아티아의 딸인 마르키아는 어떻소?" 그는 아직까지도 그 아이나 자기 어머니의 배신에 관해 생각하기를 꺼렸다.

"그건 당신한테 맡길게요."

"그럼 그애는 보잘것없는 무명인사와 결혼시킬 거요. 이왕에 속주 출신이면 더 좋고. 심지어 동맹시민일 수도 있겠군. 따지고 보면 안토니우스도 딸 하나를 동맹시민인 트랄레스의 피토도로스에게 시집보냈지. 이제 마르켈라가 남은 건가."

"그애의 짝으론 아그리파가 어떨까 해요."

"아그리파? 그는 그애의 아버지라 해도 될 만큼 나이가 많소!"

"나도 알아요, 바보! 하지만 그앤 그를 사랑해요. 눈치 못 챘어요? 멍하니 시간을 보내며 한숨을 쉬고, 하루 온종일 시장에서 사온 그의 흉상을 보고 있잖아요."

"오래가진 않을 거요. 아그리파는 어린 여자와는 어울리지 않소."

"말도 안 돼! 그애는 머리칼이 검은데 아티카는 칙칙한 쥐색이었죠. 그애는 꼭 껴안고 싶게 사랑스럽지만 아티카는 뼈만 앙상했고, 그앤 정말 아름답지만 아티카는—음—평범했잖아요. 게다가 그애와 결혼하면 그는 자신이 속해야 마땅한 로마의 최고 가문 반열에 오를 수 있어요. 그가 달리 어떻게 그 위치에 오르겠어요?"

옥타비아누스는 자신이 졌다는 사실을 잘 알았다. "그럼 좋소, 여보. 마르켈라는 아그리파와 혼인시키지. 하나 그애가 열여덟 살이 되기 전엔 안 되오. 그를 향한 사랑이 식을 시간이 한 해 더 생기겠군. 그애의 마음이 식으면 혼사는 일어나지 않을 거요, 리비아 드루실라. 그러니 당분간 이 일은 언급하지 맙시다. 알겠소?"

"잘 알겠어요." 그녀는 만족스러운 듯이 말했다.

옥타비아누스는 돈이 부족했지만, 피호국 왕들로부터 돈을 구할 수 있으리라 믿고 에페소스로 향했다. 그리하여 그의 군단들과 기병대와 같은 시기인 5월에 거기 도착했다.

피호국 왕들이 모두 와 있었고, 그중에는 매력과 미덕을 마구 내뿜는 헤로데스도 있었다.

"당신이 이길 줄 알았습니다, 카이사르. 그래서 제가 마르쿠스 안토니우스의 온갖 감언과 협박에도 버텼던 거지요." 여느 때보다도 더 통통하고 두꺼비 같은 모습의 그가 말했다.

옥타비아누스는 재미있다는 듯이 그를 유심히 보았다. "아, 당신이 예리한 사람이라는 건 아무도 부정할 수 없죠." 그가 말했다. "아무래도 보상을 원하겠지요?"

"물론이죠. 하지만 로마에도 이득이 될 일입니다."

"말해보시오."

"예리코의 발삼 농원과 사해의 역청 채취장, 갈릴레아, 이두메아, 요르단 강 양쪽, 엘레우테로스 강에서 가자까지의 지중해 해안입니다."

"다시 말해 코일레 시리아 전부로군요."

"그렇습니다. 하지만 공세는 정해진 날에 꼬박꼬박 납부될 것이고, 내 아들들과 손자들을 로마에 보내 로마인으로 교육받게 할 것입니다. 저만큼 충실한 피호국 왕도 없답니다, 카이사르."

"그만큼 약삭빠른 이도 없겠고요. 좋소, 헤로데스, 당신이 내건 조건에 동의하오."

안토니우스에게 했던 투자로 거의 남긴 게 없었던 아르켈라오스 시세네스는 카파도키아를 지킬 수 있도록 허락받았고 안토니우스가 클레오파트라에게 하사했던 땅의 일부인 킬리키아 트라케이아를 받았다. 갈라티아의 아민타스는 갈라티아를 지켜냈지만 파플라고니아는 로마의 비티니아 속주에 편입되었고 피시디아와 리카오니아는 아시아 속주로 들어갔다. 앞서 메디아인과 파르티아인을 상대로 동쪽 국경을 무사히 지켜냈던 폰토스의 폴레몬 역시 왕국을 그대로 유지하게 된데 다가 아르메니아 파르바까지 땅을 넓혔다.

나머지 왕들은 모두 이보다 훨씬 못한 결과를 얻었으며 일부는 목이 잘렸다. 시리아는 새로 생긴 유다이아 국경까지 모조리 로마의 속주가 되었지만, 티로스와 시돈 같은 도시들은 공세를 내는 대신 직접적인 감시는 벗어났다. 나바테아의 말코스는 역청을 잃었지만 달리 잃은 것은 없었다. 옥타비아누스는 말코스에게 관대한 처분을 내려준 대신, 아라비아 만의 이집트 함대를 주시하고 그곳에서 비정상적인 활동이 있을 시 처리할 책임을 맡겼다.

키프로스는 시리아에 병합되었으며 키레나이카는 그리스와 마케도니아, 크레타에 병합되었다. 클레오파트라의 영토는 이집트 본토로 쪼그라들었다.

6월에 옥타비아누스와 스타틸리우스 타우루스는 육군을 수송선 여러 척에 태웠다. 그들의 목적지는 이집트로 들어가는 입구에 해당하는 펠루시온이었다. 남풍 아우스테르가 더디게 왔으므로 항해가 가능했다. 코르넬리우스 갈루스는 키레나이카 쪽에서 알렉산드리아로 접근하기로 했다. 클레오파트라, 짐승들의 여왕에게 최종 패배를 안길 만반의 준비가 갖추어졌다.

 안토니우스와 클레오파트라는 결국 파라이토니온까지 함께 항해했다. 그가 여전히 카이사리온호에 있을 때 카시우스 파르멘시스가 배에 오르더니 배 안을 꽉꽉 채운 병사들이 공병대장이 예상했던 것보다 훨씬 빠른 속도로 물을 마시고 있다고 알렸다. 따라서 물통을 가득 채우기 위해 전 함대가 파라이토니온에 입항해야 할 거라는 얘기였다.

안토니우스의 기분은 클레오파트라가 예상한 것보다 좋았다. 악티온에서 체류한 마지막 몇 달간 빠져들었던 어두운 우울의 징후도 없었고, 패배할 거라는 생각도 하지 않았다.

"조금만 기다려보시오, 내 사랑." 함대가 파라이토니온에서 출항 준비를 하고 있을 때 그는 쾌활한 목소리로 그녀에게 말했다. 물통은 가득 채워지고 병사들은 바다에선 맛볼 수 없는 빵으로 배를 가득 채운 상태였다. "조금만 기다려보시오. 피나리우스가 멀지 않은 곳에 있을 거요. 그가 도착하는 즉시 루키우스 킨나와 나는 알렉산드리아로 당신을 뒤따라가겠소. 바닷길로 말이지. 피나리우스는 병사 2만 4천 명을 태울 만큼 충분한 수송선이 있고 알렉산드리아에 있는 함대를 확장할 훌륭한 함대도 있소." 그는 그녀의 입술에 격렬한 키스를 퍼붓고는 곧바로 사라졌다. 피나리우스의 함대가 보일 때까지 파라이토니온에서 오래도록 기다릴 운명 속으로.

알렉산드리아와 카이사리온까지 이제 300킬로미터밖에 남지 않았다. 클레오파트라가 그 둘을 얼마나 그리워했던가! 아직 모든 걸 잃지는 않았어. 우리는 여전히 이 전쟁에서 이길 수 있어. 클레오파트라는 스스로를 다독였다. 돌이켜보니 안토니우스가 제독감이 아님을 알 수 있었지만 땅 위에서라면 그에게 싸워볼 만한 가능성이 있다고 그녀는 믿었다. 그들은 펠루시온으로 행군하여 그곳, 이집트의 국경에서 옥타비아누스를 무찌를 것이다. 그들은 로마 병사들과 그녀의 이집트군 중에서 10만 병사를 모을 것이고, 그 정도면 이곳 지세를 모르는 옥타비아누스를 괴멸시키기에 충분하고도 남을 것이다. 어쩌면 병력을 둘로 쪼개 개별 교전에서 절반씩 무찌를 수도 있겠고…….

다만 알렉산드리아인들 사이에 인 분노를 어떻게 잠재울 것인가? 그들이 최근 몇 년 사이에 좀더 온순해지긴 했지만, 클레오파트라는 그들의 변덕을 예전부터 익히 아는데다 그들의 여왕이 싸움에 패배한 여자로서 이집트 함대가 아닌 망명중인 로마군과 함께 슬그머니 입항할 경우 폭동이 일어나지 않을까 두려웠다. 그래서 그녀는 알렉산드리아 시가 모습을 드러내기 전에 자신의 선장들과 안토니우스의 보좌관들을 불러 간단한 지시사항을 전달했다. 악티온 소식이 아직 알렉산드리아인들에게 닿았을 리 없다는 사실에 희망을 걸면서.

화환과 각종 장식으로 꾸민 수송선들은 승리의 노랫소리가 울려퍼지는 가운데 대항구로 들어섰다. 겉으로 봐선 집으로 돌아오는 정복자들의 모습이었다. 그러나 클레오파트라는 위험한 도박은 하지 않았다. 함대가 정박지에 닻을 내렸어도 배에 탄 사람들은 경기장 근처에 진지가 마련될 때까지 배에서 내리지 않았다. 클레오파트라 본인은 카이사리온호의 뱃머리에 높이 선 채 항구 해안 곳곳을 돌았다. 금실을 섞어 짠 드레스가 보석 장신구들의 눈부신 광채를 덮을 듯이 우열을 다투었다. 알렉산드리아인들이 그녀를 보려고 달려오며 환호성을 터뜨렸다. 그들을 무사히 속인 것을 알고 그녀는 안도감에 맥이 탁 풀렸다.

왕실 항구로 들어서자 잔교에 서서 기다리는 카이사리온과 아폴로도로스의 모습이 보였다.

아아, 그새 부쩍 자랐구나! 이제 아버지보다 키가 컸고 어깨가 딱 벌어졌으며 날씬하지만 근육이 잘 잡혀 있었다. 숱 많은 머리카락은 색이 짙어지지 않았으나 기름하고 광대뼈가 도드라진 얼굴에는 어린아이다운 윤곽이 모두 사라지고 없었다. 가이우스 율리우스 카이사르의 모습 그대로였다! 완전한 숭배에 가까운 격렬한 애정이 그녀의 가슴에서 홍수처럼 쏟아져나왔다. 무릎이 마구 떨려와 지탱할 것 없이는 제대로 서 있을 수도 없을 지경이 되었고, 눈물이 왈칵 터져서 눈앞이 흐릿해졌다. 클레오파트라는 양쪽으로 각각 카르미온과 이라스의 부축을 받으며 힘겹게 통로를 걸어가서 아들의 품에 안겼다.

"아아, 카이사리온, 카이사리온!" 그녀는 흐느끼며 말했다. "내 아들, 너를 보니 이루 말할 수 없이 기쁘구나!"

"패전하셨군요." 그가 말했다.

그녀는 깜짝 놀라 숨이 턱 막혔다. "어떻게 알았니?"

"얼굴에 다 쓰여 있어요, 엄마. 만약 이기셨다면 왜 엄마의 함대들이 하나도 같이 안 왔으며 이 수송선들에는 왜 로마인 병사들이 타고 있겠어요? 무엇보다도, 마르쿠스 안토니우스는 어디 있어요?"

"그와 루키우스 킨나는 파라이토니온에 두고 왔어." 그녀는 대답하는 것과 동시에 아들의 팔짱을 껴서 억지로 나란히 걷게 했다. "피나리우스가 그의 함대와 추가 4개 군단과 함께 키레나이카에서 도착하기를 기다리고 있단다. 카니디우스는 암브라키아에 남겨졌고…… 나머지는 탈영했어."

카이사리온은 아무런 대꾸 없이 함께 걷다가 큰 궁전에 들어서자 카르미온과 이라스에게 그녀를 넘겨주었다. "목욕하고 쉬세요, 엄마. 이따가 식사 시간에 봬요."

클레오파트라는 목욕을 했지만 오래 끌지 않았다. 쉬고 있을 틈이

없었다. 그래도 해야 할 일을 할 시간이 생겼으므로 저녁식사가 늦는
건 아주 좋았다. 아폴로도로스와 궁정 환관들에게만 비밀을 알렸는데
카이사리온은 어떻게든 모르게 해야 했다. 그는 절대 용인하지 않을 일
이기 때문이었다. 해석관, 기록관, 야간 경비대장, 회계관, 심판장과 그
들의 부처에 친족 등용된 인사들이 전원 체포된 뒤 처형되었다. 라코티
스의 빈민가에서 폭력배 두목들이 사라졌고 아고라에서는 선동 정치
가들이 자취를 감췄다. 클레오파트라는 관리들이 몽땅 새로운 인물로
바뀐 것을 눈치채는 순간 카이사리온이 틀림없이 물어볼 질문들에 대
비해 나름의 이야기를 준비해두었다. 예전 인사들이 끓어오르는 애국
심을 주체하지 못하고 이집트군에 복무하러 떠났다고 말할 참이었다.
아, 물론 아들은 그녀의 말을 전혀 믿지 않겠지만, 그에겐 어머니가 선
택한 길을 떠올릴 만한 잔혹성이 없으므로 관리들이 로마의 점령을 피
해 달아났다고 짐작하는 데 그칠 것이다.

늦은 저녁식사는 호화로웠다. 요리사들도 다른 알렉산드리아 주민
들만큼 신이 났던 것이다. 대부분의 음식이 입도 대지 않은 채 주방으
로 되돌아왔을 때 그들은 무슨 영문인지 의아해했겠지만, 아무도 그들
에게 이유를 설명해주지는 않았다.
한바탕 살인을 해치우고 나자 기분이 나아진 클레오파트라는 평온
한 표정이었다. 그녀는 자신이 저지른 어리석은 짓을 굳이 변명하려 하
지 않고 에페소스와 아테네, 악티온에 관해 이야기했다. 아폴로도로스
와 카임과 소시게네스도 같이 이야기를 경청했으며, 표정에 아무런 변
화도 없는 카이사리온보다 더 가슴 아파했다. 이 끔찍한 소식을 듣는
사이 그가 10년은 더 나이든 것 같다고 소시게네스는 생각했다. 하지

만 그는 책임 소재를 따지진 않았다.

"안토니우스의 로마인 친구들과 보좌관들은 내 의견을 따르려 하지 않았어." 클레오파트라가 말했다. "또 그들이 내 성별을 계속 거론하긴 했어도 나는 그들이 반감을 품은 근본 원인은 내가 외국인이기 때문이라고 생각했지. 하지만 내가 틀렸어! 원인은 내 성별이었어. 그들은 제 아무리 지위가 높다 해도 여자한테 이래라저래라 지시를 받고 싶지 않았던 거야. 그래서 나를 이집트로 돌려보내라고 안토니우스를 끝없이 졸라댔어. 이유를 몰랐던 나는 가지 않겠다고 거부했지."

"음, 어쨌든 다 지난 일이고 이젠 중요하지 않아요." 카이사리온이 한숨을 쉬며 말했다. "앞으로 어쩔 계획이세요?"

"너라면 어떻게 하겠니?" 한순간 궁금해진 그녀가 물었다.

"소시게네스를 옥타비아누스에게 특사로 보내서 평화 협상을 할 거예요. 우리를 이곳, 그들의 바다 한귀퉁이에 가만히 내버려두는 대가로 그가 원하는 만큼 황금을 주겠다고 제안하겠어요. 약속의 담보로 인질들을 보내고, 로마인들이 정기적으로 조사단을 파견해 우리가 은밀히 무장을 시도하지 않는 걸 확인할 수 있도록 허용하고요."

"옥타비아누스는 우리를 가만히 내버려두지 않을 거야. 진지하게 하는 말이니 믿어도 좋단다."

"안토니우스의 생각은 어때요?"

"전열을 다시 가다듬어서 계속 싸운다는 생각이지."

"엄마, 그건 무의미해요!" 청년이 소리쳤다. "안토니우스는 이미 한창 때가 지났고 저는 그를 대신해 군을 이끌 만한 경험이 없어요. 엄마가 여자인 것과 관련해 하신 말씀이 사실이라면 지금 알렉산드리아에 와 있는 로마군 병사들은 절대 엄마를 따르지 않을 거예요. 소시게네스가 대표단을 데리고 로마든, 옥타비아누스가 있는 다른 어디든 가서 평화협상을 시도해야만 해요. 빠르면 빠를수록 더 좋고요."

"안토니우스가 파라이토니온에서 돌아올 때까지 기다려보자꾸나." 그녀는 카이사리온의 팔을 잡고 간곡하게 말했다. "그런 뒤에 결정하면 되잖니."

카이사리온은 고개를 저으며 일어났다. "당장 하셔야 해요, 엄마."

그녀는 안 된다고 답했다.

아들의 태도는 많은 것을 시사했고, 클레오파트라가 에페소스로 떠나기 전 이미 알았어야 할 사실에 모든 감각과 이성의 눈을 뜨게 해주었다. 그녀가 가진 정력과 지략은 아들의 장래를 위한 계획에, 왕 중의 왕이자 세상의 지배자로서의 눈부시고 장려하며 영광스러운 미래를 위한 계획에 한 방울도 남김없이 모조리 들어갔다. 그런데 지금 비로소 그녀는 아들이 그 어느 것도 원치 않으며 몇 차례 엄마를 찾아와 그렇게 얘기했을 때 진심이었음을 깨달았다. 저 빛나는 미래를 향한 갈망은 아무도 그런 미래의 유혹을 이길 수는 없다는, 신성한 혈통과 왕실이라는 배경과 천재적인 두뇌를 가진 청년이라면 더더욱 그럴 수 없다는 잘못된 믿음하에 그녀 자신이 아들의 입장에서 생각한 그녀의 갈망이었다. 아들이 겁쟁이가 아님은 군사훈련을 통해 입증되었으므로, 그를 가로막은 것은 목숨을 잃을지 모른다는 두려움이 아니었다. 카이사리온에게 없는 건 야망이었다. 그리고 야망이 없는 그는 명목상의 호칭 말고는 무엇으로든 결코 왕 중의 왕이 될 수 없을 것이다. 그는 욕망에 이끌리지 않으니까. 그는 이집트와 알렉산드리아에 만족했고 더는 아무것도 원치 않았다.

아아, 카이사리온, 카이사리온! 어쩌면 내게 이럴 수 있니? 어떻게 권력을 외면할 수가 있니? 내 혈통과 카이사르 혈통의 결합이 대체 어디서 잘못된 것일까? 이 세상에 발을 디딘 어느 누구보다도 욕망으로 가득한 두 사람이 용감하지만 온화하고 강인하지만 야심 없는 아이를 만들어내다니. 그 모든 노력이 허사가 되었건만, 나는 알렉산드로스 헬리오스나 프톨레마이오스 필라델포스로 내 첫아이를 대신할 수 있다고 생각하며 위안을 얻을 수조차 없다. 야심은 없지 않으나 충분한 지성이 없는 아이들. 그저 평범한 아이들. 해마다 나일 강을 풍요 수위로 범람하게 하는 것도 카이사리온이고, 호루스이자 오시리스인 아이도 카이사리온이다. 그런데 그애는 자기 운명을 원하지 않는다. 평범하지 않은 그가 평범함을 동경한다. 이 무슨 얄궂은 결말인가. 아아, 비극이다!

"예전에 난 저애는 버릇없게 만들 수 없는 아이라고 말하곤 했지만, 그땐 그것이 무슨 의미인지 몰랐어요." 그녀는 카임에게 말했다. 침묵 속에 식사가 끝나고 아폴로도로스와 소시게네스가 창백한 얼굴로 모습을 감추고 난 뒤였다.

"하지만 이제는 아시는군요." 노인이 다정한 목소리로 말했다.

"네. 카이사리온은 아무것도 원하지 않기 때문에 아쉬운 것이 없어요. 아문-라가 저애를 이집트 혼혈의 몸에 넣어서 빵을 굽거나 길거리를 쓸게 했더라도 저애는 선선히 감사하며 자신의 운명을 받아들였을 거예요. 끼니를 먹고 라코티스에 코딱지만한 집을 빌리고 결혼해서 자식들을 둘 수 있을 만큼 버는 걸로 만족하면서요. 어쩌다 통찰력 있는 빵집 주인이나 길거리 감독이 그의 가치를 알아보고 조금이나마 더 높은 자리에 올려주면 자기 자신을 위해서가 아니라 자식들을 위해 뛸듯이 기뻐했을 테고요."

"진실을 깨달으셨군요."

"하지만 당신은 어때요, 카임? 전에 사색이 돼서 무엇을 보았는지 내게 한사코 말해주지 않았을 때, 카이사리온의 기질과 본성을 본 거예요?"

"그 비슷한 겁니다, 라의 딸이시여. 그 비슷한 거."

안토니우스는 한 달 뒤 알렉산드리아로 돌아왔다. 알렉산드리아 주민들이 악티온에서의 패배에 관해 알게 되기 직전이었다. 거리에서 시위하는 사람도 없었고 폭도를 조직해 왕실 구역에서 설치는 사람도 없었다. 그들은 그저 흐느끼고 통곡할 뿐 달리 아무 짓도 하지 않았다. 개중에는 이집트 함대에 배치되었던 아들이나 조카나 사촌을 잃은 사람들도 있었는데도. 클레오파트라는 칙령을 발표하여 그런 병사들 중에 영원히 잃어버린 이들은 거의 없다고 설명했다. 옥타비아누스가 그들을 노예로 팔려고 하면 그녀가 살 것이며, 만약 옥타비아누스가 그들을 풀어준다면 최대한 빨리 고국으로 데려올 거라고 했다.

안토니우스를 기다리던 한 달 동안 그녀는 전에 없이 그에 대해 노심초사했다. 사랑이 그녀의 가슴을 침범했으며 이는 곧 두려움, 의심, 끊임없는 걱정을 의미했다. 그이는 무사할까? 기분은 어떨까? 파라이토니온 상황은 어찌 되고 있을까?

이 모든 질문에 대한 답은 루키우스 킨나에게서 얻어야 했다. 안토니우스는 궁전 근처에도 오지 않으려 했다. 그는 자신의 배 측면으로 기어올라 얕은 물가에 내린 후 물을 헤치며 걸어 왕실 항구에 인접한 자그마한 해변으로 올라갔다. 킨나의 말로는 그가 파라이토니온에서 출항해 온 이후로 아무하고도 말을 하지 않았다고 했다.

"정말이지, 전하, 그의 이런 모습을 본 적이 없습니다. 그야말로 자포자기 상태예요."

"무슨 일이 있었죠?"

"피나리우스가 키레나이카에서 코르넬리우스 갈루스에게 항복했다는 소문을 들었습니다. 그것만으로도 안토니우스에게 크나큰 타격이었는데 더 나쁜 일까지 따라왔죠. 갈루스가 그의 4개 군단과 피나리우스가 데리고 있던 4개 군단을 이끌고 알렉산드리아로 오고 있습니다. 그에게는 수송선도 넉넉한데다 자기 것과 피나리우스의 것까지 2개 함대가 있습니다. 그러니까 8개 군단과 2개 함대가 서쪽에서 알렉산드리아로 돌진하고 있는 겁니다. 안토니우스는 파라이토니온에 머물면서 거기서 갈루스와 맞붙고 싶어했지만…… 뭐, 왜 그러지 못했는지는 직접 보면 아시겠죠, 여왕 전하."

"알렉산드리아에서 병력을 불러올 시간이 충분치 않았던 게죠. 그래서 그는 자기 군단들을 파라이토니온에 뒀어야 했다고 확신한 거예요. 하지만 킨나, 예지력이 있지 않고서야 어떻게 그런 결정을 내린단 말이에요!"

"우리도 다 그렇게 말씀드렸습니다만, 전하, 그분이 들으려 하질 않아요."

"그이에게 가봐야겠어요. 아폴로도로스를 찾아서 당신이 묵을 거처를 마련해달라고 하세요." 클레오파트라는 킨나의 팔을 토닥인 뒤 작은 만 쪽으로 걷기 시작했다. 만에 이르니 양팔로 무릎을 감싸고 손 위에 턱을 괸 채 앉아 있는 마르쿠스 안토니우스의 웅크린 형상이 보였다. 쓸쓸하고 외로운 형상.

모든 징조가 우리에게 불리하구나, 하고 그녀는 생각했다. 그녀의 망

토가 사방으로 마구 펄럭거렸다. 구름이 잔뜩 낀 날이었고, 바람도 평소 알렉산드리아의 겨울 미풍보다 훨씬 차가웠다. 뼛속까지 한기가 들게 하는 강풍이었다. 하얀 포말이 대항구의 잿빛 바닷물을 덮치며 부서지고, 낮고 짙게 깔린 구름은 북쪽에서 남쪽으로 흘렀다. 알렉산드리아에 곧 비가 내릴 참이었다.

그에게선 지독한 땀냄새가 풍겼지만 정말 다행스럽게도 포도주 냄새는 나지 않았다. 턱수염이 삐죽삐죽하게 자라 있었고, 자르지 않고 내버려둔 머리칼은 뻣뻣한 산형화처럼 위로 뻗어 있었다. 로마인은 누군가가 죽었다거나 하는 큰 재앙이 일어난 후가 아니면 수염이나 머리를 기르지 않았다. 마르쿠스 안토니우스는 애도하고 있었다.

클레오파트라는 몸을 떨며 그의 옆에 쪼그리고 앉았다. "안토니우스? 날 봐요, 안토니우스! 날 보라고요!"

그는 대답 대신 팔루다멘툼을 머리에 뒤집어쓰더니 아래로 잡아당겨 얼굴을 가렸다.

"안토니우스, 내 사랑, 말 좀 해봐요!"

그러나 그는 대꾸하지 않았고 얼굴을 보이지도 않았다.

분명 한 시간도 더 지난 것 같을 때쯤 비가 내리기 시작했다. 세차게 계속 퍼붓는 폭우에 그들은 흠뻑 젖었다. 그제야 그가 입을 열었다. 하지만 단지 그녀를 치워버릴 생각에서 그러는 듯했다.

"저기 아크론 너머에 튀어나온 작은 곳이 보이오?"

"물론이죠, 내 사랑. 소테르 곶이잖아요."

"저기에 방 한 칸짜리 집을 지어주시오. 나 하나만 들어갈 크기로. 하인들은 필요 없소. 남녀를 불문하고 누구와도 어울리고 싶지 않소. 당신도 포함해서."

"아테네의 티몬을 따라 할 생각이에요?" 그녀가 경악하며 물었다.

"그렇소. 새로운 마르쿠스 안토니우스는 아테네의 티몬처럼 사람을 싫어하고 여자를 혐오하는 염세가요. 방 한 칸짜리 집은 나만의 티모니움('티몬의 집'이라는 뜻의 라틴어─옮긴이)이 될 터이니 그 누구도 가까이 와선 안 되오. 내 말 들었소? 누구도 안 된다고! 당신도, 카이사리온도, 내 자식들도."

"집이 완성되기 전에 오한으로 죽겠어요." 내리는 비를 고마워하며 클레오파트라가 말했다. 비가 그녀의 눈물을 감춰주었기 때문이다.

"그러면 더더욱 서둘러야겠군. 이제 가시오, 클레오파트라! 어서 가서 날 좀 내버려두시오!"

"음식이라도 보내게 해줘요, 제발!"

"그러지 마시오. 아무것도 필요 없소."

카이사리온이 기다리고 있었다. 워낙 초조하게 소식을 기다린 터라 그녀의 방을 떠나려 하지 않았다. 그 바람에 클레오파트라는 칸막이 뒤에서 젖은 옷을 갈아입으며 그와 얘기를 나눠야 했다. 그동안 카르미온과 이라스는 얼음장같이 찬 그녀의 몸을 거친 아마천으로 문질러 데워주었다.

"말해주세요, 엄마!" 아들의 목소리가 연거푸 말했다. 서성거리는 발소리도 들렸다. "진실이 뭐예요? 말해주세요, 말해줘요!"

"그이가 아테네의 티몬이 됐어." 그녀는 칸막이 너머로 벌써 열번째 같은 말을 했다. "소테르 곶 끄트머리에 방 한 칸짜리 집을 지어달래. 그곳을 티모니움이라고 부를 작정이고." 그녀는 칸막이 뒤에서 나왔다. "그는 너도 나도 만나지 않길 바라고 음식이나 포도주도 원치 않아. 하인이 있는 것조차 용납하지 않겠다고 해." 그녀는 또다시 울고 있었다. "아아, 카이사리온, 난 어떻게 해야 하니? 병사들도 그이가 돌아온 걸 아는데, 그가 그들을 찾아가지 않으면 뭐라고 생각할까? 그이가 그들을 이끌지 않으리라는 걸?"

카이사리온은 그녀의 눈물을 닦아주고 한 팔로 그녀를 감싸 안아 달랬다. "쉬이, 엄마, 쉬! 울어도 아무 소용없어요. 이곳을 떠나 있었을 때도 이 정도로 심했나요? 그분이 프라아스파에서 퇴각한 뒤 자살 충동에 사로잡혔다는 것도 알고 술에 빠지려 했던 것도 알아요. 하지만 사령부가 극도의 혼란에 빠져 있던 기간에 그분이 어땠는지는 말씀해주시지 않았어요. 그분 친구들과 보좌관들이 어땠는지만 말씀하셨는데, 그건 다른 문제니까요. 엄마와 안토니우스에 관해 말씀해주세요. 최대한 솔직하게요. 전 이제 '어느 모로 보나' 어린아이가 아니니까요."

그녀는 한순간 슬픔에서 빠져나와 놀란 눈으로 아들을 빤히 쳐다보았다. "카이사리온! 그 말은 네가 여자들을 접했다는 뜻이니?"

그는 소리내어 웃었다. "남자들 쪽이 나으세요?"

"알렉산드로스 대왕에겐 남자들도 괜찮았지. 하지만 그 점에서 로마인들은 아주 이상해. 확실히 네 아버지도 네가 여자 애인들을 두는 쪽을 좋아하실 거야."

"그렇다면 아버지가 불평하실 일은 없어요. 여기요, 앉으세요." 그는 어머니를 의자에 앉힌 다음 그녀의 발치에 책상다리를 하고 앉았다. "말씀하세요."

"그는 좋을 때나 나쁠 때나 한결같이 내 곁에 붙어 있었단다, 아들아. 그만큼 충실한 남편도 없어. 아아, 그런데 저들이 그를 얼마나 을러댔는지! 날이면 날마다 쉬지 않고 말이야. 나를 이집트로 보내라, 자기들은 여자를 사령부에 둘 수 없다, 나는 외국인이다……. 내가 그와 함께 거기 있지 말아야 할 이유가 수천수만 가지였지. 그리고 나는 어리석었단다, 카이사리온. 대단히 어리석었어. 난 저항했고 집에 가지 않겠다고 우겼어. 게다가 나도 그를 을러댔고. 그들은 여자에게 군림당하지 않겠다고 했어. 하지만 안토니우스는 나를 위해 싸웠고 단 한 번도 굴복하지 않았지. 그러다 결국 카니디우스마저 내게서 등을 돌렸는데도 그는 여전히 날 보내기를 거부했어."

"그분이 거부한 게 의리 때문이었나요, 아니면 사랑 때문이었나요?"

"둘 다인 것 같아." 그녀는 양손을 뻗어 열에 들뜬 듯이 아들의 손을 꽉 움켜쥐었다. "하지만 그이에겐 최악의 사실이 따로 있었어, 카이사리온. 나는…… 나는 그를 사랑하지 않았고 그도 그 사실을 알았거든. 그에겐 더없이 큰 슬픔이었지. 난 그를 개똥 취급했어! 그에게 이래라저래라 명령하고 보좌관들 앞에서 창피를 줬어. 그들은 그를 잘 몰랐고, 로마인들답게 내가―여자인 내가!―그에게 명령하도록 내버려뒀다는 이유로 그를 경멸 어린 눈으로 보았어. 난 그들 앞에서 그가 내 발밑에 무릎 꿇게 했고, 손가락을 튕겨서 그를 불렀고, 회의 도중에 그를 빼내서 소풍을 가자고 했어. 그들이 날 미워한 것도 당연하지! 하지만 그는 한 번도 날 미워하지 않았어."

"그분을 사랑한다는 걸 언제 깨달으신 거예요, 엄마?"

"악티온에서였어. 피호국 왕들과 그의 보좌관들이 한창 무더기로 빠져나갈 때, 그리고 지상전에서 몇 차례 소소한 패배를 당한 뒤에. 그때 내 눈에서 비늘이 벗겨진 거야. 이렇게밖에 표현할 수 없어. 그의 머리를 내려다봤는데 거의 하룻밤 사이에 하얗게 세어 있었어. 불현듯 난 그 사람 때문에, 그리고 그 사람과 함께 고통을 느꼈어. 마치 그가 나인 것처럼. 그러다…… 비늘이 벗겨졌지. 한순간에, 단숨에 말이야. 그래, 지금이야 내 사랑이 실은 다소 느리게, 서서히 다가왔다는 걸 알지만 그때는 천둥소리처럼 다가왔어. 그런 뒤엔 상황이 너무 급박하게 돌아가서 그에게 내 사랑이 얼마나 깊은지 보여줄 시간이 한 번도 없었지." 그녀는 조그맣게 울음 소리를 냈다. "아마 이제는 그럴 시간이 전혀 없겠지."

카이사리온은 어머니를 의자에서 끌어당겨 자기 무릎 사이에 넣고 꽉 껴안았다. 그러고는 마치 어린아이 다루듯 그녀의 등을 쓰다듬었다. "그분은 괜찮아질 거예요, 엄마. 이 상황도 지나갈 테니 그분께 엄마 마음을 보여줄 기회가 있을 거예요."

"어쩜 이렇게 현명해졌니, 내 아들?"

"현명하다고요? 제가요? 아뇨, 현명하지 않아요. 그냥 볼 수 있는 것뿐이죠. 제 눈에는 비늘이 덮여 있지 않으니까요. 원래부터 없었죠. 자, 이제 잠자리에 드세요, 엄마. 둘도 없는, 사랑하는 엄마. 제가 단 하루만에 그분의 방 한 칸짜리 집을 지어줄게요."

카이사리온은 약속을 충실히 지켰다. 마르쿠스 안토니우스의 작은 티모니움은 단 하루 만에 세워졌다. 안토니우스가 모르는 사내 한 명이 멀찍이 떨어진 곳에서 그에게 문밖에 음식을 놓아두겠다고 외치더니 바로 떠났다.

물론 배고픔과 갈증은 찾아올 터였다. 다만 안토니우스가 문을 열고서 그 감방 같은 공간을 살피던 순간에는 격렬한 배고픔도 갈증도 거의 느껴지지 않았다. 그랬다, 그곳은 감방이었다. 그는 자신의 정신적 고통과 대면하기 전에는 그곳을 뛰쳐나갈 수 없었다. 그리고 그곳에 들어설 때 안토니우스는 그 일을 끝내는 데 얼마나 오래 걸릴지 알 수 없었다.

그는 마치 눈부신 불빛을 비추기라도 한 것처럼 무엇이 잘못되었는지 볼 수 있었으나, 그 문제의 모든 과정을 머릿속에서 하나하나 곱씹어봐야 했다.

가엾고 어리석은 클레오파트라! 구원자라도 되듯 나를 붙잡고 매달렸지. 마르쿠스 안토니우스는 아무도 구원할 수 없다는 걸 내 세상에 속한 모든 이들이 분명 알아챌 수 있었을 텐데도. 나 스스로를 구원할 수도 없는데 다른 이들을 구원할 가망이 어디 있겠는가?

카이사르―로마에서 가식 떨고 있는 저 어린애 말고 진짜 카이사르―는 쭉 알았겠지, 당연히. 그러지 않았다면 왜 모두가 그의 후계자로 예상했던 사람을 제외시켰겠는가? 이 모두가 그 일에서, 그 배제에서 시작되었다. 내가 어떻게 반응할지는 뻔했다. 동방으로 가서 파르티아인들과 싸우고 카이사르가 죽어서 하지 못한 일을 하는 것. 카이사르와 대등한 이로서 불멸을 얻는 것.

하지만 그 계획은 나 자신의 결함이라는 수렁에 빠져 좌초되었다. 어째선지 항상 술 마시고 흥청거릴 시간이 충분해 보였고, 그래서 나는 술 마시고 흥청거렸다. 그러나 사실 시간은 없었다. 옥타비아누스가 온갖 악조건에도 불구하고 이탈리아에서 그리도 잘하고 있었으니. 옥타비아누스, 결국엔 항상 옥타비아누스다! 회반죽도 바르지 않은 티모니움의 벽을 가만히 들여다보다가 안토니우스는 마침내 왜 자신의 계획이 좌초되었는지 깨달았다. 나는 옥타비아누스를 무시해야 했다. 카이사르의 후계자를 못살게 구는 대신 파르티아 원정을 강행해야 했다. 아아, 수년을 허비했구나! 헛되이 버렸어! 옥타비아누스의 몰락을 겨냥

했던 온갖 음모, 섹스투스 폼페이우스를 부추겨 헛된 계획을 세우게 하느라 연거푸 날려버린 계절들. 굳이 그리스를 지키려고 그리스에 남아 있을 필요가 없었다. 옥타비아누스가 섹스투스 폼페이우스를 상대로 이기게 되어 있었다면 내가 있어봤자 그 일을 막을 순 없었을 테니까. 따지고 보면 실제로 그랬고. 옥타비아누스는 나의 의표를 찔렀고, 나라는 장애물에도 불구하고 승리했다. 그사이 세월은 흐르고 파르티아는 더욱 강해졌다.

연이어 저지른 실수들! 델리우스가 나를 엇나가게 만들었고 모나이세스도 나를 엇나가게 만들었다. 그리고 클레오파트라. 그래, 클레오파트라도…….

왜 나는 파르티아인들이 쳐들어왔던 그해 봄 시리아에 머물지 않고 아테네로 갔을까? 너무나도 당연한 진짜 적보다 옥타비아누스를 더 두려워했기 때문이다. 그리하여 나 자신의 로마 내 지위를 위태롭게 하고 나의 세력 기반과 기상을 좀먹기 시작했다. 그리고 필리피 전투로부터 11년이 흐른 지금 내게는 수치심밖에 남지 않았다.

카니디우스를 어떻게 똑바로 쳐다본단 말인가? 카이사리온은? 아직 살아 있는 로마인 친구들은? 무수히 많은 이들이 나 때문에 죽었다! 아헤노바르부스, 포플리콜라, 루리우스……. 폴리오와 벤티디우스 같은 이들은 내 실수로 인해 은둔생활로 내몰렸고……. 폴리오와 같은 상황에 놓인 사람을 어찌 다시 똑바로 쳐다볼 수 있겠는가?

안토니우스는 바로 이 결론에서 오랫동안 멈춘 채로 흙을 다져 만든 방바닥을 서성거리다가, 탈진으로 현기증을 느끼거나 발톱 달린 야수가 그의 배를 씹어먹었나 의아한 느낌이 비집고 들어올 때에야 먹고 마실 것을 챙겼다. 수치스럽다, 수치스러워! 그토록 존경받고 사랑받던 내가 그들 모두를 실망시켰다. 그 일은 내 의무도 아니고 최선의 방침도 아니었건만. 옥타비아누스의 종말을 획책하는 데만 끝없이 골몰하느라. 수치스럽다, 수치스러워!

유달리 추웠던 그 겨울이 결국 끝나갈 즈음이 되어서야 안토니우스는 클레오파트라에 관해 생각할 수 있을 정도로 차분하고 평온한 상태에 이르렀다.

하지만 생각할 게 뭐가 있는가? 가엾고 어리석은 클레오파트라! 사령관 막사 주변을 활보하면서 백발이 성성한 로마 군인들이 전장에서 하는 행동을 흉내냈지. 군자금을 냈다는 이유만으로 군사적 기량에서도 자신이 그들과 대등하다고 여기고서.

그리고 그 모든 게 카이사리온, 왕 중의 왕을 위한 것이었다. 새로운 모습의 카이사르, 그녀의 피를 받은 자식. 하지만 그녀를 기쁘게 해주고 싶은 마음뿐이던 나 안토니우스가 어떻게 그녀에게 반대할 수 있겠는가? 클레오파트라에 대한 사랑이 아니라면 무엇 때문에 로마를 정복하겠다는 미친 짓을 감행했겠는가? 프라아스파에서 퇴각한 후로 내 마음속에서는 그녀가 파르티아 원정 자리를 대신 차지해버렸다.

그녀는 틀렸고 내가 옳았다. 먼저 파르티아를 박살낸 다음 로마로 진군했어야 했다. 그것이 우리에게 최선의 선택지였지만 그녀는 그 사실을 깨닫지 못했다. 아아, 나는 그녀를 사랑한다! 목표들을 시험대에 올릴 때 우리는 얼마나 큰 오판을 저지를 수 있는가! 나는 그러지 말았어야 했는데 그녀에게 굴복했다. 그녀의 군자금을 몰수하고 그녀를 알렉산드리아로 쫓아버렸어야 했는데, 그녀가 내 친구들과 동료들에게 여왕 노릇을 하도록 내버려뒀다. 그러나 나는 한 번도 그런 힘을 갖지 못했다. 그것 역시 수치스러운 일이요 굴욕이다. 내가 이용하도록 내버려뒀기 때문에 그녀는 나를 이용했다. 가엾고 어리석은 클레오파트라! 하지만 그렇게 생각하면 마르쿠스 안토니우스는 얼마나 더 가엾고 더 어리석은가?

3월이 되어 알렉산드리아 날씨가 다시 온화해졌을 때 안토니우스는 티모니움의 문을 열었다.

그는 말끔히 면도하고 머리카락도 짧게 다듬은 상태로ㅡ아아, 그 머리칼은 너무나 희끗희끗했다!ㅡ아무 연락도 없이 궁전에 나타나 클레오파트라와 그녀의 장남을 큰 소리로 찾았다.

"안토니우스, 안토니우스!" 그녀는 이렇게 외치며 그의 온 얼굴에 키스를 퍼부었다. "아아, 이제야 다시 살 수 있겠어요!"

"당신에게 굶주렸소." 그는 그녀의 귀에 대고 속삭인 후 부드럽게 그녀를 한쪽으로 제쳐두고 기쁨에 겨워하는 카이사리온을 껴안았다. "남들도 전부 네게 하고 있을 게 분명한 말은 하지 않으마, 애야. 하지만 너를 보니 다시 젊은 시절로 돌아가서 카이사르의 군홧발에 채인 궁둥이가 욱신거리는 기분이 드는구나. 이제 나는 반백이 됐고 너는 다 자랐어."

"선임 보좌관이 될 수 있을 만큼 자라진 않았죠. 그렇지만 쿠리오와 안틸루스도 마찬가지긴 해요. 두 사람 다 이곳 알렉산드리아에 왔어요. 아저씨가 티몬의 껍질에서 나오길 기다리고 있었어요."

"쿠리오의 아들이? 내 장남이? 맙소사, 그애들도 사내가 됐구나!"

카이사리온이 활짝 웃었다. "우리 모두 내일 저녁에 멋진 만찬 자리에서 만나요. 그전엔 말구요. 당장은 엄마랑 두 분만의 시간이 필요하니까요."

클레오파트라는 더없이 멋진 사랑의 시간을 보낸 뒤 잠든 안토니우스의 옆에 나란히 누웠다. 자신이 나무 몸통을 감싸려는 대벌레 같다는 엉뚱한 생각이 들었다. 그녀는 그를 향한 사랑에 불타올라 그 사랑을 말로 쏟아냈으며, 카이사르에게 안겼을 때 이후론 느끼지 못했던 황홀함에 아무런 감정 억제 없이 풍덩 빠져들었다. 하지만 이 남자를 배신하는 그런 생각을 그녀는 곧바로 치워버리고 온 힘을 다해 안토니우스와 사랑의 행위를 했다. 그녀가 카이사르가 아닌 그를 얼마나 사랑하는지·안토니우스가 느낄 수 있도록.

안토니우스는 그녀에게 하려고 준비했던 모든 말을 했다. 무엇보다 자신이 폭음하지 않았으며 몸도 건강하고 정신도 맑다는 것을 그녀에게 확인시켜주려고 열심이었다.

"하늘이 무너지길 기다리고 있었소." 끝으로 그가 말했다. "외롭고 활기를 잃고 완전히 낙담한 채로. 그러다 오늘 아침 동틀녘에 치유되어 깨어났소. 왜, 어떻게 그리된 건진 모르겠소. 그저 잠에서 깨어보니, 이제 우리가 이 전쟁에서 이길 순 없지만 옥타비아누스에게 치열한 승부를 안겨줄 순 있겠다는 생각이 들었다오, 클레오파트라. 이곳에 있는 내 군단들이 여전히 내 편이고 당신 군대도 나일 강 펠루시온 하구의 진지에 있다고 말해주시오. 그러면 옥타비아누스가 올 때 우리는 기다리고 있을 거요."

두 사람 사이의 완벽한 분위기는 그리 오래가지 못했다. 바깥세상이 그것을 깨뜨리고 파괴해버렸다.

최악은 3월에 접어든 지 얼마되지 않았을 때 카니디우스가 가져온 소식이었다. 그는 혼자 에페이로스에서 헬레스폰트 해협까지 육로로 이동한 뒤 비티니아로 건너가서 사람들 눈에 띄지 않고 카파도키아 구간을 쭉 따라 말을 달려 아마노스 산맥을 통과했다. 시리아와 유다이아를 통과하는 마지막 구간도 별다른 문제 없이 지나왔다. 카니디우스 역시 나이들어 머리가 하얗게 세고 푸른 눈이 흐릿해졌지만 안토니우스에 대한 충성심은 약해지지 않았으며, 이제는 클레오파트라의 존재도 받아들였다.

"악티온은 역사상 가장 엄청난 해전으로 부풀려졌습니다." 그는 카이사리온은 물론이고 젊은 쿠리오와 안틸루스까지 합석한 저녁 식탁에서 말했다. "사령관님의 로마군 수천수만 명이 죽었답니다, 안토니우스. 알고 계셨습니까? 너무나 많은 이들이 죽었기에 살아남아 포로로 잡힌 이는 몇 명 되지도 않았습니다. 그러나 사령관님은 안토니우스호가 화염에 싸여 사라진 후에도 계속 싸웠습니다. 그러다 여왕이 사령관님을 버리고 이집트로 달아나는 것을 보고는 부속선에 뛰어내려 병사들을 버린 채 미친듯이 그녀를 쫓아갔습니다. 죽어가는 로마 병사 수백 명을 헤치고 나아가며 남아달라는 그들의 애원을 무시하고 클레오파트라를 따라잡는 데만 혈안이 됐지요. 마침내 여왕을 따라잡고 그녀가 자기 배로 끌어올려주자 사령관님은 말뚝에 찔린 개처럼 울부짖더니 갑판에 앉아 머리를 감쌌고 사흘간 꼼짝하려 들지 않았습니다. 여왕은 사령관님의 검과 단도를 압수했어요. 사령관님이 병사들을 버린 죄책감으로 제정신이 아니었기 때문이죠. 당연히 로마와 이탈리아는 이제 사령관님이 기껏해야 클레오파트라의 노예에 불과하다고 확신하고 있습니다. 가장 충실한 지지자들마저 사령관님을 버렸고요. 폴리오조차도 그렇습니다. 비록 그는 사령관님과 싸우려 하지는 않지만요."

"옥타비아누스는 로마에 있나요?" 카이사리온이 경악한 이들의 침묵을 깨며 물었다.

"그렇긴 했지만 잠깐뿐이었습니다. 그는 추가 군단과 함대를 이끌고 에페소스에 대기시켜둔 병력에 합류하러 갈 예정이에요. 30개 군단을 확보하게 될 거라고 들었습니다. 기병대는 언제나와 마찬가지로 1만 7천 명에서 더 추가되진 않지만요. 그는 에페소스에서 안티오케이아로, 어쩌면 펠루시온까지도 갈 것으로 보입니다. 에테시아이 바람은 불지 않겠지만, 최근 몇 년째 남풍 아우스테르가 상당히 늦게 오고 있어요."

"그가 언제쯤 도착할 것 같소?" 안토니우스가 물었다. 목소리는 차분했고 태도는 흔들림이 없었다.

"이집트로 들어오는 건 6월쯤일 겁니다. 들리는 소문으로는 그가 해로로 나일 강 삼각주를 건너지 않을 거랍니다. 펠루시온에서 멤피스까지 육로로 행군해서 남쪽에서 알렉산드리아로 접근할 계획이라고요."

"멤피스? 그거 이상하네요." 카이사리온이 말했다.

카니디우스는 어깨를 으쓱했다. "내 생각에는 그가 알렉산드리아를 완전히 고립시켜서 지원 병력을 활용하지 못하게 만들고 싶은 것 같습니다, 카이사리온. 조심스럽긴 해도 타당한 전략이에요."

"내가 보기엔 잘못된 전략 같아요." 카이사리온이 고집스레 주장했다. "아그리파가 이 전략을 세웠어요?"

"아그리파가 있을 것 같진 않습니다. 스타틸루스 타우루스가 옥타비아누스의 부사령관을 맡기로 되어 있고 코르넬리우스 갈루스는 키레나이카에서 진군할 겁니다."

"협공 작전이군요." 쿠리오가 지식을 뽐내며 말했다.

안토니우스와 카니디우스는 미소를 숨겼고, 카이사리온은 부아가 난 표정이었다. 과연! 협공 작전이다! 쿠리오는 통찰력이 대단하구나.

이제 안토니우스가 제정신이 돌아와서 큰 짐은 덜었지만 어쩐지 클레오파트라는 예전의 기상과 기운을 끌어낼 수 없었다. 목에 생긴 혹이 여전히 조금씩 커져갔고 발과 종아리는 자꾸 부어올랐으며, 숨이 가쁘고 가끔 정신이 혼미해졌다. 합데파네는 이 모든 증상이 갑상선종 때문이라고 진단했지만 치료 방법은 몰랐다. 그가 할 수 있는 일이라곤 그녀가 주로 책상 앞에 너무 오래 앉아 있다가 부종이 생길 때마다 침대나 긴 의자에 누워 발을 높이 올리고 있으라고 지시하는 것밖에 없었다.

클레오파트라의 보복 행위와 오만은 시리아 쪽 국경 지대의 두 남자 헤로데스와 말코스를 까다로운 적으로 만들어놓았고, 코르넬리우스 갈루스는 이집트의 서쪽을 차단했다. 따라서 그녀는 멀리 떨어진 곳에서 동맹을 찾아야 했다. 사절단은 많은 선물과 파르티아인들이 다음에 시리아를 침공할 때 지원하겠다는 약속을 들고 파르티아 왕을 만나러 떠났다. 그러나 메디아의 아르타바스데스에게는 그녀가 뭘 해줄 수 있을까? 그는 파르티아 왕실의 반목을 이용해 파르티아 메디아로 조금씩 들어감으로써 서서히 힘을 키우고 있었다. 안토니우스의 개선행렬에서 걷게 하려고 알렉산드리아로 데려왔던 아르메니아의 아르타바스데스는 여전히 감금된 상태였다. 클레오파트라는 그를 처형한 뒤 그의 머리를 메디아로 보냈다. 함께 간 사절단에게는 왕에게 그의 딸 이오타페와 알렉산드로스 헬리오스의 약혼은 계속 유지될 것이며 이집트는 아르메니아 국경 일대에서 로마인들의 접근을 막는 문제에 있어 메디아를 믿는다는 뜻을 확실히 전하도록 지시했다. 또 이 정책에 드는 비용 부담을 돕는 차원에서 황금도 보냈다.

시간은 흐르는데 옥타비아누스가 여전히 다가오고 있다는 보고들이

들어오자, 클레오파트라는 그에 자극받아 점점 더 무모한 계획을 생각해냈다. 4월에 그녀는 빠른 전함들로 구성된 소함대를 펠루시온에서 아라비아 만 안쪽의 헤로온폴리스까지 모래밭을 가로질러 육로로 운반했다. 그녀가 무엇보다 몰두한 문제는 카이사리온의 안전이었는데, 인도의 말라바르 해안이나 그 아래 있는 커다란 배 모양의 타프로바네 섬으로 보내지 않는 한 아들이 안전할 가능성은 없어 보였다. 무슨 일이 일어나든 카이사리온은 다 자랄 때까지 어딘가로 보내야 할 터였다. 완전한 성인이 되어서야 집으로 돌아와 옥타비아누스를 정복할 수 있을 것이다. 그러나 클레오파트라의 함대가 헤로온폴리스에 정박하자마자 나바테아의 말코스가 습격하여 모든 갤리선을 흘수선까지 태워버렸다. 클레오파트라는 이에 굴하지 않고 또다른 함대를 아라비아 만으로 육상 수송해 왔으나, 말코스의 손이 미치지 않도록 먼 베레니케로 그 배들을 보냈다. 그녀가 가장 신뢰하는 하인 쉰 명도 파라오 카이사르가 도착할 때까지 베레니케에서 기다리라는 지시를 내리고 그 배들과 함께 보냈다. 파라오가 도착하면 그들은 인도로 떠날 예정이었다.

기상천외한 생활자 모임을 되살리는 건 불가능했으므로, 클레오파트라는 죽음의 동반자 모임을 만들자는 구상을 떠올렸다. 모임의 목적은 별반 다를 바 없이 흥청거리며 먹고 마시고 노는 것이었지만, 거기에 더해 급속도로 내리막을 달리는 운명을 몇 시간씩 잊어보자는 목적도 있었다. 물론 죽음의 동반자 모임은 그 이름이 보여주듯이 결코 기상천외한 생활자 모임처럼 방탕하고 무책임한 축전의 연속은 아니었다. 공허하고 인위적이고 부산한 광란이었다.

안토니우스는 포도주를 마시는데도 불구하고 취하지 않았다. 음주

량은 많아봐야 적당한 정도에 그쳤다. 군단병들과 시간을 보내면서 그들을 최고 기량으로 훈련시키는 편을 선호했기 때문이다. 카이사리온과 쿠리오와 안틸루스는 그가 군인다운 상태일 때면 항상 그와 함께 있었지만 죽음의 동반자가 되고 싶은 마음은 별로 없었다. 그 나이대답게 그들은 죽을 수 있다는 생각 자체를 받아들이지 않았다. 다른 사람들은 죽을 수도 있지만 자기들은 죽을 리 없었다.

5월 초순에 시리아에서 안토니우스를 망연자실케 하는 소식이 들어왔다. 그는 아테네로 가던 중 사모스에 발이 묶여 있던 제대로 된 로마인 검투사 100명을 발견하고 옥타비아누스를 제패한 뒤 개최할 작정이던 승전 경기대회에서 싸우도록 그들을 고용했었다. 그는 그들에게 돈을 지불하고 배 두 척을 이용할 수 있게 해주었으나 악티온 때문에 그의 계획이 틀어져버렸다. 안토니우스의 패전 소식을 들은 검투사들은 이집트로 가서 그를 위해 싸우기로 결심했다. 이젠 구경거리 병사가 아니라 진짜 병사가 되기로 한 것이다. 그들은 안티오케이아까지 갔지만 거기서 옥타비아누스의 새로운 총독인 티투스 디디우스에게 억류되었다. 그러다 옥타비아누스의 첫번째 병력과 함께 도착한 메살라 코르비누스가 그들을 십자가형에 처하라고 명령했다. 오로지 노예와 해적 들에게만 적용하는 잔인하고도 오래 끄는 죽음의 형벌을 내린 것이다. 마르쿠스 안토니우스를 위해 싸운 검투사는 자유인이 아니라 노예임을 선언하는 코르비누스의 표현 방식이었다. 실제로 그들은 자유인이었음에도 불구하고.

클레오파트라로서는 당최 실마리를 잡을 수 없었지만, 어쩐 이유에선지 이 슬픈 이야기는 악티온이나 파라이토니온과도 비교가 안 될 만큼 안토니우스에게 깊은 타격을 준 것 같았다. 그는 며칠 동안 슬픔을 가누지 못해 흐느껴 울었고, 발작적인 비탄이 드디어 끝나고 나자 흥미와 기력을 모조리 잃은 사람처럼 보였다. 침울함이 몰려왔으나 죽음의 동반자 모임에 대한 엄청난 열의 뒤에 숨겨졌고, 어느덧 그는 그 모임에서 열리는 술잔치에 미친듯이 빠져들어 인사불성이 되도록 술을 마셨다. 군단들은 방치되었고 이집트군은 기억에서 잊혔으며, 카이사리온이 그에게 최선을 다해 양쪽 군을 단단히 준비시켜야 한다고 거듭 상기시켰지만 안토니우스는 그를 무시했다.

바로 이 시점에 엘레판티네부터 멤피스까지 1천500킬로미터에 이르는 나일 강의 사제와 지역 관리 들이 파라오 클레오파트라를 찾아와서 이집트인이 한 사람도 남지 않을 때까지 목숨 바쳐 싸우겠다고 말했다. 나일 강 유역 이집트 전체가 파라오를 지키기 위해 들고 일어나게 하십시오! 그들은 무릎 꿇고 접견실의 황금 바닥에 얼굴을 박은 채 외쳤다.

로마의 지배는 곧 이집트의 종말이라는 확신 아래, 클레오파트라는 그들이 자포자기해 집으로 돌아갈 때까지 시종일관 요지부동으로 그들의 청을 거절했다. 그러나 그들은 돌아가기 전에 그녀의 눈물을 보고 말았다. 안 돼! 그녀는 눈물을 흘렸다. 이집트인의 피가 거의 흐르지도 않는 두 파라오 때문에 이집트가 피바다가 되게 하진 않을 작정이었다.

"도저히 받아들일 수 없는 무의미한 희생이야." 그녀는 흐느끼며 말했다.

"엄마, 저도 없이 그들의 청을 거절할 권리는 없으셨어요." 무슨 일이 있었는지 알게 된 카이사리온이 말했다. "제 대답도 같았을 거예요. 하지만 제게 참석 요청을 하지 않음으로써 엄마는 제 권한을 뺏으셨어요. 왜 엄마의 행동으로 제가 고통을 피할 수 있을 거라고 생각하세요? 그렇지 않아요. 이렇게 계속 저를 보호하려고만 하시면 제가 어떻게 제대로 된 신성을 가지고 통치할 수 있겠어요? 제 어깨가 엄마 어깨보다 넓다고요."

클레오파트라는 안토니우스를 침울한 기분에서 벗어나게 해주려 애쓰고 카이사리온과 쿠리오, 안틸루스 등 세 청년까지 주시하는 틈틈이 자신의 무덤을 완성하느라 무척이나 바빴다. 무덤 공사는 예로부터 내려온 관습과 전통에 따라 그녀가 열일곱 살에 즉위하면서 바로 시작되었다. 무덤은 세마 내부에 있었다. 왕실 구역에 자리한 대규모 복합건물인 그곳에는 프톨레마이오스 왕가의 모든 일원이 묻혀 있었으며 알렉산드로스 대왕이 투명한 수정관에 안치되어 있었다. 그녀의 남동생이자 남편이었던 두 사람 중 한 명도 거기 있었다(카이사리온을 왕위에 앉히려고 그녀가 살해했다). 익사한 다른 한 명은 나일 강 펠루시온 하구의 강물 속에 있었다. 프톨레마이오스 왕들은 각자 개인 무덤을 가지고 있었으며 왕권을 잡았던 여러 명의 베레니케와 아르시노에, 클레오파트라 역시 그랬다. 그중에 거대한 건물은 없었으나 형태만큼은 파라오에 걸맞게 화려했다. 석관을 넣을 가장 안쪽 방과 카노포스 단지(미라를 만들 때 시체에서 꺼낸 내장을 방부 처리해 넣어두었던 그릇─옮긴이), 수호신의 조각상, 거기다 음식과 가구와 '밤의 강'을 항해하기 위한 아름다운 갈대 배로 가득 채워진 바깥쪽의 작은 방 세 개까지.

클레오파트라의 무덤은 안토니우스까지 안치할 예정이었으므로 크기가 다른 무덤들의 두 배였다. 클레오파트라가 들어갈 쪽은 이미 완성되었고, 기술자들은 안토니우스가 들어갈 자리에서 정신없이 작업에 매진하고 있었다. 누비아산 암적색 화강암으로 만든 그 무덤은 거울처럼 반들반들 윤이 나는 직사각형이었고 외벽에는 클레오파트라와 안토니우스의 카르투슈 외에 아무런 장식이 없었다. 신성한 상징을 넣어 세공한 거대한 청동문 두 개가 양쪽 방을 막고 있었으며, 거기서 통하는 곁방 하나가 두 개의 문을 통해 양 측면으로 연결되었다. 바깥쪽 문의 왼쪽 문짝 가까이에 붙은 두께 1.5미터에 달하는 석벽에는 전성관(傳聲管)이 관통하고 있었다.

클레오파트라와 안토니우스가 완전히 방부 처리되어 그 안에 누이기 전까지는, 출입문 벽에 고리버들로 만든 발판을 써야 닿을 만큼 높게 뚫린 구멍을 그대로 둘 터였다. 사람과 물품은 권양기와 길고 널찍한 바구니를 이용해 내부로 들이거나 내보낼 수 있었다. 시신의 방부 처리 과정에 90일이 걸리므로, 죽은 날부터 출입문 벽에 난 구멍을 막을 때까지 꼬박 석 달이 지나는 셈이었다. 방부 처리를 맡은 사제들은 나트론(로마의 아프리카 속주 끝에 있는 트리토니스 호수에서 채취한 시큼하고 톡 쏘는 냄새가 나는 소금이었다)과 각종 도구를 들고 이곳을 오갈 터였다. 그것까지 다 준비되면 사제들은 그들의 장비와 함께 특별한 건물로 들어갔다.

안토니우스의 내실은 문 하나를 사이에 두고 클레오파트라의 내실과 연결되었다. 두 방 모두 벽화와 황금, 보석 등 죽은 자들의 영역에서 파라오와 그녀의 부군이 바랄 법한 온갖 위안거리들로 아름답게 장식되어 있었다. 그들이 읽을 책들, 보면서 미소 지을 그들의 생애가 담긴 그림들, 이집트 신을 총망라한 조각상들, 나일 강을 담은 멋진 벽화까지. 음식, 가구, 술, 거룻배는 벌써 구비되어 있었다. 이제 그날이 멀지 않았다고 클레오파트라는 확신했던 것이다.

안토니우스를 위해 마련된 여러 방에는 그의 책상과 상아 대좌, 가장 좋은 갑옷들, 토가와 튜닉 여러 벌, 금으로 상감 세공한 상아 받침대가 달린 산다락나무 탁자가 놓여 있었다. 법무관 직까지 올랐던 그의 선조들 모두의 밀랍 이마고를 수납한 작은 신전 모형들도 있었고, 그가 각별히 마음에 들어 한 헤르메스 주상 위에 놓인 그의 흉상도 있었다. 작업을 맡은 그리스인 조각가는 그의 머리를 사자 가죽의 주둥이 안에 집어넣었으며, 사자의 발은 그의 가슴 위로 매듭지어 묶여 있었고 한 쌍의 붉은 눈은 그의 머리 위에서 이글거렸다. 안토니우스의 구역에서 빠진 것들은 장인의 솜씨로 만든 갑옷 한 벌과 자주색 단을 댄 토가 한 벌뿐이었는데, 최후가 오기 전에 그에게 필요할 옷들이었다.

당연히 카이사리온은 클레오파트라가 무엇을 하고 있는지 알았다. 이는 곧 그녀가 자신과 안토니우스가 머지않아 죽을 거라 생각한다는 뜻임을 알아채지 않을 수 없었지만, 그는 아무 말도 하지 않았고 그녀를 만류하려 들지도 않았다. 가장 어리석은 파라오가 아닌 이상 죽음을 안중에 둘 수밖에 없었다. 그렇다고 그의 어머니와 의붓아버지가 자살을 고려하고 있다는 뜻은 아니었고, 그저 옥타비아누스의 침략 끝에 그들의 죽음이 닥치든 아니면 앞으로 40년 동안 죽음이 오지 않든 상관없이 복장과 장비를 제대로 갖추고 죽은 자들의 영역에 들어설 준비를 해두겠다는 것이었다. 카이사리온의 무덤도 법도에 따라 축조가 진행 중이었다. 처음에 그의 어머니는 아들의 무덤 자리를 알렉산드로스 대왕 옆에 두었으나 그가 나서서 작고 야단스럽지 않은 구석 자리로 위치를 옮겼다.

카이사리온은 한편으로 전투를 기대하며 짜릿한 기분을 느꼈지만, 다른 한편으로는 만약 파라오 없이 남겨질 경우 그의 백성들의 운명은 어찌될지 곰곰이 생각하며 속을 태웠다. 아버지가 죽고 쌍둥이가 태어나기까지 몇 년 동안의 기근과 역병을 당시 어린 나이였음에도 잘 기억하고 있었기에 그는 막중한 책임감을 느꼈다. 또 어머니와 어머니의 부군에게 무슨 일이 일어나든 자신은 반드시 살아야 한다는 것도 잘 알고 있었다. 그는 능숙하게 협상에 착수한다면 목숨을 부지할 수 있으리라 확신했고, 옥타비아누스가 얼마나 많은 보물을 요구하든 다 내어 줄 각오가 되어 있었다. 물건들로 미어터지는 지하 굴보다 살아 있는 파라오가 이집트에 훨씬 중요했다. 그는 옥타비아누스에 관한 생각과 견해를 혼자서만 간직하고 클레오파트라에게는 절대 알리지 않았다. 어머니는 그 생각에 동의하지 않을 테고 그런 생각을 한 그를 좋게 보지 않을 터였다. 카이사리온은 옥타비아누스가 처한 딜레마를 이해했으므로 그가 취한 행동을 두고 그를 비난할 수 없었다. 아아, 엄마, 엄마! 지나친 자만심, 지나친 야망! 그녀가 로마의 힘에 도전했기 때문에 로마가 오고 있었다. 이집트에 새로운 시대가 시작되려는 참이었다. 그가 통제해야 할 시대가. 옥타비아누스의 행동 어디에도 그가 폭군이라는 낌새는 없었다. 그는 사명을 짊어진 사람, 로마를 적들로부터 안전하게 지키고 로마 인민에게 안전과 번영을 제공해야 할 책임을 진 사람임을 카이사리온은 직감으로 알았다. 그러한 목표를 마음에 둔 그는 자신이 해야 할 일은 무엇이든 하겠지만 그 이상은 하지 않을 것이다. 그는 이성적인 사람, 차분한 대화를 통해 이집트가 결코 위험이 되지 않을 안정적인 통치자의 치하에서 안정화되는 것이 합당한 일임을 납득시킬 수 있는 사람이었다. 로마의 우호동맹이자 가장 충실한 피호국이 된 이집트가.

카이사리온은 6월 23일에 열일곱 살이 되었다. 클레오파트라는 성대한 생일파티를 열어주고 싶어했지만 그는 귓등으로도 들으려 하지 않았다.

"그냥 조촐하게 해요, 엄마. 우리 가족이랑 아폴로도로스, 카임, 소시게네스만요." 그의 말투는 단호했다. "죽음의 동반자들은 안 돼요! 안토니우스에게 그 모임을 그만두라고 좀 설득해보세요."

클레오파트라의 예상과 달리 그것은 그리 어려운 과제가 아니었다. 마르쿠스 안토니우스는 지치고 소진되어가고 있었다.

"그애가 원하는 게 그런 축하연이라면 그렇게 해줘야지." 적갈색 눈동자에 보기 드문 반짝임이 일었다. "사랑하는 여보, 솔직히 말하면 요즘 나는 '동반자'라기보다 '죽음'에 가깝다오." 그는 한숨을 쉬었다. "이제 얼마 안 있어 옥타비아누스가 펠루시온에 당도할 거요. 한 달쯤 남았을까. 그보다는 조금 더 걸릴 수도 있고."

"내 군대가 맞서 싸우지 않았어요." 클레오파트라가 잇새로 내뱉었다.

"아, 클레오파트라, 그들이 왜 그러겠소? 땅도 없는 소작농들에, 아울루스 가비니우스 시절까지 거슬러올라가는 반백에 관절도 뻣뻣해진 늙은 로마인 백인대장 몇 명인데. 옥타비아누스도 바라지 않겠지만 나 또한 그들에게 목숨을 바치라고 할 마음이 없소. 아니, 정말이지 그들이 싸우지 않아서 기쁘오." 그는 묘하게 일그러진 표정을 지었다. "게다가 옥타비아누스가 그들을 고이 집으로 돌려보냈다니 더욱 기쁘군. 그는 정복자라기보다 관광객처럼 굴고 있잖소."

"그를 무엇으로 막을 수 있을까요?" 그녀가 비통하게 물었다.

"그를 막을 수 있는 건 없소. 그것이 반박할 수 없는 사실이지. 내 생각엔 즉시 그에게 사절을 보내 교섭을 요청해야 할 것 같소."

하루 전날이기만 했어도 그녀는 그에게 와락 덤벼들었겠지만, 그건 어제 상황이었다. 생일을 맞은 아들의 얼굴을 슬쩍 보기만 해도 카이사리온은 그의 국토가 백성들의 피로 물드는 것을 원치 않음을 알 수 있었다. 경기장에 진을 친 로마 군단들이 최후의 저항을 하겠다면 그는 승낙하기는 할 테지만, 오직 병사들이 전투를 갈망하기 때문일 뿐이었다. 그들은 악티온에서 싸워보지 못했으므로 이곳에서 싸우길 원했다. 승패 여부는 중요하지 않았다. 싸울 기회를 얻는 것만이 중요했다.

그래, 결국 이 상황의 핵심은 카이사리온이 원하는 것으로 귀결되었고, 그것은 무조건 평화였다. 그럼 그렇게 해야지. 무조건 평화.

"누굴 옥타비아누스에게 보내나요?" 그녀가 물었다.

"안틸루스가 어떨까 싶소." 안토니우스가 말했다.

"안틸루스요? 그앤 어린아이예요!"

"바로 그거요. 더구나 옥타비아누스가 잘 아는 아이지. 사절로 그애만한 사람이 없는 것 같소."

"네, 그런 것 같네요." 곰곰이 생각해본 후 그녀가 말했다. "하지만 그렇게 되면 당신이 편지를 써야 할 거예요. 안틸루스는 협상을 할 만큼 총명하지 않으니까."

"나도 아오. 그래, 편지를 쓸 거요." 그는 다리를 쭉 뻗고 한 손으로 머리칼을 쓸었다. 그의 머리는 이제 회색도 아니고 흰색에 가까워 보였다. "아아, 여보, 난 너무 지쳤소! 그냥 이 모든 게 다 끝났으면 좋겠어."

그녀는 목구멍 안에 응어리를 느끼며 마른침을 꿀꺽 삼켰다. "나도 그래요, 내 사랑, 내 생명. 당신에게 고통을 안겨줘서 정말로 미안해요. 하지만 난 몰랐어요……. 아니, 아니, 이제 변명 따윈 그만해야지! 난 잘못을 정면으로 책임져야만 해요. 피하려 들지 말고, 변명하지도 말고. 내가 이집트에 가만히 있었더라면 상황이 많이 달라졌을지도 몰라요." 그녀는 그와 이마를 맞대었다. 너무 바짝 붙어 있어서 그의 눈은 볼 수 없었다. "당신을 충분히 사랑하지 않아서 지금 나는 고통받고 있어요. 아아, 지독하게요! 당신을 사랑해요, 마르쿠스 안토니우스. 목숨보다 더 사랑해요. 당신이 없으면 나도 살지 않을 거예요. 내가 원하는 건 영원히 당신과 죽은 자들의 영역을 떠도는 것뿐이에요. 우리는 삶에서는 함께하지 못했지만 죽음에서는 함께할 거예요. 그곳에는 평화와 만족과 최고로 멋진 평안이 있으니까요." 그녀는 고개를 들었다. "내 말을 믿어요?"

"믿소." 그의 작고 흰 이가 반짝였다. "그래서 로마인보다 이집트인이 되는 게 좋은 거지. 로마인들은 사후 세계를 믿지 않소. 그렇기 때문에 죽음을 두려워하지 않는 거고. 카이사르가 생각한 죽음은 단지 영원한 잠일 뿐이었소. 카토도 폼페이우스 마그누스도, 그 밖의 다른 이들도 마찬가지였고. 글쎄, 그들이 자는 동안 나는 당신과 함께 죽은 자들의 영역을 거닐 거요. 영원히."

　　옥타비아누스,
　　자네가 더는 로마인들의 죽음을 원치 않을 거라 확신하네. 또 내 아내의 군대를 처리한 방식을 보니 적군들의 죽음도 원치 않는 것 같고.
　　내 장남이 찾아갈 때쯤이면 자네는 멤피스에 있을 거라 짐작하네. 아들에게 이 편지를 들려 보내는 이유는 그래야 편지가 어느 보좌관의 책상이 아니라 자네 책상에 도착할 것임을 알기 때문이네. 아들은 날 위해 이 일을 대단히 하고 싶어하며 나도 기꺼이 맡기려 하네.

옥타비아누스, 이 웃기는 짓을 계속하지 마세. 이걸 전쟁이라고 부를 수 있을지 모르겠지만, 어쨌든 우리 둘의 전쟁에서 내가 먼저 공격한 쪽임을 탁 터놓고 인정하는 바네. 마르쿠스 안토니우스가 그리 밝게 빛나지 못했다는 것, 그것만큼은 확실하고, 이제 그는 끝을 맺길 원하네.

자네가 클레오파트라 여왕이 파라오이자 여왕으로서 자기 왕국을 통치할 수 있게 해준다면 나는 자결한다고 약속하겠네. 비참한 몸부림을 끝낼 좋은 길이지. 내 아들 편에 자네의 답을 보내주게. 세 장날 주기 동안 답을 기다리겠네. 만약 그때까지 답을 받지 못하면 자네가 내 청을 거절하는 것으로 알겠네.

장날이 세 번 지났지만 옥타비아누스에게서는 아무 소식이 없었다. 안토니우스는 안틸루스가 돌아오지 않은 것이 걱정되었으나, 옥타비아누스가 자신의 승리가 완전해질 때까지 그애를 억류하겠거니 판단했다. 그후에는…… 공권박탈자의 아들들을 어떻게 처리하던가? 추방이 가장 흔한 처분이었다. 그러나 안틸루스는 수년간 옥타비아와 살았으니, 자기 누이가 품고 있던 아이를 옥타비아누스가 추방하지는 않을 것이다. 또한 그에게서 안토니우스 가문의 일원으로 사는 데 꼭 필요한 정도의 수입까지 빼앗지도 않을 것이다.

"당신이 편지에 제시한 조건을 정말로 옥타비아누스가 다 받아들일 거라고 생각했어요?" 클레오파트라가 물었다. 그녀는 편지의 내용을 보지 않았고, 보여달라고 요구하지도 않았다. 이제 클레오파트라는 남자들의 일은 남자들의 것임을 이해했다.

"그렇지는 않았던 것 같소." 안토니우스는 어깨를 으쓱하며 말했다.

"안틸루스가 내게 연락해주면 좋으련만."

그애는 죽었단 걸 이 사람에게 어찌 말할까? 그녀는 자문했다. 옥타비아누스는 애초에 타협할 수가 없었다. 프톨레마이오스 왕가의 보물이 필요하니까. 보물이 어디에 있는지 그가 알까? 아니, 당연히 모른다. 그렇다고 해서 그가 이집트의 모래밭에 밤하늘의 별보다 더 많은 구멍을 파는 걸 단념하진 않겠지만. 그러면 안틸루스는? 살려두면 성가신 존재다. 열여섯 살짜리 사내애들은 수은같이 움직임이 변화무쌍하고 나름대로 교활한 꾀를 부린다. 옥타비아누스는 그애를 살려뒀다가 그애가 달아나서 아버지에게 적의 작전 계획을 알리게 하는 위험을 무릅쓰지 않을 것이다. 그래, 안틸루스는 죽었다. 내가 그애의 아버지에게 이 얘기를 먼저 꺼내든, 그를 위해 비밀로 간직하든 그것이 중요할까? 아니, 그렇지 않다. 그러니 굳이 그의 어깨에 또다른 슬픔의 짐을 얹을 까닭이 뭔가? 가뜩이나 잔뜩 굽었고 너무도…… 연약한데. 마르쿠스 안토니우스에게 이런 수식어를 쓰게 될 줄은 상상도 못했지만.

그 대신 그녀는 다른 청년에 관한 이야기를 꺼냈다. 카이사리온 얘기였다. "안토니우스, 옥타비아누스가 알렉산드리아에 닿기까지 세 장날 주기 정도가 남았어요. 당신은 이 도시와 가까운 어느 지점에서 전투를 벌일 것 같은데, 맞나요?"

그는 어깨를 으쓱했다. "병사들이 원하고 있으니. 그래, 맞소."

"카이사리온은 싸우게 할 수 없어요."

"그애가 죽을 수도 있으니까?"

"그래요. 옥타비아누스가 나더러 이집트를 통치하게 해줄 가능성은 전혀 없지만 그렇다고 카이사리온이 통치하도록 내버려두지도 않을 거예요. 옥타비아누스가 카이사리온을 잡으려고 추적에 나서기 전에 그앨 인도나 타프로바네로 피신시켜야 해요. 베레니케에 쉰 명쯤 되는 하인들과 작고 빠른 함대가 있어요. 카임이 그들에게 내준 황금이면 카이사리온이 여정을 끝냈을 때 풍족한 생활을 하기에 충분할 거예요. 그러다 의젓한 성인이 되면 돌아올 수 있고요."

안토니우스는 그녀의 얼굴을 골똘히 살폈다. 인상을 쓴 탓에 이맛살이 잔뜩 구겨졌다. 카이사리온, 늘 카이사리온이지! 그래도 그녀의 말이 옳았다. 그애가 남아 있으면 옥타비아누스는 그를 끝까지 찾아내어 죽일 것이다. 그럴 수밖에 없다. 이 이집트인 아들처럼 카이사르와 닮은 경쟁자를 살려둘 수는 없는 노릇이니까.

"내게 뭘 바라는 거요?" 그가 물었다.

"내가 그애에게 얘기를 꺼낼 때 힘을 보태주는 거요. 그앤 가기 싫어할 테니까."

"그렇겠지. 하지만 가야 해. 알겠소, 힘을 보태리다."

카이사리온이 단번에 동의하자 두 사람은 놀라지 않을 수 없었다.

"무슨 말씀이신지 알겠어요, 엄마, 안토니우스." 카이사리온은 푸른 눈을 크게 뜬 채 말했다. "우리 중 하나는 반드시 살아남아야 하는데 저들은 우리 중 누구도 살려두려 하지 않겠죠. 제가 10년간 인도에 숨어 있으면 옥타비아누스는 이집트가 제 길을 가게 내버려둘 거예요. 피호국이 아니라 속주로요. 하지만 파라오가 살아 있다는 걸 알면 나일 강의 백성들은 제가 돌아왔을 때 반겨주겠지요." 청년의 두 눈에 눈물이 가득 고이고 얼굴이 일그러졌다. "아아, 엄마, 엄마, 다시는 엄마를 볼 수 없다니요! 떠나야 하지만 그럴 수가 없네요. 엄마는 옥타비아누스의 개선행진에서 걷고 나서 교살 집행자의 손에 죽을 테지요. 떠나야 하는데 도저히 못 그러겠어요!"

"할 수 있어, 카이사리온." 안토니우스가 청년의 팔뚝을 움켜쥐며 강경하게 말했다. "나는 네가 어머니를 사랑하는 마음을 믿어 의심치 않지만, 네가 백성들을 사랑한다는 것 또한 굳게 믿는다. 인도로 가서 돌아올 적기가 될 때까지 그곳에서 지내거라. 부탁이다!"

"아, 갈 거예요. 그게 분별 있는 일이니까요." 그는 두 사람에게 카이사르의 미소를 지어 보이고 방에서 나갔다.

"믿기지 않아요." 클레오파트라가 목의 응어리를 만지며 말했다. "분명 간다고 했죠, 그렇죠?"

"그래, 그랬소."

"내일 떠나야 해요."

정말로 내일이었다. 은행가나 중간층 관리 같은 옷차림을 한 카이사리온은 적당한 하인 두 명과 함께 튼튼한 낙타를 타고 길을 나섰다.

클레오파트라는 왕실 구역의 흉벽 위에 선 채로 멤피스 거리에서 아들이 보이지 않게 될 때까지 내내 지켜보았다. 그리고 붉은 스카프를 흔들며 눈부시게 미소를 지었다. 안토니우스는 두통이 있다면서 궁 안에 남았다.

카니디우스는 거기서 그를 찾아냈다. 출입구에 멈춰 선 채 긴 의자에 쭉 뻗어 한 팔로 눈을 가리고 있는 마르쿠스 안토니우스의 모습을 지켜보았다. "안토니우스?"

안토니우스는 두 다리를 바닥 쪽으로 휙 돌려 내리며 일어나 앉더니 눈을 깜박거렸다.

"어디 편찮으십니까?" 카니디우스가 물었다.

"두통이 있는데 포도주 때문은 아니오. 삶의 무게가 버거워서 그렇소.”

“옥타비아누스는 협력하지 않을 겁니다.”

“그건 뭐, 여왕이 자신의 홀(笏)과 디아데마를 펠루시온에 있는 그에게 보낸 후로 우리 모두 알고 있던 사실이지. 그 도시도 그곳 군대처럼 굼떴으면 좋았으련만! 훌륭한 이집트인들이 무수히 죽었소. 어찌 그들은 로마군의 포위공격에 맞설 생각을 했단 말이오?”

“그는 포위공격을 할 형편이 아니었습니다, 안토니우스. 그 때문에 그곳을 기습했던 거지요.” 카니디우스는 당혹스러운 듯 안토니우스를 유심히 보았다. “기억 안 나십니까? 정말 편찮으시군요!”

“아니오, 아니야, 기억하오!” 안토니우스가 껄껄 웃었다. 거친 쉿소리가 났다. “머릿속에 생각이 너무 많아서 그렇소. 그뿐이오. 그는 지금 멤피스에 있지, 맞소?”

“멤피스에 있었지요. 지금은요? 카노포스 지류에 접근하고 있습니다.”

“내 아들은 그에 대해 뭐라고 하오?”

“아들이라니요?”

“안틸루스 말이오!”

“안토니우스, 안틸루스는 한 달째 감감무소식입니다.”

“무소식이라고? 참으로 이상하군! 옥타비아누스가 그애를 억류한 게 분명하오.”

“네, 아마도 그리된 것 같습니다.” 카니디우스가 온화하게 대답했다.

“옥타비아누스가 하인 편에 편지를 보냈지, 안 그렇소?”

“그래요.” 문간에서 클레오파트라가 말했다. 그녀는 안으로 들어와 안토니우스의 맞은편에 앉았고, 눈으로는 카니디우스에게 미친듯이 신호를 보냈다.

"그 친구 이름이 뭐였지?"

"티르소스예요, 여보."

"내 기억을 좀 되살려주시오, 클레오파트라." 안토니우스는 무척 혼란스러운 표정으로 말했다. "옥타비아누스가 당신에게 보낸 편지에 무슨 내용이 있었소?"

카니디우스는 의자에 털썩 주저앉으며 놀란 눈으로 안토니우스를 빤히 쳐다보았다.

"공식적인 편지는 내게 무장을 해제하고 항복하라 명령했고, 내게 따로 보낸 편지에는 옥타비아누스가 모든 당사자들에게 만족스러운 해결책을 도출할 것이라고 적혀 있었어요." 클레오파트라가 차분히 말했다.

"아, 그렇지! 그래, 당연히 그거였소……. 아……. 내가 당신한테 해줘야 할 일이 있지 않았소? 펠루시온의 수비대 사령관과 관련된 일로?"

"그자가 자기 가족을 보호하려고 알렉산드리아로 보내서 내가 그들을 체포하게 했죠. 펠루시온에 가해진 고통을 왜 그의 가족만 피해야 하나요? 그런데 카이사리온이"—그녀는 말을 멈추고 양손을 비틀었다—"나는 너무 화가 난 나머지 정의를 베풀지 못한다면서 그들 문제를 당신에게 넘겼어요."

"아! 오호. 그래서 내가 그 가족에게 정의를 베풀었소?"

"당신은 그들을 풀어줬어요. 정의가 아니었죠."

카니디우스는 도끼로 머리를 맞은 듯한 기분을 느끼며 두 사람의 대화를 듣고 있었다. 이건 모두 이미 끝난 과거의 일이잖아! 맙소사, 안토니우스가, 안토니우스가 반쯤 망령이 들었구나! 그의 기억이 사라졌다.

그런데 나 카니디우스는 깜박깜박하는 늙은이와 어떻게 전쟁 계획을 논의할 것인가? 망가져버렸는데! 조각조각 산산이 부서졌는데. 지휘는 어림없다.

"당신은 무슨 일로 온 거요, 카니디우스?" 안토니우스가 묻고 있었다.

"옥타비아누스가 거의 근접했습니다, 안토니우스. 저는 전투 준비를 갖춘 7개 군단을 경기장에 데리고 있고요. 우리는 싸우는 겁니까?"

안토니우스가 갑자기 벌떡 일어났다. 깜박깜박하는 노인에서 순식간에 열성적이고 기민하며 의욕 가득한 군 지휘관의 모습으로 변모했다. "그렇소! 그럼, 당연히 싸우지." 그는 이렇게 대꾸하더니 큰소리를 지르기 시작했다. "지도! 지도가 필요해! 킨나, 투룰리우스, 카시우스는 어디 있소?"

"기다리고 있습니다, 안토니우스. 다들 싸우고 싶어 안달이죠."

클레오파트라가 손님을 배웅했다.

"저런 증상이 얼마나 된 겁니까?" 카니디우스가 그녀에게 물었다.

"그이가 프라아스파에서 돌아온 후부턴데, 그러니까, 4년 전인가?"

"유피테르 신이시여! 왜 저는 몰랐을까요?"

"증상이 발작적으로 나오기 때문이에요. 긴장이 풀렸거나 두통이 있을 때 주로 나타나죠. 오늘은 카이사리온이 떠났으니 조짐이 나쁜 날이었어요. 하지만 걱정하지 말아요, 카니디우스. 그이가 벌써 기운을 차리고 있으니 내일이면 필리피 때와 똑같이 쌩쌩한 모습으로 돌아올 거예요."

클레오파트라는 가벼이 말한 게 아니었다. 옥타비아누스의 선발 기병대가 경기장이 있는 카노포스 교외 지역에 도착하자 안토니우스는 순식간에 공격을 감행했다. 그는 예전의 안토니우스였다. 당당한 기세와 열정으로 가득한, 헛발질을 하거나 병사를 잘못 배치할 리 없는 사람이었다. 기병대는 궤멸되었고, 안토니우스의 7개 군단은 전쟁의 신이자 안토니우스 가문의 수호신인 헤르쿨레스 인빅투스를 기리는 전쟁 찬가를 부르며 전투로 돌진했다.

안토니우스는 해질녘에 갑옷 차림 그대로 알렉산드리아에 귀환해 기뻐 어쩔 줄 모르는 클레오파트라의 환영을 받았다.

"아아, 안토니우스, 안토니우스, 당신에겐 그 무엇도 과분하지 않아요!" 그녀는 그의 얼굴에 키스를 퍼부으며 외쳤다. "카이사리온! 카이사리온이 지금의 당신 모습을 볼 수 있다면 얼마나 좋을까요!"

딱하게도 그녀는 그렇게 겪고도 달라진 게 없었다. 카니디우스와 킨나, 데키무스 투룰리우스를 비롯한 나머지 장군들이 안토니우스와 다를 바 없이 땀과 피로 범벅이 되어 돌아왔을 때 그녀가 한 사람 한 사람에게 어찌나 함박웃음을 지으며 달려들었던지 당장 킨나부터 그런 그녀의 행동을 아니꼽게 여겼다.

"대규모 교전은 아니었소." 안토니우스는 그녀가 주변을 빙빙 돌면서 그의 옆을 지나갈 때 애써 말해주려 해보았다. "앞으로 닥칠 큰 전투를 위해 이만 기쁨을 아껴두시오."

그러나 그녀는 귓등으로도 들으려 하지 않았다. 온 도시가 마치 대규모 교전이었던 것처럼 크게 기뻐했으며, 클레오파트라는 다음날 김나시온에서 열릴 승전 연회 준비에 완전히 몰두했다. 군대 전체가 그 자리에 참석할 테고 그녀는 가장 용맹한 병사들에게 훈장을 수여할 것이며, 보좌관들은 황금 가설 건물에서 화려하고 두툼한 방석이 깔린 편한 자리에 앉혀야겠고 백인대장들은 그보다 약간만 덜 화려한 자리에 앉히고⋯⋯.

"저 둘 다 정신이 나갔소." 킨나가 카니디우스에게 말했다. "정신이 나갔다고!"

안토니우스는 그녀를 제지하려 애썼지만, 이 작은 전투에 이김으로써 전쟁이 승리로 끝났고 그녀의 왕국은 안전하며 옥타비아누스는 이제 위협적인 존재가 아니라는 클레오파트라의 확신 앞에 남자이자 연인인 안토니우스는 사라졌다. 모두 전문 군인들인 보좌관들은 무력한 안토니우스가 클레오파트라의 광적인 기쁨에 굴복하고, 김나시온에 7개 군단이 다 들어갈 순 없다고 그녀를 설득하는 데 남은 기운을 다 쓰는 모습을 지켜보았다.

연회는 사병들 중에서 훈장을 받을 이들만을 대상으로 열렸다. 물론 400명 넘는 백인대장들이며 참모군관들과 하급 보좌관들, 그리고 최대한 비집고 들어갈 수 있는 만큼의 알렉산드리아인들도 오기는 했다. 포로들 역시 그 자리에 수용되었다. 이들은 클레오파트라가 고집한 대로 쇠사슬에 묶여 알렉산드리아인들이 야유를 퍼붓고 썩은 채소를 던질 수 있는 위치에 세워졌다. 설사 다른 일들이 군단병들로 하여금 그녀에게서 등돌리게 하지 못했을지라도 이 일만은 확실히 그렇게 했다. 그것은 로마인과 거리가 먼 야만적인 행동이요, 다른 사람도 아닌 로마인에 대한 모욕이었다.

그녀는 반드시 수여해야겠다며 우긴 훈장에 관한 조언 역시 귀담아 듣지 않았다. 동료 병사들의 생명을 구하고 전투가 끝날 때까지 전장을 사수했던 병사는 무용을 기리는 소박한 떡갈잎관 대신, 눈이 살짝 튀어나오고 못생긴 자그마한 여자에게 황금 투구와 판갑을 받았다. 게다가 그 여자는 그에게 입까지 맞추었다!

"제 떡갈잎은 어딨습니까? 떡갈잎을 주세요!" 그 병사는 대단히 불쾌해하며 따졌다.

"떡갈잎?" 그녀가 낭랑한 웃음소리를 냈다. "이런, 애야, 황금 투구 대신에 시시한 떡갈잎관을 달라고? 정신 차려!"

병사는 모여 있는 군중의 가장자리에 황금 군장을 던지더니 곧바로 옥타비아누스의 군대로 가버렸다. 어찌나 화가 났던지 그 자리에 계속 있다가는 자신이 여왕을 죽일 것만 같았다. 안토니우스군은 로마 군대가 아니었다. 무희와 환관 들의 조합이었다.

"클레오파트라, 클레오파트라, 대체 언제쯤 깨달을 거요?" 안토니우스는 그날 밤 그 우스꽝스러운 행사가 끝나고 알렉산드리아인들이 물리도록 즐기고서 집으로 돌아간 뒤에 진정으로 괴로워하며 따져 물었다.

"무슨 말이에요?"

"당신은 내 병사들 앞에서 날 망신시켰소!"

"망신시켰다고요?" 그녀는 가슴을 꼿꼿이 펴며 나름대로의 전투태세에 돌입했다. "무슨 말이죠, 당신을 망신시켰다는 게?"

"군의 축하행사를 관리하는 것도, 로마의 모스 마이오룸을 마음대로 건드려서 병사에게 떡갈잎 대신 황금을 주는 것도 당신이 나설 일이 아니오. 로마인 병사들에게 쇠고랑을 채우는 것도 마찬가지고. 내 군대에 들어오라고 했을 때 그 포로들이 뭐라고 한 줄 아시오? 차라리 죽는 편이 낫다고 했소. 죽는 편이!"

"하, 그들의 생각이 그렇다면 원하는 대로 해주죠 뭐!"

"그런 짓은 저지를 생각도 마시오. 정말이지 마지막으로 말하는데,

사내들 일에 쓸데없이 참견하지 마시오!" 안토니우스는 덜덜 떨며 고함을 질렀다. "당신은 날 계집 같은 놈으로 만들어놨소. 베누스 에루키나 신전 밖에서 손님을 찾아 어슬렁대는 남창으로 말이오!"

클레오파트라의 격분은 번갯불이 번쩍할 시간 안에 사그라졌다. 그녀는 입을 딱 벌리고 혼란스러운 눈빛으로, 진심으로 당황하며 그를 빤히 쳐다보았다. "나, 나는 당신이 그러길 바랄 줄 알았어요." 그녀는 들릴 듯 말 듯 한 소리로 말했다. "당신의 사병 출신 백인대장들과 군관들이 우리가 전쟁에서 승리하는 순간 얼마나 대단한 보상을 받게 될지 알면 당신의 위상이 더 높아지리라 생각했어요. 게다가 우리가 이겼지 않나요? 분명 승리였잖아요?"

"그렇소, 하지만 큰 승리가 아니라 작은 승리요. 그리고 제발이지 여보, 당신의 황금 투구와 판갑은 됐다가 이집트 병사들에게나 주시오! 로마 병사들은 풀잎관을 더 좋아하니까."

이렇게 그들은 헤어졌다. 두 사람 다 울었지만 눈물의 이유는 전혀 달랐다.

다음날 그들은 입을 맞추며 화해했다. 지금은 서로 계속 다투고 있을 때가 아니었다.

"마르쿠스, 내가 군사와 관련해서 당신이 하는 일에 절대 간섭하지 않겠다고 내 아버지 아문-라께 맹세하면 그 대규모 전투를 치르기로 동의할 거예요?" 클레오파트라가 물었다. 수면 부족으로 눈이 퀭했다.

안토니우스는 억지로 미소를 짓고는 그녀를 바짝 끌어당겨 더없이 멋진 그녀의 향기를 들이마셨다. 예리코 발삼나무로 증류한 은은한 꽃향기였다. "그래요, 내 사랑, 내 마지막 전투를 치를 거요."

순간 그녀가 뻣뻣하게 굳어지더니 몸을 뒤로 빼며 그를 쳐다보았다.

"마지막 전투라고요?"

"그렇소, 마지막 전투. 내일 동틀녘에." 그는 숨을 고르고 준엄한 표정을 지었다. "나는 돌아오지 않을 거요, 클레오파트라. 무슨 일이 벌어지건 돌아오지 않을 거요. 우리가 이길 수도 있지만 그래봐야 한 번의 전투일 뿐이오. 이 전쟁은 옥타비아누스의 승리요. 나는 최대한 용맹스럽게 전장에서 죽을 작정이오. 그리되면 이 전쟁에서 로마의 요소가 사라지고, 당신은 나를 고려할 필요 없이 옥타비아누스와 상대할 수 있소. 그의 골칫거리는 나지 당신이 아니오. 당신은 로마인이 으레 그리하듯 그가 명료하게 대할 수 있는 외국인 적이오. 그가 당신을 자기 개선행진에서 걷게 할 수는 있겠지만 당신이나 당신과 나 사이에 난 아이들을 처형하지는 않을 거요. 당신이 이집트를 다스리게 둘 것 같진 않소. 아마도 개선식이 끝난 뒤에 당신과 아이들을 노르바나 프라이네스테 같은 이탈리아의 요새 도시에 살게 할 거요. 매우 안락하게. 그러면 당신은 거기서 카이사리온이 돌아오길 기다리면 되오."

그사이 그녀의 얼굴은 혈색이 다 빠져나가 이제 커다란 황금빛 두 눈에만 색이 집중되어 있었다. "안토니우스, 안 돼요!" 그녀가 속삭이듯 말했다.

"'안토니우스, 알았어요.' 이게 내가 원하는 대답이오, 클레오파트라. 내 시신을 달라고 그에게 청하면 내어줄 거요. 그는 앙심을 품는 인물이 아니니까. 그가 하는 일은 정략적이고 합리적이고 신중한 계획 끝에 나온 것이오. 내가 잘 죽을 수 있는 기회를 앗아가지 말아요, 내 사랑, 부탁이오!"

눈물은 뜨거웠다. 그녀의 양쪽 입가로 눈물이 흐르자 양볼이 불에 덴 듯 느껴졌다. "당신이 잘 죽을 기회를 빼앗지 않을게요, 사랑하는 여보. 살아 있는 당신 품안에서 보내는 마지막 단 하룻밤, 그것 말곤 아무 것도 청하지 않아요."

그는 그녀에게 한 번 입맞추고 경기장으로 떠났다. 전투 준비를 하기 위해서였다.

그녀는 죽어버린 마음으로 정처 없이 궁전을 가로질러 걸어서 야자나무 정원을 끼고 세마로 이어지는 문으로 갔다. 언제나처럼 카르미온과 이라스가 뒤따랐다. 그들은 아무것도 묻지 않았다. 파라오의 얼굴을 보고 나니 물을 필요가 없었던 것이다. 안토니우스는 전장에서 죽을 테고, 카이사리온은 인도로 가버렸으며, 파라오는 살아 있는 나일 강과 죽은 자들의 영역을 가르는 저 흐릿한 수평선으로 빠르게 다가가고 있었다.

자신의 묘지로 간 클레오파트라는 안토니우스의 무덤 쪽에서 여전히 작업중인 인부들을 주목시키고, 내일 해 질 무렵까지 그의 시신을 안치할 수 있도록 만반의 준비를 하라는 지시를 내렸다. 지시를 끝내자 그녀는 거대한 청동문 바로 안쪽에 있는 작은 대기실에 서서 인부들을 빤히 쳐다보다가 고개를 돌려 자신의 무덤 방 제일 뒤쪽을 보았다. 거기에는 아름다운 침대가 놓여 있었고 욕조, 생리작용을 해결할 구석진 공간, 탁자 하나와 의자 두 개, 최상급 파피루스 종이와 갈대 펜, 잉크 막대가 잔뜩 쌓인 책상과 의자도 있었다. 파라오가 내세에서 필요로 할 모든 것들이 갖춰져 있는 셈이었다. 그러나 현세의 파라오가 쓰기에도 제대로 설비가 갖춰져 있구나, 하고 그녀는 생각했다.

걱정이 그녀를 송두리째 삼켰다. 안토니우스의 죽음과 옥타비아누스가 그녀와 아이들에 대해 내릴 결정 사이에 꼼짝없이 갇힌 듯한 무력감. 숨어야 한다! 옥타비아누스의 결정이 무엇인지 알아낼 때까지 숨어야 한다. 잡힐 수 있는 곳에 있다가 그의 눈에 띈다면 그녀는 감금되고 아이들은 아마도 즉시 살해당할 것이다. 안토니우스는 옥타비아누스가 자비로운 사람이라고 계속 우겼지만, 클레오파트라에게 그는 치명적인 파충류 바실리스코스였다. 그가 자신의 개선행렬에 세우려고 그녀를 살려두려 한다는 건 분명했다. 따라서 죽은 짐승들의 여왕이란 그가 결코 원하지 않을 일이었다. 하지만 만약 지금 그녀가 자살한다면 자식들이 고통을 겪으리란 건 불 보듯 뻔했다. 그렇다, 자식들을 안전하게 만들어놓기 전에는 자살할 수 없다. 당장 카이사리온만 해도 아직 아라비아 만 항구에 도착하기 전일 것이다. 그애가 출항하려면 한 장날 주기는 지나야 할 터다. 안토니우스의 자식들 경우에도, 그녀는 그애들의 어머니였다. 한 여자와 그녀의 아이들을 영원히 결합시키는, 뭐라 꼬집어 말할 수 없는 무형의 끈으로 얽혀 있는.

그 생각이 떠오른 건 우연히 침대가 눈에 들어온 순간이었다. 무덤 안에 숨으면 되잖아? 물론 벽에 난 구멍으로 사람들이 들어올 수는 있지만, 옥타비아누스가 병사들에게 들어가라는 명령을 채 내뱉기도 전에 그녀는 전성관에 대고 소리지를 것이다. 그의 수하 한 명이라도 그쪽으로 들어오려 하면 독을 먹고 죽은 그녀를 보게 될 거라고. 옥타비아누스가 그녀에게 결코 용납할 수 없을 종류의 죽음이다. 그의 수많은 적들 모두 그가 그녀를 독살했다고 떠들어댈 테니까. 그녀는 어떻게든 자신의 아이들이 목숨을 유지하고 로마와 무관하게 번영하도록 놔두겠다는 맹세를 그에게 받아낼 때까지 선택권을 가진 자유로운 주체로 계속 살아 있어야 했다. 혹여 로마의 일인자가 요구를 받아들이지 않을 경우에는, 그야말로 떠들썩하고 충격적인 방식으로 독을 먹음으로써 그 추악한 행위가 그의 정치적 이미지를 영원히 망쳐버리게 할 터였다.

"나는 여기 있어야겠어." 그녀는 카르미온과 이라스에게 말했다. "단검 한 자루는 탁자 위에, 다른 한 자루는 전성관 근처에 두고 지금 바로 합데파네에게 가도록 해. 그에게 내가 순수한 아코니톤 한 병을 달란다고 전해. 옥타비아누스는 살아 있는 클레오파트라에겐 손도 대지 못할 거야."

카르미온과 이라스는 이 지시를 오해했다. 자기들의 주인이 당장 죽을 작정이라고ᅳ아아, 고통스러운 일이다!ᅳ생각한 것이다. 그리하여 두 여자가 눈물을 흘리며 궁으로 들어오는 것을 보고 충격받은 아폴로도로스 역시 클레오파트라의 의도를 오해했다. "여왕은 어디 계신가?"

"그분의 무덤에요." 이라스가 흐느끼며 대답하더니 서둘러 합데파네를 찾아 떠났다.

"여왕님은 옥타비아누스가 알렉산드리아에 닿기 전에 죽으려 하세요!" 카르미온이 발작적으로 눈물이 터지는 가운데 간신히 말했다.

"하지만…… 안토니우스는!" 망연자실해진 아폴로도로스가 말했다.

"안토니우스는 내일 있을 전투에서 죽을 작정이세요."

"라의 딸께서도 그때 맞춰 죽는 겐가?"

"저도 몰라요! 어쩌면, 아마도요……. 모르겠어요!" 카르미온은 이 말을 남기고 무덤에 있는 주인에게 가져갈 신선한 음식을 찾으러 급히 나갔다.

한 시간 만에 궁 안의 모든 이들에게 파라오가 곧 죽는다는 소식이 퍼졌다. 그녀가 식당에 나타나자 카임과 아폴로도로스, 소시게네스는 뛸듯이 놀랐다.

"전하, 소식 들었습니다." 소시게네스가 말했다.

"난 오늘 죽을 생각이 아니네." 클레오파트라는 재밌어하며 말했다.

"부디 다시 생각하세요, 전하!" 카임이 간청했다.

"뭐예요, 프타의 아들, 내 죽음에 관한 예지를 못 받았나요? 마음놓으세요! 죽음은 전혀 두려운 게 아니잖아요. 누구보다도 잘 아시는 분이."

"그러면 안토니우스 님은요? 직접 말씀드릴 겁니까?"

"아뇨, 그러지 않을 거예요, 신사분들. 그는 여전히 로마인이니 이해하지 못할 거예요. 난 우리가 함께하는 마지막 밤이 완벽하길 원해요."

그 마지막날 한밤중에 안토니우스와 클레오파트라는 서로의 품에서 시간을 보냈다. 평온하고 사랑이 넘쳤으며 감각은 견디기 힘들 만치 고조되었다. 신들은 알렉산드리아를 벗어났다. 그들은 희미한 전율과 한숨, 아득히 멀리서 사그라지는 우레처럼 점점 약해진 엄청난 신음으로 자신들이 떠남을 알렸다.

"세라피스와 알렉산드리아 신들도 우리와 마찬가지로군요, 사랑하는 안토니우스." 그녀가 그의 목에 대고 속삭였다.

"그저 미진(微震)일 뿐이오." 그는 비몽사몽간에 웅얼거렸다.

"아뇨, 신들은 로마인이 장악한 알렉산드리아에 머물지 않으려는 거예요."

이 대화 후에 그는 잠이 들었지만 클레오파트라는 잠들 수 없었다. 등불이 방안을 희미하게 비추고 있었으므로 그녀는 팔꿈치를 괴고 몸을 일으켜 그를 내려다보며 사랑하는 그의 얼굴을 한껏 눈에 담을 수 있었다. 은색에 가까운 고수머리는 불그레한 피부색과 멋진 대비를 이루었고, 살이 빠진 탓에 골격이 날카롭게 부각되어 있었다. 아아, 안토니우스, 내가 당신에게 무슨 짓을 한 건가요? 내 행동은 하나같이 훌륭하지도, 친절하지도, 이해가 담겨 있지도 않았어요! 하지만 오늘밤은 더없이 평온했고 난 당신의 용서에 감싸여 있어요. 당신은 단 한 번도 내 처신 때문에 날 원망하지 않았죠. 예전에는 왜 그럴까 의아해했지만, 이제야 날 향한 당신의 사랑은 무엇이든 용서할 수 있을 만큼 크다는 걸 깨달았어요. 그 사랑에 대한 보답으로 내가 할 수 있는 거라곤 영겁의 죽음을 인간의 모든 감각을 넘어서는 것으로, 아문-라의 세계에서의 황금빛 목가 생활로 만드는 것뿐이군요.

하지만 그런 다음 그녀가 깜빡 잠이 들었던 건지 어느덧 그가 자리에서 일어나고 있었다. 엷은 진줏빛 여명 속에 어슴푸레 검은 윤곽이 보였다. 그녀는 하인이 그에게 갑옷을 입혀주는 모습을 지켜보았다. 심홍색 샅가리개 위에 솜을 넣은 심홍색 튜닉과 심홍색 가죽 속옷을 입었고, 단순한 윤곽의 강철 판갑과 붉은색 가죽띠로 이루어진 치마와 소매가 더해졌다. 다소 짧은 장화는 끈으로 단단히 졸라 묶었고 강철 사자 무늬를 찍은 신발 혀는 교차된 끈 위로 접혀 있었다. 그는 그녀를 향해 활짝 웃으며 강철 투구를 겨드랑이에 끼워넣고 심홍색 팔루다멘툼을 어깨 뒤로 휙 걸쳤다.

"자, 여보." 그가 말했다. "작별인사를 해주오."

그녀는 자신이 쓰는 향수를 뿌린 가장 고운 손수건을 그의 판갑 겨드랑이에 밀어넣고서 그와 함께 새소리 가득하고 청량한 바깥 공기 속으로 걸어나갔다.

카니디우스와 킨나, 데키무스 투룰리우스, 카시우스 파르멘시스가 기다리고 있었다. 안토니우스는 간이의자를 밟고 말안장 높이에 오르더니 얼룩무늬 회색 공마의 옆구리를 차서 경기장까지 7.5킬로미터 길을 향해 전속력으로 말을 몰고 떠났다. 7월의 마지막날이었다.

그가 시야에서 사라지자마자 클레오파트라는 카르미온, 이라스와 함께 자신의 무덤으로 들어갔다. 세 사람은 일제히 힘을 합쳐서 오직 안토니우스의 유명한 24미터짜리 공성망치만이 부수어 열 수 있을 때까지 이중문 안쪽에 빗장을 질렀다. 클레오파트라는 신선한 음식이 충분히 많은 것을 확인했다. 무화과와 올리브, 대추야자가 담긴 바구니들도 있었고, 수일 동안 거의 같은 상태를 유지하도록 특별한 방식으로 구운 작은 롤빵도 여럿 있었다. 그렇다고 그녀가 수일간 그 안에 있으리라 기대한 건 아니었지만.

최악의 순간은 안토니우스의 시신이 그녀에게 돌아올 오늘밤이 될 터였다. 그는 곧바로 묘실로 들어가 방부 처리를 맡은 사제들의 무시무시한 재능에 말없이 몸을 맡길 것이다. 그러나 그전에 그녀가 먼저 죽은 그의 얼굴을 보아야 할 것이다. 아아, 아문-라와 당신의 모든 신들에게 비나니 그 얼굴이 평온하기를, 고통스러워 보이지 않기를! 그의 숨이 빠르게 멈췄기를!

"다행이에요." 카르미온이 몸을 떨며 말했다. "저 구멍으로 공기가 충분히 들어와서요. 아아, 너무나 음침해요!"

"바보 같긴, 등불을 더 켜면 되지." 현실적인 이라스의 대답이었다.

안토니우스와 그의 장군들은 전투에 대한 기대로 만족스레 웃으며 카노포스 방향으로 말을 달렸다. 그 지역은 전통적으로 부유한 외국인 상인들이 오랫동안 거주해왔는데, 다만 그들의 집은 공동묘지가 위치한 도시 서쪽의 집들처럼 묘소 사이사이에 들어서 있지는 않았다. 이곳에는 정원과 조립지, 연못과 분수를 갖춘 석조 저택들, 떡갈나무와 야자나무 숲이 있었다. 경기장 너머로는 바다 인근의 낮은 모래언덕에 ―

부자의 저택을 세우기에는 덜 바람직한 위치였다—각각 양쪽에 장대처럼 일직선으로 3킬로미터를 참호와 도랑으로 에워싸고 방벽을 세운 로마군 진지가 있었다.

좋았어! 일행이 그곳에 가까워지면서 벌써 밖에 나와 대형을 이루고 있는 병사들이 보이자 안토니우스는 생각했다. 안토니우스군의 전방 병력과 옥타비아누스의 전방 병력 사이에는 750미터 남짓한 빈공간이 있었다. 독수리 기가 번쩍이고 보병대대 깃발이 각양각색으로 펄럭였으며, 전투 개시를 알리는 심홍색 벡실룸 기가 옥타비아누스의 공마 곁에 견고하게 서 있었다. 옥타비아누스는 보좌관들에 둘러싸인 채 앉아서 기다리고 있었다. 아, 이 순간이 정말 좋아! 안토니우스는 양 측면에서 기병대가 평소처럼 왁자지껄 법석을 떠는 가운데 병사들 사이를 누비고 지나가며 마음속으로 생각했다. 으스스한 대기의 기운, 내 병사들의 얼굴들, 막강한 힘의 잠재력이 좋다.

바로 그때, 지극히 짧은 한순간에 상황이 끝나버렸다. 그의 벡실룸 기수가 하늘 높이 솟아 있던 기를 내리더니 옥타비아누스의 군대 쪽으로 걸어간 것이다. 독수리 기를 들고 있던 기수들과 각 보병대대의 기수들도 똑같이 행동했고, 병사들은 살려달라고 애걸하며 그 뒤를 따랐다. 검은 뒤집혀 있고 필룸창에는 흰색 목수건이 묶여 있었다.

안토니우스는 자신이 껑충거리며 뛰는 말 위에 얼마나 오래 앉아 있었는지 알 수 없었다. 그러나 혼란스러운 머릿속이 다소 진정되고 양옆 보좌관 쪽을 힐끗 보았을 때 그들은 보이지 않았다. 어디로 사라졌는지는 알 길이 없었다. 그는 꼭두각시 인형처럼 뻣뻣하고 부자연스러운 몸짓으로 회색 말의 머리를 돌려 알렉산드리아를 향해 전속력으로 달렸다. 얼굴을 타고 흐른 눈물이 강풍 속의 빗방울처럼 사방으로 날아갔다.

"클레오파트라, 클레오파트라!" 그는 궁에 들어서자마자 소리쳤다. 그가 떨어뜨린 투구가 쨍그랑 소리를 내며 계단 아래로 튕겨 내려갔다. "클레오파트라!"

아폴로도로스가 다가왔고 이어서 소시게네스가, 마지막으로 카임이 왔다. 하지만 클레오파트라는 오지 않았다.

"여왕은 어디 있소? 내 아내가 어디 있소?" 그가 따지듯 물었다.

"어찌된 일입니까?" 아폴로도로스가 움츠러들며 물었다.

"내 군대가 탈영했소. 필시 함대도 마찬가지란 뜻이겠지." 그는 퉁명스레 대꾸했다. "여왕은 어디 있소?"

"무덤에 계십니다." 아폴로도로스가 말했다. 아! 결국 그 말이 뱉어졌구나.

안토니우스는 얼굴이 창백해지며 비틀거렸다. "죽었소?"

"네, 살아서는 다시 장군님을 볼 수 없다고 생각하신 것 같았습니다."

"그랬을 거요. 내 군대가 싸웠더라면." 그는 어깨를 으쓱하더니 팔루다멘툼의 끈을 풀었다. 망토가 바닥에 떨어지며 새빨간 웅덩이를 이루었다. "하긴, 달라질 것도 없지." 그가 판갑의 가죽띠를 끄르자 판갑이 대리석 바닥에 부딪히며 또다시 쨍그랑 소리가 났다. 칼이 칼집 밖으로 꺼내졌다. 상아 독수리 손잡이가 달린 귀족의 검이었다. "가죽옷을 좀 벗겨주시오." 그가 아폴로도로스에게 명령했다. "이보시오, 어서, 검을 밀어넣어달라는 게 아니오! 그저 튜닉만 남게 해주시오."

그러나 앞으로 나서서 가죽 속옷과 프테루게스 끈을 벗겨준 이는 카임이었다.

세 늙은이는 얼어붙은 듯 서서 안토니우스가 글라디우스 칼끝을 몸통 중간에 대고 왼손 손가락으로 흉곽 아래를 더듬어 찾는 광경을 가만히 지켜보았다. 마침내 그는 만족스러운 듯 두 손으로 상아 독수리를 단단히 잡고 귀에 들릴 정도로 크게 숨을 가득 들이마시더니 온 힘을 다해 칼을 밀어넣었다. 그제야 몸이 풀린 세 늙은이들은 바닥에 주저앉는 그를 부축하려고 날듯이 다가왔다. 그는 숨을 헐떡이고 눈을 깜박이다가 얼굴을 찌푸렸다. 통증 때문이 아니라 화가 나서였다.

"제기랄!" 말려올라간 입술 사이로 이를 드러내며 그가 내뱉었다. "심장을 비껴갔소. 분명히 거기였는데……"

"저희가 뭘 해야 할까요?" 소시게네스가 흐느끼며 물었다.

"우선 그만 울게. 칼이 간이나 허파에 박혔으니 죽으려면 한참 걸릴 거야." 그는 신음 소리를 냈다. "제기랄, 아프군! 꼴좋구나……. 여왕, 날 여왕에게 데려다주게."

"돌아가실 때까지 여기 계십시오, 마르쿠스 안토니우스." 카임이 간곡히 부탁했다.

"아니, 여왕을 보면서 죽고 싶소. 그녀에게 데려다주시오."

방부 처리 담당 사제 두 명이 곳곳에 장비를 늘어놓은 채 먼저 바구니에 올라갔다. 그들이 벽 구멍의 선반 위에 서자 다른 방부 처리 담당 사제 둘이 흰 담요를 가득 깔아놓은 널찍한 바구니에 안토니우스를 실었다. 바깥 바닥에 있던 사제들은 바구니를 권양기로 끌어올렸다. 벽의 구멍 높이에 이르자 그들은 바구니를 일련의 가로대 위에 놓고 무덤 안으로 내릴 수 있을 정도까지 끌어 날랐고, 그 시점에서 처음의 두 방부 처리 담당 사제들이 그것을 받아 침착하게 내렸다.

클레오파트라가 기다리고 있었다. 눈에 띄는 상흔 없이 죽음으로 아름답게 단장된, 생기 없는 안토니우스의 모습을 예상하면서.

"클레오파트라!" 안토니우스가 헐떡이며 말했다. "당신은 죽었다고 했는데!"

"내 사랑, 내 사랑! 아직 살아 있군요!"

"참 웃기지 않소?" 목에서 꾸르륵 피가 솟구치는 와중에 쿡쿡 웃으려 애를 쓰며 그가 말했다. "제기랄! 가슴에 피가 찼어."

"내 침대에 눕히게." 그녀는 사제들에게 말한 뒤 그가 자기 마음에 딱 들게 눕혀질 때까지 성가시게 주변을 맴돌았다. 솜을 넣은 심홍색 튜닉 위로는 피가 잘 보이지 않았지만 그가 깔고 누운 흰 담요에 훤히 드러나 보였다. 그녀는 39년 인생에서 많은 피를 봐온 터라 피를 보고서도 겁먹지 않았지만, 의사 겸 사제들이 상처를 더 꽉 동여매서 출혈을 막으려고 튜닉을 벗기자 상황이 달라졌다. 근사한 몸이 늑골 아래의 넓고 얇은 상처로 찢어발겨진 모습을 본 순간, 클레오파트라는 저항의 외침이 터져나오지 않도록 이를 악물어야 했다. 최초의 찌르는 듯 깊은 슬픔이었다. 그는 죽을 것이다. 하긴, 그건 예상한 바였다. 하지만 현실은 예상과 달랐다. 그의 눈에 어린 고통, 사제들이 힘겹게 그의 상처를 동여매는 동안 돌연히 그를 활처럼 구부려놓은 발작적인 극한의 통증. 그의 손이 그녀의 손가락을 으스러지도록 짓누르고 뼈들이 부딪쳐 우두둑 소리가 났지만, 그녀는 자신을 붙잡음으로써 그가 힘을 얻는다는 걸 알았기에 아파도 가만히 참았다.

안토니우스가 최대한 편안해지도록 처치가 끝나자마자 그녀는 침대 옆으로 의자를 끌어와 앉아서 노래하듯 나지막한 목소리로 그에게 말을 건넸다. 기쁨으로 환해진 그의 눈은 한순간도 그녀의 얼굴을 떠나지 않았다. 짧은 순간들이 흐르고 몇 시간이 지나도록 그녀는 곁을 지키며 그가 자기 말마따나 '강을 건너는' 걸 도와주었다. 마음 밑바닥에선 그는 여전히 로마인이었다.

"우리가 정말 죽은 자들의 영역에서 함께 거닐게 되오?"

"이제 곧 그리될 거예요, 내 사랑."

"당신을 어떻게 찾소?"

"내가 당신을 찾을게요. 그냥 어딘가 아름다운 곳에 앉아서 기다리기만 해요."

"영원한 잠보다 한결 멋진 운명이오."

"그럼요. 우린 함께할 거예요."

"카이사르도 신이잖소. 당신을 그와 나눠야 하오?"

"아뇨, 카이사르는 로마의 신들에게 속해요. 그는 거기 없을 거예요."

오랜 시간이 지나서야 그는 용기를 내어 경기장에서 있었던 일을 그녀에게 털어놓았다.

"내 병사들이 탈영했소, 클레오파트라. 한 사람도 남김없이."

"그러면 전투는 없었군요."

"없었소. 나는 내 검에 찔린 거요."

"옥타비아누스보단 나은 대안이에요."

"나도 그리 생각했소. 아아, 하지만 지치는구려! 느려, 너무 느려."

"곧 끝나요, 내 사랑. 내가 사랑한다고 말했던가요? 내가 당신을 얼마나 많이 사랑하는지 말했나요?"

"그래요, 그리고 이제야 당신 말을 믿소."

삶에서 죽음으로의 전환은 막상 닥쳤을 땐 너무나 미묘해서, 그녀는 그 일이 일어났다는 것조차 깨닫지 못했다. 우연히 그의 눈을 유심히 보던 중에 동공이 크게 벌어지고 얇은 금빛 막으로 덮인 것을 보고서야 알았다. 마르쿠스 안토니우스라는 존재는 떠나고 없었다. 그녀는 껍

데기를 품에 안았다. 그가 버리고 간 그의 일부를.

날카로운 비명이 대기를 찢었다. 클레오파트라의 비명이었다. 그녀는 짐승처럼 울부짖으며 한 움큼씩 머리카락을 잡아뜯고 가슴이 훤히 드러나도록 웃옷을 찢어발기더니 손톱으로 가슴을 마구 할퀴었다. 악을 쓰고 흐느끼면서, 실성한 사람처럼 스스로를 때려대면서.

클레오파트라가 심각한 자해를 할 것 같아 보이자 카르미온과 이라스는 방부 처리 담당 사제들을 불러 양귀비 진액을 억지로 그녀의 목구멍에 밀어넣었다. 그녀가 약에 취해 인사불성이 된 후에야 사제들이 마르쿠스 안토니우스의 시신을 묘실로 옮겨 방부 처리에 들어갈 수 있었다.

어둠이 깔렸다. 안토니우스는 열한 시간이 걸려서 죽었지만 마지막 순간에는 예전의 안토니우스, 위대한 안토니우스였다. 죽음에 이르러서야 마침내 그는 제자리를 찾았다.

 카이사리온은 차분하게 계속 멤피스 가도를 따라 내려갔다. 하지만 나이 지긋한 그의 두 마케도니아인 하인들은 스케디아로 말을 타고 간 뒤 연락선을 타고 펠루시온 하구 근처의 레온토폴리스로 가야 한다고 열심히 설득했다. 그러면 옥타비아누스군을 마주칠 위험을 완전히 피할 수 있다는 말이었다. 또한 그것이 나일 강가로 가는 더 빠른 길이라고 했다.

"무슨 말도 안 되는 소리야, 프락시스!" 청년이 소리내어 웃었다. "나일 강으로 가는 지름길은 멤피스 가도야."

"로마군이 없을 때만 그렇지요, 라의 아들이시여."

"그렇게 부르지 마! 나는 알렉산드리아의 파르메니데스이고 왕실 은행 계좌를 조사하러 콥토스로 가는 하급 은행가니까."

유감스러운 노릇이야, 하고 카이사리온은 생각했다. 엄마가 감시자 둘을 데려가야 한다고 고집하셨으니. 물론 결국은 저들이 있으나마나 겠지만. 그는 자신이 어디로 갈 것이며 무엇을 할 것인지 정확히 알았다. 무엇보다도 궁지에 빠진 엄마를 내버려두고 떠나지 않을 것, 그것이 최우선이었다. 어떤 아들이 그런 일에 동의하겠는가? 한때 그들은 하나의 줄로 연결되었고, 그녀가 그를 위해 만들어낸 부드럽고 따뜻한 액체에 그가 감싸여 있는 동안 그 줄을 통해 그녀의 피가 그에게 흘러들어왔다. 심지어 그 줄이 잘린 후에도 세상 끝까지 뻗어갈 수 있는 보이지 않는 줄이 여전히 그들을 묶어놓고 있었다. 물론 그녀가 관습도 언어도 이해하지 못할 낯선 세상으로 그를 보낸 것도 다 그를 생각하는 마음에서였다. 하지만 그가 다른 곳으로 가서 전혀 다른 일을 할 작정으로 떠난 것도 그녀를 생각하는 마음에서였다.

대부분의 통행인들이 스케디아 가도로 빠진 갈림길에서, 그는 가까이 있던 몇몇 다른 여행자들에게 기운찬 작별인사를 건넨 뒤 가느다란 나뭇가지로 낙타를 휙 쳐서 멤피스 가도를 타고 남쪽으로 질주했다. "이랴! 이랴!" 그는 떨어지는 일이 없도록 안장 앞쪽에 다리를 단단히 걸고서 짐승을 재촉했다. 낙타의 걸음걸이는 희한했다. 한쪽의 두 다리가 함께 전진하다보니 사나운 너울에 옆구리를 맞은 배에 탄 것처럼 심하게 요동을 쳤다.

"저분을 따라잡아야 하네." 프락시스가 한숨을 쉬며 말했다.

"이랴! 이랴!" 이 소리와 함께 두 사내는 재빨리 멀어져가는 카이사리온을 뒤쫓았다.

그리 멀리 가지 않은 지점에서, 그의 감시인들이 그와의 거리를 거의 좁혀올 때쯤 카이사리온은 옥타비아누스의 군대를 보았다. 그는 낙타의 고삐를 당겨 속도를 늦춘 다음 가도에서 벗어났다. 아무도 그에게 주목하지 않았다. 병사들과 군관들 모두 행군가를 부르는 데 몰두해 있었다. 1천 킬로미터의 행군이 끝나가고 안락한 진지가 기다리고 있음을 알았기 때문이다. 제대로 된 군단 식량, 기꺼이 혹은 마지못해 몸을 내주는 알렉산드리아 여자들은 물론이고 높은 자리에 있는 누구도 놓치지 않을 황금 봉헌물들도 틀림없이 수두룩할 터였다.

하나 둘, 하나 둘,
안토니우스, 넌 우리 손에 죽었다!
셋 넷, 셋 넷,
우리는 네놈 문을 두드리지!
다섯 여섯, 다섯 여섯,
안토니우스는 쓸모없는 놈!
일곱 여덟, 일곱 여덟,
안토니우스, 네 운명을 맞아라!
아홉 열, 아홉 열,
우린 이미 가봤고 또다시 돌아가네!
카이사르, 카이사르!
남자든 여자든 모조리 홀려놓지!
알렉산드리아!
알렉산드리아!
알-렉-산-드리아!

카이사리온은 완전히 매료된 채 병사들이 좌우로 왔다갔다하는 단순한 행군에 맞춰서 단어의 음조를 바꿔 부르는 것을 주의 깊게 들었다. 그러다 대열을 따라 천천히 내려가면서, 대대마다 자체의 노래가 있으며 목청 좋고 영리한 병사는 후렴 사이사이에 새로운 구절을 만들어 노래한다는 사실도 눈치챘다. 그는 이곳 이집트에서나 안티오케이아에서나 안토니우스의 군대를 본 적이 있지만 그들은 한 번도 행군가를 부른 적이 없었다. 아마도 그들은 진군에 나서지 않았기 때문이겠지, 하고 그는 생각했다. 행군가는 그의 어머니에게 그리 호의적이지 않은 가사가 나올 때조차 마음을 동하게 했다. 어머니는 노래의 단골 주제인 듯 보였다. 마녀, 암캐, 암퇘지, 암소, 짐승들의 여왕, 사제들의 창부 등등.

아! 저기 사령관의 심홍색 벡실룸 기가 있구나. 깊은 대롱에 담긴 깃대를 사자 가죽을 뒤집어쓴 사내가 잡고 있었다. 사령관이 막사를 설치하면 저 깃발이 밖에서 나부끼겠지. 옥타비아누스, 드디어 찾았다! 그는 나머지 보좌관들과 똑같이 걸어다녔으며 무늬 없는 갈색 가죽 속옷만 입은 다소 칙칙한 차림새였다. 심홍색 깃발이 아니라도 금빛 머리칼로 그를 바로 알아볼 수 있었다. 정말로…… 작구나! 160센티미터를 크게 넘지 않겠다고 생각하며 카이사리온은 놀라워했다. 호리호리한 몸에 멋지게 그을린 피부, 아름답지만 여성스럽지는 않은 얼굴. 그의 작고 못생긴 손은 앞쪽에서 부르는 (점잖은) 노래에 맞춰 움직이고 있었다.

"카이사르 옥타비아누스!" 그는 두건을 벗으며 외쳤다. "카이사르 옥타비아누스, 당신과 협상하러 왔습니다!"

순간 옥타비아누스가 딱 멈춰 섰다. 그러자 그 뒤에 있던 군대의 절반이 서서히 멈춰 섰다. 한편 앞쪽에 있던 이들은 계속 움직였는데, 그 중 말을 탄 하급 보좌관 한 명이 앞으로 나왔다.

정신없고 머리가 빙글빙글 도는 잠깐 동안 옥타비아누스는 자신이 디부스 율리우스를, 그리스인의 형체를 부여받았다면 그리 생겼을 게 분명한 디부스 율리우스의 모습을 보았다고 진심으로 믿었다. 그러다 멍해진 눈에 변장용의 엷은 황갈색 양모 옷과 디부스 율리우스의 이목구비를 한 앳된 얼굴이 들어오자, 그제야 이 사람이 카이사리온임을 깨달았다. 그의 신성한 아버지의 씨로 낳은 클레오파트라의 아들. 이집트의 프톨레마이오스 15세 카이사르.

나이든 두 사내가 낙타를 타고 빠르게 다가오고 있었다. 옥타비아누스는 스타틸리우스 타우루스 쪽을 휙 돌아보았다.

"저들을 잡아. 그리고 저 청년의 두건을 도로 씌우게, 타우루스! 지금 당장!"

병사들이 오랫동안 무거운 짐에 익숙해진 어깨와 등을 자유롭게 하고 몇몇 부대가 물을 가지러 마레오티스 호수로 간 사이 옥타비아누스의 사령관 막사가 급히 세워졌다. 곧 있을 면담에서 그의 참모진을 포함해 그 누구도 알아내는 정보가 없어야 했다. 적어도 처음에는. 메살라 코르비누스와 스타틸리우스 타우루스 둘 다 두건을 벗은 금발머리를 언뜻 보았다. 디부스 율리우스의…… 유령이 나타난 건가?

"다른 두 명을 따로 데려가서 바로 죽이게." 옥타비아누스는 타우루스에게 말했다. "그런 뒤엔 다시 나한테 오게. 그들이 죽기 전에 누구와도 얘기하게 해선 안 되니 일이 마무리되는 것까지 확인하고 와. 알아들었나?"

옥타비아누스와 함께 가게 된 세 사람은 군사적 기량 때문이 아니라

(그들에게 그런 기량은 없었다) 다른 이유로 고른 이들이었다. 한 사람은 귀족이고 다른 둘은 그의 해방노예였다. 가이우스 프로쿨레이우스는 마이케나스의 처남이자 박식함과 쾌활한 천성으로 유명한 바로 무레나의 이부형제였다. 가이우스 율리우스 티르소스와 가이우스 율리우스 에파프로디토스는 원래 옥타비아누스의 노예였다. 그들이 주인을 워낙 잘 보필했던 터라 그는 그들이 노예 신분에서 해방되자마자 고용인으로 삼았을 뿐 아니라 속마음까지 털어놓으며 신임했다. 옥타비아누스 같은 사람이 선임 보좌관 같은 군인들과만 수개월씩 같이 지냈다면 필시 미칠 지경에 이르렀을 테고, 바로 그 때문에 프로쿨레이우스나 티르소스, 에파프로디토스 같은 이들을 곁에 둔 것이다. 사비누스부터 칼비누스, 코르비누스에 이르기까지 옥타비아누스의 참모들은 하나같이 그들의 우두머리가 괴짜인 걸 알고 있었으므로, 옥타비아누스가 출정중에 걸핏하면 따로 식사를 한다 해도 불쾌해하거나 당혹스러워하지 않았다. 다시 말해 그럴 때면 그의 식사 상대는 프로쿨레이우스, 티르소스, 에파프로디토스였다.

옥타비아누스가 받은 충격이 가시는 데는 시간이 좀 걸렸다. 여러 이유가 있었지만, 가장 우선적으로는 신성한 아버지가 편지에 간략히 기록해둔 소재지를 추적함으로써 마침내 그가 프톨레마이오스 왕가의 보물이 있는 위치를 알아냈기 때문이었다. 그 일은 그의 해방노예 두 명과 함께 실행했다. 누구든 간에 로마 귀족이 프타의 신전에서 시작되고 특정한 카르투슈를 눌러 빛이라곤 없는 땅속 깊이 내려가면 닿을 수 있는 지하 미궁의 양쪽으로 난 수백 개의 작은 방에 무엇이 있는지 볼 일은 결코 없으리라. 마치 엘리시온 들판에 들어간 노예처럼 몇 시간을 헤매고 다닌 끝에 그는 운반책이 될 '노새들'을 모았다. 그 이집트인들은 지하 깊숙이 들어갈 때까지 눈가리개를 하고 있다가 옥타비아누스가 로마를 재건하려면 필요하겠다고 여긴 물건들을 빼내는 일에 착수했다. 황금이 대부분이었고 그 밖에 조각가들에게 줘서 로마의 신전과 공공장소 들을 장식할 멋진 미술품 제작에 쓸 청금석과 수정, 설화석 몇 덩이도 있었다. 다시 햇빛 아래로 나오자 그의 대대 병사들이 이집트인들을 죽이고 수레 행렬을 맡았다. 그들은 이미 펠루시온으로 가는 중이고 곧 집으로 가는 항해에 오를 터였다. 병사들은 순전히 무게만으로 궤짝 안의 내용물을 어림짐작할 수 있겠지만 누구도 열어보려 하지는 않을 것이다. 궤짝마다 스핑크스로 봉인해두었기 때문이다.

꿈에서조차 그려보지 못했을 만큼의 많은 부를 두 눈으로 확인한 순간 옥타비아누스는 마음을 무겁게 하던 짐을 벗고 한껏 들떴다. 그가 어찌나 자유롭고 느긋해졌던지, 그의 보좌관들은 멤피스에 뭐가 있어서 그를 이렇게 바꿔놓았는지 통 알 수가 없었다. 그는 노래하고 휘파람을 불었으며, 짐승들의 여왕이 사는 소굴인 알렉산드리아로 진군에 나섰을 때는 기뻐서 팔짝팔짝 뛰다시피 했다. 물론 그들도 언젠가는 멤피스에서 무슨 일이 있었는지 깨닫게 되겠지만, 그땐 그들이나 저 황금 더미나 이미 로마에 돌아가 있을 테니 토가 주름 사이에 뭐라도 슬쩍 챙길 기회는 날아가고 없을 것이다.

그랬기에 알렉산드리아의 경기장과 변두리까지 20킬로미터도 채 남지 않은 곳에서 카이사리온이 그를 소리질러 불렀을 때는 아직 그가 모든 구상을 마무리하기 전이었다. 황금이 로마로 가고 있는 건 맞지만, 이집트와 이곳 왕가는 어떻게 처리할 것인가? 또 마르쿠스 안토니우스는? 어떻게 해야 프톨레마이오스 왕가의 보물을 가장 안전하게 지킬 수 있을까? 그 보물에 접근하는 방법을 아는 이는 얼마나 될까? 클레오파트라는 파르티아의 왕부터 아르메니아의 아르타바스데스에 이르는 예비 동맹들 중 누구에게 그것에 관해 말했을까? 아, 이렇듯 갑작스럽게 예고도 없이 나타나다니, 빌어먹을 애녀석! 내 군대가 다 보는 앞에서!

스타틸리우스 타우루스가 돌아오자 옥타비아누스는 짧게 고개를 끄덕였다.

"그를 데려오게, 티투스. 자네가 직접."

그는 여전히 두건을 쓴 채로 들어왔지만 곧바로 로브를 벗고 무늬 없는 승마용 가죽 튜닉 차림으로 섰다. 정말로 크구나! 생전의 디부스 율리우스보다도 더 크다. 옥타비아누스의 참모들은 깜짝 놀라며 다 같이 숨을 들이켰다.

"여기서 뭘 하고 있소, 프톨레마이오스 왕?" 옥타비아누스는 상아 대좌에 앉은 채로 물었다. 악수도 다정한 환영 인사도 없을 것이다. 위선의 가면도.

"협상하려고 왔습니다."

"당신 어머니가 보냈소?"

청년은 소리내어 웃음으로써 디부스 율리우스와 닮은 구석을 또하나 드러냈다. "아뇨, 당연히 아닙니다! 어머니는 내가 한창 베레니케로 가고 있는 줄 아십니다. 거기서 인도로 가는 배를 타기로 되어 있었죠."

"어머니 말을 따르는 편이 좋았을 텐데."

"아뇨. 난 그분을 버리고 떠날 수 없습니다. 그분 혼자서 당신을 대면하게 내버려두지 않을 겁니다."

"마르쿠스 안토니우스가 있잖소."

"내가 제대로 파악했다면 그분은 곧 돌아가실 겁니다."

옥타비아누스는 기지개를 켜고 눈물이 맺히도록 하품을 했다. "좋소, 프톨레마이오스 왕, 당신과 협상하지. 하지만 이렇게 듣는 귀가 많은 상황에선 안 되오. 보좌관 여러분, 이만 나가보시오. 내게 했던 맹세를 명심하시오. 이 일이 단 한 사람에게도 더 전해져서도 안 되고, 오늘 여러분끼리 이 일을 논해서도 안 되오. 알아들었소?"

스타틸리우스 타우루스가 고개를 끄덕였다. 그와 다른 보좌관들은 자리를 떴다.

"앉으시오, 카이사리온."

프로쿨레이우스, 티르소스, 에파프로디토스는 이 드라마의 두 참가자들 눈에 띄지 않는 막사 벽 쪽에 나란히 자리를 잡고서 두려움에 숨도 제대로 못 쉬고 있었다.

카이사리온이 자리에 앉았다. 청록색 눈만은 유일하게 디부스 율리우스를 닮지 않았다.

"클레오파트라가 할 수 없는 무엇을 당신이 달성할 수 있으리라 생각하는 거요?"

"우선 평온한 분위기죠. 당신은 날 싫어하지 않으니까요. 우린 만난 적도 없으니 싫어할 이유가 없잖습니까? 나는 이집트에게나 당신에게나 이익이 되는 평화를 가져오고 싶습니다."

"제안하려는 바를 간략히 말해보시오."

"내 어머니는 왕좌에서 물러나 멤피스나 테베에서 사실 겁니다. 마르쿠스 안토니우스와의 사이에 난 자식들은 어머니와 함께 갑니다. 나는 알렉산드리아에서는 왕으로서, 이집트에서는 파라오로서 다스립니다. 가이우스 율리우스 카이사르 디비 필리우스와 피호관계를 맺고, 그의 가장 충실하고 믿을 수 있는 피호국 왕으로서요. 달라는 만큼 황금을 내드리고 수많은 이탈리아인들에게 먹일 수 있는 밀도 드리겠습니다."

"어째서 어머니보다 당신이 더 현명하게 다스릴 수 있다는 거요?"

"가이우스 율리우스 카이사르의 피를 물려받은 아들이기 때문이죠. 나는 이미 수세대에 이르는 프톨레마이오스 왕가의 실수들을 바로잡는 일을 시작했습니다. 빈민층을 위한 무료 곡물 배급을 도입했고 알렉산드리아 시민권을 전 주민에게로 확대했으며 지금은 민주적인 선거제도를 확립하는 중입니다."

"음. 대단히 카이사르답군, 카이사리온."

"그분의 서류를 발견했는데, 이집트 본토에 1천 년 동안 지속되어온 침체의 늪에서 알렉산드리아와 이집트를 끌어내기 위한 계획을 자세히 적어둔 것입니다. 나는 그분 생각이 옳다고 보았습니다. 우리는 상류계급의 특권이라는 무자비한 늪에서 뒹굴고 있다고 말이죠."

"이런, 정말로 말하는 게 꼭 그분 같군!"

"감사합니다."

"우리는 똑같은 신성한 아버지를 두었소, 그건 사실이지." 옥타비아누스가 말했다. "하지만 당신이 그분을 훨씬 많이 닮았소."

"어머니가 늘 그리 말씀하시더군요. 안토니우스도 마찬가지고."

"그게 무엇을 뜻하는지는 생각하지 못했소, 카이사리온?"

청년은 얼빠진 표정이었다. "네. 거기에 무슨 뜻이 있습니까, 그 사실 자체 말고?"

"그 사실 자체 말이지. 한마디로 말해 바로 그것이 문제요."

"문제라고요?"

"그렇소." 옥타비아누스는 한숨을 내쉬더니 손가락을 구부려 뾰족탑 모양을 만들었다. "프톨레마이오스 왕, 당신이 그런 생김새를 타고나지 않았더라면 아마 나는 당신과 협상하는 데 동의했을 거요. 하지만 이렇게 되어버렸으니 달리 선택의 여지가 없소. 나는 당신을 죽여야만 하오."

카이사리온은 헉하고 숨을 쉬더니 일어나려다가 다시 주저앉았다. "그 말은 나도 어머니와 같이 당신의 개선행렬에서 걸은 뒤 교살형에 처해진다는 뜻입니까? 나를 꼭 죽여야 하는 이유가 뭡니까? 말이 나온 김에, 내 어머니를 꼭 죽여야 하는 이유는 또 뭐고요?"

"내 말을 오해했군, 카이사르의 아들. 당신은 내 개선식에서 걸을 일이 없소. 사실은 로마에서 반경 1천500킬로미터 안으로는 들이지도 않을 거요. 아무도 깨우쳐준 적이 없었소?"

"뭘 말입니까?" 카이사리온이 화가 치민 얼굴로 따지듯 물었다. "날 그만 좀 가지고 노시죠, 카이사르 옥타비아누스!"

"당신이 디부스 율리우스와 닮았다는 사실은 내게 위협이 된다오."

"내가, 닮았다는 이유로 위협이라고요? 말도 안 돼!"

"말이 되고말고. 잘 들으시오, 내가 깨우쳐줄 테니. 당신 어머니가 전혀 말해주지 않았다니 참으로 희한하군! 당신이 알면 당장 자기를 밀어내고 당신이 카피톨리누스 언덕에 들어앉을 거라 생각했는지도 모르지. 아니, 앉아서 들으시오! 내가 클레오파트라에 관해 노골적으로 말하는 건 당신을 자극하기 위해서가 아니라 그녀가 나의 끈질긴 적이기 때문이오. 이보시오, 젊은이, 나는 로마에서 우위를 확립하기 위해서 온 힘을 다해 필사적으로 싸워야 했소. 무려 14년 동안! 시작은 열여덟 살 때 내 신성한 아버지의 로마인 아들로 입양되면서부터였지. 나는 내게 주어진 유산을 받아들이고 그것을 따랐소. 물론 마르쿠스 안토니우스를 포함해 수많은 이들이 내게 반대했지만. 이제 나는 서른두 살이고—당신만 죽고 나면—마침내 안전해지는 거요. 내게는 당신 같은 청춘기가 없었소. 나는 잔병이 많고 허약했지. 사람들은 내게 용기가 없다고 조롱했고. 나는 디부스 율리우스처럼 보이기 위해 고군분투했소. 그분의 미소를 연습했고, 더 커 보이려고 굽 높은 장화를 신었고, 그분의 연설과 수사법을 따라 했지. 그러다 마침내 디부스 율리우스가 세상에 있을 때의 모습이 사람들의 기억에서 희미해지면서 그들은 그분이 나처럼 생겼었다고 생각하게 됐소. 무슨 말인지 알아듣겠소, 카이사리온?"

"아뇨. 당신이 겪은 시련은 마음 아프지만 대체 내 외모가 무슨 상관이 있는지 모르겠습니다."

"외모는 내 이력을 떠받치는 버팀목이오. 당신은 로마인이 아니고 로마인으로 길러지지도 않았소. 당신은 외국인이지." 옥타비아누스는 눈빛을 이글거리며 몸을 앞으로 기울였다. "로마인들이, 실용적이고 합리적인 이 민족이 왜 가이우스 율리우스 카이사르를 신격화했는지 말해주겠소. 그건 정말이지 로마인답지 않은 행동이거든. 사람들은 그를 사랑했소! 휘하 병사들이 그를 위해 기꺼이 목숨을 바치려 했다는 장군들은 많았지만, 로마와 이탈리아의 모든 사람들이 그를 위해 기꺼이 목숨을 바치려 했던 이는 가이우스 율리우스 카이사르밖에 없소. 그분은 포룸 로마눔을 걸을 때, 로마나 다른 이탈리아 도시의 뒷골목과 빈민가를 걸을 때 마주치는 사람 모두를 동등하게 대했소. 그들과 농담을 주고받고 그들의 소소한 넋두리에 귀를 기울이고 도움을 주려 애썼소. 수부라 지구의 빈민가에서 태어나 자란 그는 최하층민 무리 속에 있을 때면 그들의 일원처럼 행동했소. 그들의 은어를 사용하고 그곳 여자들과 잠자리를 했으며 그들의 냄새나는 아기들에게 입맞추고 그들의 힘든 처지에 공감하여 울기도 다반사였소. 그러다 저 교만하고 지독한 속물들과 돈밖에 모르는 자들이 그를 살해했으니, 로마와 이탈리아 인민들은 그를 잃는 걸 견딜 수 없었던 거요. 바로 그들이 그를 신으로 만들었소, 원로원이 아니라! 실상 원로원은 온갖 방법을 동원하여—마르쿠스 안토니우스의 주도하에!—어떻게든 카이사르 숭배를 진압하려 했지. 그래봤자 소용없었소. 그의 피호민이 군대였기에 나는 그분의 재산과 함께 군대도 상속받았소."

옥타비아누스는 자리에서 일어나더니 책상 옆으로 돌아 나와 걱정스러운 표정의 청년 앞에 서서 그를 빤히 내려다보았다.

"로마와 이탈리아 인민에게 당신을 보이는 순간 그들은 다른 건 전부 잊어버릴 거요, 프톨레마이오스 카이사르. 그들은 미친듯이 기뻐하며 당신을 온 마음으로 받아들이겠지. 그럼 나는 어찌되냐고? 나는 하루아침에 잊힐 거요. 14년의 노력이 까맣게 잊히는 거지. 아첨꾼 같은 원로원은 당신에게 알랑거리며 당신을 로마 시민으로 만들 테고 아마 다음날에는 집정관 자리도 거저 내어줄 거요. 당신은 이집트와 동방은 물론 로마까지 다스리게 될 거요. 틀림없이 종신 독재관부터 왕(렉스)에 이르기까지 당신이 고르는 대로 맞춰주겠지. 디부스 율리우스는 우리의 모스 마이오룸을 완화하기 시작했고 우리 트리움비르 세 명은 그것을 더한층 완화했소. 그리고 이제 안토니우스에게서 내게 대항할 수 있다는 희망을 모조리 빼앗아버렸으니 나는 모두가 인정하는 로마의 일인자요. 하지만 이는 로마나 이탈리아 모두가 당신을 보지 않았을 경우의 얘기요. 나는 로마와 로마의 속령들을 전제 군주로서 통치할 의향이 충분히 있소, 프톨레마이오스 카이사리온. 로마가 드디어 전제 통치를 받아들이기에 딱 좋은 상태가 되었기 때문이오. 하지만 당신은 엄마에게 훈련받은 그대로 다스릴 거요. 카피톨리누스 언덕에 앉아 심판을 내리는 왕으로서, 하데스의 문 앞에 있는 미노스처럼. 당신은 이게 아무 문제가 없다고 여기는 거요. 알렉산드리아와 이집트에서 진보적인 개혁 사업을 추진함에도 불구하고 말이지. 그에 반해 내 다스림은 눈에 보이지 않을 거요. 내 지위를 보여주기 위해 디아데마나 왕관을 쓰지도 않을 것이고, 사랑하는 내 아내가 여왕으로 군림하게 해주지도 않을 거요. 우리는 지금 사는 집에 계속 살면서 로마가 민주적으로 통치하고 있다고 생각하게 할 거요. 그래서 당신은 죽어야만 하오. 로마를 로마답게 지키기 위해서."

여러 감정들이 차례차례 꼬리를 물고 카이사리온의 얼굴에 스쳐지나갔다. 놀라움, 비탄, 사려, 분노, 슬픔, 이해. 하지만 혼란이나 곤혹감은 보이지 않았다.

"알겠습니다." 그가 천천히 말했다. "정말로 이해했고 당신을 탓할 수가 없군요."

"하긴, 당신은 신성한 카이사르의 친아들이니까. 그리고 지금껏 들은 얘기를 종합해보면 당신은 그분의 탁월한 지성을 물려받았소. 그의 천재적인 군사 감각까지 물려받았는지 확인해볼 기회가 없는 건 유감이지만, 내게는 아주 훌륭한 참모들도 있고 파르티아의 왕도 두렵지 않소. 나는 그자를 공격하지 않고 회유할 생각이오. 내 통치의 토대 중 하나는 평화가 될 것이오. 본래 전쟁은 인명으로 보나 돈으로 보나 인간이 행하는 가장 낭비적인 활동이고, 나는 로마 군단들이 로마의 양상이나 로마의 지배 주체를 좌우하도록 내버려두지 않을 것이오."

지금 그는 처형의 집행을 미루기 위해서 말하고 있었다. 카이사리온은 그렇게 느꼈다.

아아, 엄마! 왜 제게 털어놓지 않으셨어요? 카이사르의 진정한 로마인 아들이 방금 말해준 사실을 모르셨어요? 안토니우스는 분명 알았겠지만, 그는 엄마의 꼭두각시였죠. 엄마가 약물을 먹여서나 가끔 그분 스스로 포도주에 만취해서가 아니라, 그분이 엄마를 사랑하기 때문이었어요. 저한테 말해주셨어야 했어요. 하긴 엄마는 이 사실을 미처 모르셨고, 안토니우스는 엄마의 사랑을 받을 자격이 있음을 증명하는 데 급급해서 제가 처한 곤경은 중요하게 여기지 못했을 수도 있겠죠…….

카이사리온은 두 눈을 감고 스스로를 다잡아 생각하려고 애쓰며 그의 엄청난 지력을 지금의 이 난국에 집중시켰다. 탈출할 일말의 가능성이라도 있을까? 뱃속이 희망이라곤 없이 텅 비어 있음을 느끼며 그는 한숨을 내쉬었다. 아니, 탈출 가능성은 없어. 그가 할 수 있는 일이라곤 옥타비아누스가 그를 죽이기 어렵게 만드는 것뿐이었다. 막사에서 뛰쳐나가 그가 카이사르의 아들이라고 외치는 것? 타우루스가 그를 빤히 쳐다본 것도 당연했다! 하지만 아버지가 보고 계신다면 자신의 비로마인 아들이 이런 행동을 하길 원하실까? 아니면 카이사르는 그에게 최고의 희생을 요구하실까? 그는 답을 알았기에 또다시 한숨을 내쉬었다. 옥타비아누스는 카이사르 본인의 의지와 지시에 따른 그의 진정한 아들이었다. 이집트에 있는 다른 아들에 관해선 아무런 언급도 없었다. 또한 모든 것을 따져볼 때 카이사르가 자신의 삶에서 다른 무엇보다도 소중하게 여긴 것은 존엄이었다. 존엄! 세상 모든 자질 중에서도 가장 로마인다운 자질, 한 사람이 얻을 수 있는 뭇의 업적과 성취와 힘. 생의 마지막 순간에조차 카이사르는 자신의 존엄을 온전히 지켰다. 계속 맞서 싸우는 대신 자신에게 남은 지극히 짧은 시간을 할애해 토가의 한쪽 자락으로 얼굴을 덮고 다른 쪽 자락은 무릎 아래로 내렸다. 브루투스, 카시우스를 비롯한 무리들이 죽어가는 그의 얼굴에 떠오른 표정을 목격하거나 그의 생식기를 흘끗 보지 못하도록.

그래, 나 역시 내 존엄을 지킬 것이다! 하고 카이사리온은 생각했다. 나는 스스로를 그대로 인정하고 얼굴과 생식기를 가린 채로 죽으리라. 내 아버지에게 걸맞은 모습으로.

"나는 언제 죽습니까?" 그는 차분한 목소리로 물었다.

"지금, 이 막사 안에서요. 다른 누구에게도 믿고 맡길 수 없으니 내가 직접 해야 하오. 혹여 내 기술이 부족해서 당신의 죽음이 더 고통스러워진다면 그 점은 미안하게 생각하오."

"내 아버지께선 '순식간에 끝내라'고 하셨죠. 당신이 이 말만 명심한다면 불만 없을 겁니다, 카이사르 옥타비아누스."

"당신 목을 칠 수는 없소." 옥타비아누스는 매우 창백했다. 입이 뜻대로 말을 듣지 않아 애를 쓰는 바람에 콧구멍이 벌어졌다. 그는 일그러진 미소를 지어 보였다. "나는 그럴 만한 근력도 없고 그만큼 냉혹하지도 못하오. 당신 얼굴을 보고 싶지도 않고. 티르소스, 저기 저 천과 저 끈을 건네주게."

"그럼 어떻게 할 겁니까?" 카이사리온이 일어서서 물었다.

"검을 늑골 밑으로 넣어서 심장을 찌를 거요. 달아나려 하지 마시오. 그래봤자 당신의 운명은 바뀌지 않으니까."

"나도 압니다. 더 많은 사람들이 보겠지만 훨씬 지저분해지겠죠. 하지만 내 요구조건에 동의하지 않으면 달아날 겁니다."

"말해보시오."

"내 어머니께 관대하게 대하십시오."

"관대하게 대하겠소."

"내 남동생들과 누이에게도요?"

"그들의 머리털 하나도 건드리지 않겠소."

"맹세하십니까?"

"맹세하오."

"그럼 난 준비됐습니다."

옥타비아누스는 카이사리온의 머리에 천을 씌우고 임시로 만든 두건이 제자리에 고정되도록 목둘레에 끈을 감아 묶었다. 티르소스가 그에게 검을 건넸다. 옥타비아누스는 시험 삼아 칼날을 만져보고 면도칼만큼 날카로운 걸 확인했다. 그런 뒤 그는 막사의 흙바닥을 쳐다보고 인상을 찌푸리더니 얼굴이 백지장같이 창백해진 에파프로디토스에게 고갯짓을 했다.

"좀 거들어주게, 디토스."

옥타비아누스는 카이사리온의 팔을 잡았다. "우리를 따라오시오." 그는 이렇게 말한 뒤 흰색 천을 쳐다봤다. "참으로 용감하구려! 숨소리가 얕고 일정한 걸 보니."

마르쿠스 안토니우스의 것이라 해도 좋을 목소리가 두건 아래에서 튀어나왔다. "잡담은 그만하고 어서 해치우세요, 옥타비아누스!"

네 발짝 떨어진 곳에 새빨간 페르시아산 양탄자가 있었다. 에파프로디토스와 옥타비아누스는 카이사리온을 움직여 그 위에 서게 했다. 이제 더는 지체할 수 없었다. 어서 해치워, 옥타비아누스, 빨리 해치우라고! 그는 검의 위치를 잡고 스스로 가지고 있는지도 몰랐던 힘을 써서 신속한 일격으로 가슴 아래서부터 위로 칼을 찔러넣었다. 카이사리온은 한숨을 내쉬더니 무릎이 꺾이며 쓰러졌다. 옥타비아누스는 그를 따라 주저앉았다. 잡고 있던 칼을 놓지 못해서 그의 양손에는 여전히 상아 독수리가 쥐어 있었다.

"죽었나?" 고개를 비틀어 위를 쳐다보며 그가 물었다. "아니, 안 돼! 뭘 하든 얼굴 천은 벗기지 마!"

"목의 동맥이 뛰지 않아요, 카이사르." 티르소스가 말했다.

"그럼 내가 잘해낸 거군. 그를 양탄자에 말게."

"칼을 놓으세요, 카이사르."

충격이 그를 관통했다. 손가락에 힘이 풀리면서 그는 마침내 독수리 자루를 놓았다. "날 좀 일으켜주게."

티르소스가 양탄자에 시신을 말아놓았지만 시신이 워낙 길어서 두 발은 밖으로 튀어나와 있었다. 발이 크구나, 카이사르처럼.

옥타비아누스는 가장 가까이 놓인 의자에 무너지듯 주저앉아 무릎 사이에 고개를 파묻고 숨을 몰아쉬었다. "아아, 이러고 싶지 않았어!"

"해야만 하는 일이었네." 프로쿨레이우스가 말했다. "이제 어쩌지?"

"사람을 보내 비전투원 여섯 명에게 삽을 들고 오라고 하게. 바로 여기에 그의 무덤을 파게 할 거야."

"막사 안에요?" 아파 보이는 얼굴로 티르소스가 물었다.

"안 될 까닭이 없잖아? 어서 서두르게, 디토스! 밤새 여기 있고 싶지는 않네. 하지만 이 아이가 안전하게 묻히기 전에는 명령을 내릴 수가 없어. 그가 반지를 끼고 있나?"

티르소스는 양탄자 안을 이리저리 뒤적이더니 반지를 찾아왔다.

한 손에 반지를 받은—좋아, 좋아, 떨지 않았어—옥타비아누스는 그것을 뚫어져라 쳐다봤다. 이집트인들이 우라이오스라고 부르는 목 뒤가 넓게 펼쳐진 코브라 모양이 새겨져 있었다. 보석은 에메랄드였고 가장자리를 따라 상형문자로 무언가가 적혀 있었다. 새 한 마리, 눈물 이 떨어지는 눈, 물결무늬 선 몇 개, 또 새 한 마리. 좋아, 이거면 되겠 어. 혹시 카이사리온이 죽었다는 증거를 보여줘야 하는 상황이 온다면 이 정도면 될 것이다. 그는 돈주머니에 재빨리 반지를 넣었다.

한 시간 뒤, 군단들과 기병대는 비록 알렉산드리아 가도 멀리까지 가진 못했지만 다시 행군하고 있었다. 옥타비아누스는 며칠간 야영하 면서 클레오파트라로 하여금 아들이 무사히 탈출해서 인도로 가고 있 다고 믿게 만들기로 결정했다. 그들 뒤로 지극히 짧은 시간 동안 막사 가 세워져 있었던 곳에는 표면이 평평하고 신중하게 흙을 다져놓은 구 역이 있었다. 그 밑으로 6큐빗 아래에 이집트의 파라오이자 알렉산드 리아의 왕 프톨레마이오스 15세 카이사르의 시신이 그의 피로 흠뻑 젖 은 양탄자에 싸인 채 누워 있었다.

뿌린 대로 거두는 법이지. 그날 밤, 다른 땅에 세워진 똑같은 막사에 서 옥타비아누스는 생각했다. 안토니우스가 자신의 선발대를 상대로 승리한 사실에는 전혀 동요하지 않았다. 그 여자에게는 이미 전설이 있 었는데 그중 하나는 바로 그녀가 카이사르를 만나기 위해 양탄자에 싸 여 몰래 운반되었다는 일화였다. 카이사르에 의하면 그건 싸구려 돗자 리였지만, 역사가들이 최고급 양탄자로 바꿔놓고 있었다. 이제 그녀의 꿈과 희망이 다시 양탄자 속으로 들어가면서 모든 것이 끝났다. 그리고 드디어 나는 긴장을 풀 수 있게 되었다. 나의 가장 큰 위협은 영원히 사라졌다. 그래도 그는 훌륭한 모습으로 죽었다. 그것만은 인정해야 한다.

안토니우스의 군대가 항복했던 7월 마지막날의 대재앙 이후, 옥타비아누스는 정복자처럼 수 킬로미터까지 이어진 군단들과 거대한 기병대 무리의 선두에 서서 알렉산드리아로 들어가지 않겠다고 마음먹었다. 아니, 나는 불필요한 관심을 끌지 않고 조용히 클레오파트라의 도시로 들어갈 것이다. 나와 프로쿨레이우스, 티르소스, 에파프로디토스, 그리고 게르만족 호위대는 당연히 데려가야지. 익명성을 지키려고 암살자의 검 같은 위험을 무릅쓰는 건 아무 의미가 없으니까.

그는 선임 보좌관들을 경기장에 남겨서 안토니우스군 병사들의 현황을 조사하고 커다란 혼돈 상태에 나름의 질서를 세우게 했다. 그러나 가만 보니 알렉산드리아 사람들은 달아나려는 시도를 보이지 않았다. 그건 곧 그들이 로마의 주둔을 받아들였고 그의 포고관들이 향후 이집트가 처할 운명을 발표할 때 그 자리에 나와서 들으리라는 의미였다. 옥타비아누스는 서쪽으로 크게 멀지 않은 곳에 있는 코르넬리우스 갈루스로부터 연락을 받았고, 알렉산드리아의 두 항구를 우회해서 경기장과 연결된 도로에 함대들을 정박하라는 지시를 보냈다.

"정말로 아름답군요!" 8월 첫날인 칼렌다이의 동이 튼 직후, 네 사람이 태양의 문에 가까이 갔을 때 에파프로디토스가 말했다.

실제로 그 문은 아름다웠다. 카노포스 가도 동쪽 끝에 위치한 태양의 문은 거대한 탑문 두 개를 상인방으로 연결해놓은 구조물로, 멤피스를 본 적이 있는 사람들에게는 매우 네모지고 이집트답게 보였다. 그러나 떠오르는 해가 황금빛을 비추자 눈부시게 황홀한 색채가 드러났다. 새하얀 석조는 매일 아침 이 시간이면 황금빛으로 반짝였다.

태양의 문에 들어서자마자 나오는 엄청나게 넓은 도로 한가운데 적다마에 탄 푸블리우스 카니디우스가 기다리고 있었다. 옥타비아누스는 그의 옆으로 말을 몰고 가서 멈춰 섰다.

"또 달아나려는 중이오, 카니디우스?"

"아뇨, 카이사르. 이제 도망다니는 건 관뒀소. 당신에게 날 넘기고 딱 한 가지만 요청하려 하오. 내게 빠른 죽음을 줌으로써 내 용기를 존중해달라는 거요. 사실 내 검으로 자결할 수도 있었으니까."

차가운 회색 눈동자가 깊은 생각에 잠긴 듯 안토니우스의 보좌관에게 머물렀다. "채찍형 없는 참수. 이거면 되겠소?"

"좋소. 나는 로마 시민으로 남는 거요?"

"안됐지만 그건 아니오. 겁줘야 할 원로원 의원들이 아직 좀 남아 있으니까."

"알겠소." 카니디우스는 말의 갈비뼈를 차며 다시 움직이려 했다. "타우루스에게 자수하겠소."

"잠깐!" 옥타비아누스가 날카롭게 외쳤다. "마르쿠스 안토니우스……. 그는 어디 있소?"

"죽었소."

예상했던 것보다 더 강렬하고도 갑작스럽게, 크나큰 슬픔이 옥타비아누스를 엄습했다. 그는 빼어나게 잘생기고 작은 크림색 공마에 탄 채 목놓아 울었다. 그동안 게르만족 병사들은 카노포스 가도 주변을 감탄하며 두리번거렸고, 그의 절친한 세 친구는 자신들이 어디 다른 곳에 있었으면 좋았을걸 하고 생각했다.

"우린 친척이었고, 이렇게 될 필요가 없었는데." 옥타비아누스는 프로쿨레이우스의 손수건으로 눈을 훔쳤다. "아아, 마르쿠스 안토니우스,

이 불쌍한 얼간이!"

왕실 구역의 화려한 장식 벽이 그 안에 복잡하게 뒤섞여 있는 궁전과 건물 들로부터 카노포스 가도를 차단하고 있었다. 그 끄트머리 근처에, 한때는 요새였던 아크론 극장의 험준한 바위투성이 측면으로 연결된 위치에 왕실 구역 성문이 서 있었다. 그곳은 병사 하나 지키고 있지 않았다. 성문은 누구나 들어갈 수 있도록 활짝 열려 있었다.

"이 미로 속을 안내할 길잡이가 절실하군." 옥타비아누스는 성문 안에서 말을 멈춰 세우고 사방의 화려한 풍경을 바라보며 말했다.

마치 그가 무슨 소원이든 말하면 바로 이루어지기라도 하는 것처럼, 늙수그레한 남자 한 명이 그리스 도리스 양식의 작은 대리석 궁전 둘 사이에서 나타나더니 왼손에 기다란 황금 지팡이를 들고 일행 쪽으로 걸어왔다. 키가 무척 크고 잘생긴 그 사내는 자주색으로 염색하고 주름을 잡은 아마천 로브를 입었고, 여기저기 보석이 박힌 폭 넓은 황금색 물건을 허리에 감고 있었다. 허리 장식은 그의 목걸이와 짝을 이뤘으며, 맨살을 드러낸 근육질 팔뚝에는 양쪽 다 팔찌를 차고 있었다. 머리에는 금세공을 한 넓은 자주색 태피스트리로 긴 회색빛 곱슬머리를 고정시킨 머리띠 말고는 아무것도 쓰고 있지 않았다.

"이제 말에서 내릴 땐가 보군." 옥타비아누스는 이렇게 말한 뒤 반들거리는 엷은 황갈색 대리석으로 포장된 땅바닥에 미끄러지듯 내려섰다. "아르미니우스, 성문을 지키고 있어. 자네가 필요하면 티르소스를 보내겠네. 다른 사람은 아무도 믿지 말게."

"카이사르 옥타비아누스," 새로운 인물이 머리를 깊이 숙이며 인사했다.

"카이사르라고만 하면 되오. 내 적들만 옥타비아누스를 붙이니까. 뉘시오?"

"여왕님의 대시종장인 아폴로도로스입니다."

"아, 잘됐군. 여왕에게 데려다주시오."

"죄송하지만 그건 불가능합니다, 나리."

"왜요? 여왕이 달아났소?" 그는 주먹을 꽉 쥐며 물었다. "아, 빌어먹을 여자! 난 일을 끝내고 싶단 말이오!"

"아니요, 나리, 여왕님은 여기 계시긴 하나 무덤 안에 계십니다."

"죽었소? 죽었다고? 설마 죽었을 리가, 죽어선 안 돼!"

"아니요, 나리, 무덤 안에 계시지만 살아 계십니다."

"그리로 안내해주시오."

아폴로도로스는 몸을 돌려 혼미해질 정도로 복잡하게 늘어선 건물들의 미로 속으로 향했다. 옥타비아누스와 친구들도 그를 뒤따라갔다. 얼마 걷지 않아 그들 앞에 강렬한 색상의 평면적인 그림과 특이한 글자로 뒤덮인 높다란 벽들이 또다시 나타났다. 그 글자들은 옥타비아누스가 멤피스에서 알게 된 일종의 상형문자였다. 막대기 같은 기호들 각각이 하나의 단어였지만 그의 눈에는 이해할 수 없는 글이었다.

"이제 곧 세마에 들어갑니다." 아폴로도로스가 걸음을 잠시 멈추며 말했다. "알렉산드로스 대왕과 더불어 프톨레마이오스 왕가의 일원들이 매장된 곳입니다. 여왕님의 무덤은 방파제 가까이에 있습니다, 여기." 그는 붉은 돌로 만들어진 투박한 구조물을 가리켰다.

옥타비아누스는 거대한 청동문을 주의깊게 본 다음 발판과 권양기 장치, 바구니로 시선을 옮겼다. "흐음, 적어도 여왕을 끌어내긴 어렵지 않겠군." 그가 말했다. "프로쿨레이우스, 티르소스, 저 발판 꼭대기에 뚫린 구멍으로 들어가게."

"그리하시면 나리, 여왕님이 오시는 소리를 듣고는 나리의 사람들이 가까이 가기도 전에 자결하실 겁니다." 아폴로도로스가 말했다.

"제기랄! 난 여왕과 얘길 해야 하고 여왕이 살아 있길 원하오!"

"관이 하나 있습니다. 여기, 문 가까이에요. 이리로 입바람을 부시면 밖에서 누가 할말이 있다는 걸 여왕 전하가 아실 겁니다."

옥타비아누스는 바람을 불었다.

어떤 목소리가 대답했다. 새된 소리이긴 했지만 놀랍도록 또렷했다. "뭔가?" 목소리가 물었다.

"나는 카이사르이고 당신과 얘기하고 싶소. 문을 열고 밖으로 나오시오."

"싫어, 싫어!" 날카로운 두 마디가 되돌아왔다. "옥타비아누스와는 얘기하지 않아! 옥타비아누스와는 절대! 난 나가지 않을 테고, 당신들이 들어오려고 하면 자결할 거야!"

옥타비아누스는 몹시 지쳐 보이는 아폴로도로스에게 손짓했다. "성가신 여왕 전하께 가이우스 프로쿨레이우스가 나와 같이 여기 와 있다 전하고 그와 얘기하시겠는지 물어보시오."

"프로쿨레이우스?" 맑고 가냘픈 목소리가 말했다. "좋아, 프로쿨레이우스와 얘기하겠소. 안토니우스가 죽기 직전에 프로쿨레이우스는 믿어도 된다고 했으니까. 그가 말하게 하시오."

"저 뒤에서는 이 목소리인지 저 목소리인지 분간하지 못할 걸세." 옥타비아누스가 프로쿨레이우스에게 속삭였다.

그러나 보아하니 그녀는 목소리를 구별할 수 있는 것 같았다. 옥타비아누스가 여왕에게 프로쿨레이우스와 얘기하게 해준 뒤에 그 별난 대화를 이어받으려 시도했지만 여왕은 그의 목소리를 알아듣고 입을 닫아버린 것이다. 그녀는 티르소스나 에파프로디토스와도 얘기하려 하지 않았다.

"아, 믿을 수가 없군!" 옥타비아누스가 소리쳤다. 그는 아폴로도로스에게 벌컥 화를 냈다. "포도주, 물, 음식, 의자와 탁자를 가져오시오. 성가신 여왕 전하를 이 요새 밖으로 나오도록 어르고 달래야만 한다면 편안하게라도 있어야겠소."

그러나 가엾은 프로쿨레이우스는 편안히 있을 수 없었다. 전성관이 벽 높이 달려 있어서 의자에 앉을 수가 없었던 것이다. 그러고 있은 지 몇 시간 지났을 무렵에 아폴로도로스가 키 높은 간이의자를 가져오긴 했는데, 옥타비아누스의 짐작으로는 이 용도에 맞게끔 만들어오느라 늦어진 것 같았다. 프로쿨레이우스가 받은 지시는 클레오파트라에게 그녀는 안전하고 옥타비아누스는 그녀를 죽일 생각이 없으며 그녀의 아이들도 안전하다고 확신을 줘서 안심시키는 것이었다. 그녀를 내내 괴롭히는 문제는 자식들이었다. 그들의 안전뿐 아니라 그들의 운명까지. 옥타비아누스가 그들 중 한 명은 알렉산드리아를, 또 한 명은 테베를 다스리게 해주기로 동의하기 전까지 그녀는 밖으로 나오지 않겠다고 했다. 프로쿨레이우스는 주장하고 간청하고 어르고 달래고 호소하고 설득했으며, 또다시 주장하고 알랑거리고 졸랐지만 전혀 소용이 없었다.

"왜 이 난리를 피우죠?" 어둠이 깔리고 궁정 하인들이 일대를 밝혀줄 횃불을 들고 올 때쯤 티르소스가 물었다. "주인어른이 자기 요구를 들어준다고 약속할 수 없다는 걸 분명 알 텐데요! 게다가 왜 주인어른과 직접 얘기하지 않을까요? 여기 와 계신 걸 알면서!"

"나와 직접 얘기하면 다른 누구도 우리 대화를 듣지 못한다는 불안 때문이지. 자기 말을 영구 기록으로 남기려는 나름의 방법인 거야. 프로쿨레이우스가 학자이자 사건 기록자인 걸 아니까."

"우리가 어둠을 틈타 위쪽으로 들어가면 되지 않나요?"

"아니, 여왕이 아직 충분히 지치지 않았네. 완전히 지치고 기운이 빠져서 틈이 생겨야 해. 그때서야 들어갈 수 있어."

"카이사르, 현시점에서 자네의 가장 큰 문제는 날세." 프로쿨레이우스가 말했다. "온몸이 녹초가 됐고 머리도 어질어질하네. 나는 자넬 위해 무엇이든 할 준비가 되어 있지만 몸이 말을 안 들어."

바로 이때 가이우스 코르넬리우스 갈루스가 도착했다. 잘생긴 얼굴은 생생하고 회색 눈은 초롱초롱했다. 옥타비아누스는 좋은 생각이 났다.

"성가신 여왕 전하께 다른 사람이지만 똑같이 명망 있는 작가와 얘기하겠냐고 물어보게." 그가 말했다. "자네는 아프다거나 내가 따로 불렀다고 해. 뭐라고든 둘러대!"

"알겠소, 갈루스와 얘기하겠소." 목소리가 답했다. 열두 시간이 흐른 지금은 앞서처럼 생생하지 않았다.

논의는 해가 뜰 때까지 이어졌고 오전까지 계속됐다. 스물네 시간이었다. 다행히 문 앞의 그 작은 구역은 여름 햇빛이 잘 들지 않는 응달이었다.

그녀의 목소리는 매우 쇠약해졌다. 이제는 쓸 수 있는 기운이 거의 남지 않은 것처럼 들렸지만, 옥타비아를 누이로 둔 옥타비아누스는 여자가 자식들을 위해 얼마나 치열하게 싸우는지 잘 알았다.

정오가 한참 지날 무렵 마침내 그가 고개를 끄덕였다. "프로쿨레이우스, 자네가 다시 맡게. 그러면 여왕이 정신을 차리고 전성관에 주의를 집중할 거야. 갈루스, 내 해방노예 둘을 데리고 저 구멍을 통해 무덤으로 들어가게. 완벽히 은밀하게 일을 진행해. 도르래 구르는 소리도, 삐걱대는 소리도, 다 들리게 속닥이는 소리도 안 되네. 만약 그녀가 자살하는 데 성공하면 내 손에 머리통이 잡혀 똥통에 처박힐 줄 알게."

코르넬리우스 갈루스는 아주 조용하고 유연하게 움직이는 고양이 같은 사람이었다. 세 사내가 벽 구멍 앞에 섰을 때 그가 혼자서 줄에 매달려 내려가기로 했다. 이지러지는 횃불 아래 그는 클레오파트라와 두 시녀들이 전성관 주위에 모여 있는 모습을 보았다. 여왕은 프로쿨레이우스에게 온 신경을 집중한 채 열정적으로 손짓해가며 말하고 있었다. 시녀 한 명이 그녀가 넘어지지 않게 오른쪽 겨드랑이를 잡고 있었고 다른 한 명은 왼쪽에서 부축하고 있었다. 갈루스는 전광석화처럼 움직였다. 그랬음에도 여왕은 꽥 고함을 지르며 옆 탁자에 놓인 단검을 잡으러 돌진했다. 녹초가 된 시녀 둘이서 그를 잡아뜯고 때리는 와중에도 갈루스는 여왕에게서 단검을 잡아챈 뒤 수월하게 그녀를 붙잡았다. 곧이어 티르소스와 에파프로디토스가 합세하자 세 여자는 제지되었다.

팔팔한 서른여덟 살의 사내 갈루스는 여자들을 해방노예들에게 맡겨놓고, 육중한 청동 빗장 두 개를 위로 올려 문에서 떼어낸 뒤 문을 열어젖혔다. 햇빛이 흘러들었다. 그는 눈부신 햇살에 눈을 깜박였다.

여자들을 말 그대로 떠받쳐서 바깥으로 데리고 나왔을 때 옥타비아누스는 어딘가로 사라지고 없었다. 짐승들의 여왕을 대면하는 건 아직까지, 혹은 앞으로 여러 날 동안 그의 계획에 없었다.

갈루스는 여왕을 안아 그녀의 개인 처소로 데려갔고 해방노예 두 사람은 카르미온과 이라스를 데리고 갔다. 신진 세력인 선임 보좌관 갈루스는 햇빛을 받은 순간 클레오파트라의 몰골을 보고 충격받지 않을 수 없었다. 로브는 피가 뒤엉켜 뻣뻣하게 굳어 있었고 훤히 드러난 가슴은 깊이 찢긴 상처투성이였으며 엉망진창으로 헝클어진 머리카락 사이로 드러난 두피에선 피가 배어 나왔다.

"여왕에게 전담 의사가 있소?" 그는 서성거리며 아폴로도로스에게 물었다.

"네, 나리."

"그럼 즉시 의사를 부르시오. 카이사르는 당신들의 여왕이 온전히 건강한 상태이길 바라오, 대시종장."

"우리가 여왕님을 시중들어도 되겠습니까?"

"카이사르가 뭐라고 했소?"

"감히 여쭙지 못했습니다."

"티르소스, 가서 알아보게." 갈루스가 지시했다.

대답은 바로 왔다. 클레오파트라 여왕은 개인 처소를 벗어날 수 없지만 여왕이 필요로 하는 사람은 누구든 그곳으로 갈 수 있으며 요청하는 물품은 모두 제공된다는 내용이었다.

클레오파트라는 긴 의자에 누웠다. 커다란 황금빛 눈이 움푹 꺼진 지금의 그녀는 군왕의 모습이 아니었다.

갈루스가 그녀에게 다가갔다. "클레오파트라, 내 말 들립니까?"

"그렇소." 그녀가 쉰 목소리로 대답했다.

"거기 아무나, 여왕께 포도주를 가져오게." 그는 날카롭게 뱉은 다음 그녀가 포도주를 좀 마실 때까지 기다렸다. "클레오파트라, 카이사르가 보낸 전언이 있습니다. 당신은 개인 처소 내에서는 자유롭게 다닐 수 있고, 원하는 음식을 먹을 수 있고, 과일이나 고기를 썰기 위해 칼을 잡아도 되고, 원하는 사람 누구든 만날 수 있습니다. 그러나 만약 당신이 스스로 목숨을 끊는다면 당신 자식들은 그 즉시 처형될 겁니다. 알겠습니까? 이해했습니까?"

"그렇소, 이해했소. 자해를 시도하지 않을 거라고 카이사르에게 전하시오. 내 아이들을 위해 살아야만 하니까." 삭발한 이집트 사제들이 시종 둘을 달고 들어오자 그녀는 한쪽 팔꿈치를 짚고 몸을 일으켰다. "내 아이들을 봐도 되겠소?"

"아니요, 그건 불가능합니다."

그녀는 털썩 드러눕더니 우아한 손으로 눈을 가렸다. "하지만 아직 살아 있는 거요?"

"그 점에 관해서는 내가 장담합니다. 프로쿨레이우스도요."

"여자가 군주로서 통치하고 싶다면," 늦은 저녁식사 자리에서 옥타비아누스는 네 친구들에게 말했다. "결혼해서 자식을 낳지 말아야 해. 모성애를 넘어설 수 있는 여자는 사실상 거의 없거든. 클레오파트라는 자기 형제자매를 포함해 수백 명은 족히 죽였을 텐데, 그런 여자조차도 단지 자식들에 대한 협박만으로 조종할 수가 있네. 왕 중의 왕은 자기 자식들을 살해할 수 있지만 왕 중의 여왕은 그러지 못해."

"자네 목적이 뭔가, 카이사르? 왜 그 여자가 스스로를 끝장내게 두지 않고?" 갈루스가 물었다. 그의 머리 한구석에서는 송시가 지어지고 있었다. "아니면 이 모두가 여왕을 자네 개선식에 세우기 위해서인가?"

"내 개선식에 절대 세우고 싶지 않은 포로가 클레오파트라네! 인정넘치는 우리네 할머니와 엄마 들이 개선행진 내내 저 불쌍하고 애처롭고 뼈만 앙상히 남은 조그만 여자를 보면 어찌될지 모르겠나? 저 여자가 로마에 위협적인 존재라고? 저 여자가 마녀고 요부고 창녀라고? 친애하는 갈루스, 그들은 저 여자를 미워하는 게 아니라 저 여잘 위해 눈물 흘릴 걸세. 눈물로 양동이를 채우고 강처럼, 바다처럼 눈물을 흘릴 거야. 아니, 여왕은 알렉산드리아에서 죽어야 하네."

"그런데 왜 지금은 안 되나?" 프로쿨레이우스가 물었다.

"왜냐하면 가이우스, 먼저 여왕의 삶의 의지를 꺾어야 하기 때문이네. 그녀는 새로운 형태의 전쟁, 즉 신경전을 치러야 해. 나는 그녀의 감정을 이용하고, 자식들에 관한 걱정을 가지고 괴롭히고, 내내 칼날 위에 세워둬야겠지."

"아직도 이해가 안 가네." 프로쿨레이우스가 이맛살을 찌푸리며 말했다.

"이 모두가 여왕이 죽는 방식과 관련되어 있어. 여왕이 어떤 식으로 일을 완수하든 그 죽음은 온 세상에 그녀 스스로의 선택이지 내 사주로 이루어진 살인이 아니라고 비쳐야 하네. 나는 한 치의 오점도 묻히지 않고 이 상황에서 빠져나가야 해. 그녀를 정중히 대하고 그녀가 왕궁에 돌아오자마자 온갖 자유를 주었으며 단 한 번도 죽음으로 그녀를 협박하지 않은 고귀한 로마인으로 말이야. 여왕이 독을 마시면 사람들은 내 탓이라고 할 거야. 그녀가 칼로 자결해도 내 탓, 목을 매도 내 탓을 하겠지. 여왕의 죽음은 누구도 내가 관여했다고 의심하지 않을 만큼 지극히 이집트적이어야만 하네."

"자넨 아직 여왕을 만나지 않았지." 생소하지만 맛좋은 향신료를 묻혀 바삭하게 구운 새끼비둘기 고기로 손을 뻗으며 갈루스가 말했다.

"그래, 그럴 의향도 없네. 아직까지는. 의지를 꺾어놓는 게 먼저야."

"이 나라가 마음에 들어." 갈루스가 말했다. 새끼비둘기 고기의 바삭한 껍질에 묻은 요상한 조합의 양념맛에 그의 혀는 잔뜩 흥분한 상태였다.

"그거 아주 반가운 소식이로군, 갈루스. 자네를 여기 남겨서 내 이름으로 이곳 통치를 맡길 생각이거든."

"카이사르! 그래도 되는 건가?" 흐뭇해진 시인이 물었다. "이곳도 원로원과 인민의 명령에 따라 속주가 되지 않겠는가?"

"아니, 그리되게 할 수는 없네. 공금이나 횡령해대는 집정관급 총독이나 법무관급 총독이 원로원의 찬성을 얻어 여기로 파견되는 건 원치 않아." 이집트식 셀러리로 짐작되는 채소를 썹으며 옥타비아누스가 말했다. "이집트는 내 개인 소유가 될 걸세. 요즘은 사실상 아그리파 소유나 마찬가지인 시칠리아처럼 말이야. 동방 전쟁 승리에 대한 사소한 보상이지."

"원로원이 자네 말을 들어주겠나?"

"그러는 게 좋을 거야."

네 사람은 옥타비아누스를 가만히 바라보았다. 그의 얼굴이 전혀 새롭게 보였다. 섹스투스 폼페이우스를 상대로 몇 년이나 성과 없이 고투했던 사람의 얼굴도, 조국이 기꺼이 자신을 따르겠다고 서약하게 만드는 데 모든 것을 걸었던 사람의 얼굴도 아니었다. 이 얼굴은 카이사르 디비 필리우스, 틀림없이 언젠가는 신이 되고 이론의 여지가 없이 온 세상의 지배자가 될 사람이었다. 강인하고 냉정하고 공정하며 멀리 내다볼 줄 알고 단지 권력만을 위한 권력에 탐닉하지 않는, 지칠 줄 모르는 로마의 투사였다.

"그럼 당장은 우리가 뭘 하면 될까요?" 에파프로디토스가 물었다.

"자네는 여왕의 개인 처소 바깥에 있는 큰 회랑에 자리를 잡고 지키면서 여왕을 만나러 들어가는 이들을 모조리 기록하게. 누구도 여왕의 자식들을 데려와선 안 되네. 몇 주 동안 마음 졸이게 돼야 해."

"자네는 서둘러 로마로 가야 하지 않겠나?" 갈루스가 물었다. 그는 내심 이 멋진 땅에서 자기 뜻대로 할 수 있는 날이 어서 오길 열망했다.

"내 목적을 달성하기 전에는 움직이지 않아." 옥타비아누스가 자리에서 일어났다. "아직 밖이 환하군. 무덤을 보고 싶네."

"아주 멋지군." 일행이 클레오파트라의 묘실로 연결되는 방들을 지나가던 중에 프로쿨레이우스가 감상평을 내놓았다. "하지만 값진 물건들은 궁전에 더 많아. 여왕이 일부러 그랬다고 보는가? 그러면 우리가 저들이 믿는 내세를 위해 준비한 여왕의 장식물들을 그대로 둬줄 거라고 생각해서?"

"아마도." 옥타비아누스는 묘실과 관을 찬찬히 살펴보았다. 관은 한 덩이로 된 설화석고로, 위쪽에 아름답게 채색된 여왕의 초상화가 있었다.

그 방 뒤쪽의 문에서 고약한 냄새가 새어나왔다. 옥타비아누스는 안토니우스의 묘실로 들어가다가 공포로 눈이 휘둥그레져 우뚝 멈춰 섰다. 안토니우스 비슷하게 생긴 무언가가 기다란 탁자에 누워 있었다. 몸은 온통 나트론 소금에 파묻혀 있었지만 아직 얼굴은 보였다. 목격자들은 몰랐겠지만, 콧구멍을 통해 안토니우스의 뇌를 작은 덩이만큼씩 제거한 뒤 머리뼈 속을 몰약과 계피, 가루를 낸 향으로 채워야 했기 때문이다.

옥타비아누스는 구역질을 했다. 방부 처리를 하던 사제들은 그쪽을 흘끗 쳐다보더니 다시 하던 일을 계속했다. "안토니우스를 미라로 만들었네!" 그가 말했다. "내가 알기론 저 작업을 끝내는 데 석 달이 걸려.

그 과정이 끝난 뒤 나트론을 빼고 그를 붕대로 감쌀 거야. 역겹도록 비로마적이야! 원로원은 이 관습을 알렉산드리아 사람들보다 훨씬 더 불쾌하게 여겼지."

"클레오파트라도 같은 걸 원할까?"

"아, 물론이지."

"그럼 자네는 이 혐오스러운 작업이 계속되도록 내버려둘 건가?"

"안 될 게 뭔가?" 옥타비아누스는 관심 없다는 듯 되묻고는 그곳을 떠났다.

"그러니까 벽에 구멍이 있는 게 그 때문이로구먼. 방부 처리사들이 오갈 수 있게 하려고. 저 두 사람 다 작업이 완료되고 나면 문에 빗장을 지르고 구멍을 막겠지." 갈루스가 앞장서며 말했다.

"그래. 나는 두 사람 다 저 꼴로 끝나길 바라네. 그러면 그들은 옛 이집트에 속하게 되니, 로마를 괴롭히는 원혼이 되지는 않겠지."

하루하루가 느릿느릿 지나가고 클레오파트라는 협력을 거부하는 상황이 계속되던 중, 코르넬리우스 갈루스는 옥타비아누스가 여왕을 만나지 않는 이유에 관해 문득 새로운 영감이 떠올랐다. 그는 여왕이 두려운 것이다. 그가 짐승들의 여왕을 상대로 끈질기게 벌인 정치 선전 운동이 그 자신마저 압도해버렸다. 그래서 그녀와 직접 대면해도 그녀의 마력이 그를 이기지 않으리라고 확신할 수가 없는 것이다.

한번은 그녀가 단식에 들어갔으나 옥타비아누스는 자식들을 죽이겠다고 위협해서 그것을 중단시켰다. 뻔하지만 언제나 먹혀드는 수법이었다. 클레오파트라는 다시 먹기 시작했다. 그들 사이에 벌어진 불안과 의지의 전쟁은 무자비하게 계속되었고, 양측 다 전혀 항복할 낌새를 보이지 않았다.

그러나 옥타비아누스의 비타협적인 태도는 클레오파트라 스스로 인지한 것보다 더욱 강하게 그녀에게 작용했다. 자신이 처한 궁지에서 충분히 물러나 생각할 수만 있었다면, 그녀는 옥타비아누스가 하나같이 한참 어린 미성년자인 그녀의 자식들을 감히 죽이지 못하리라는 사실을 알아챌 수 있었을 것이다. 어쩌면 카이사리온이 무사히 탈출했다는 확신이 그녀의 눈을 가려놓았는지도 몰랐다. 하지만 이유야 어찌됐든 그녀는 자기 아이들이 위험에 빠져 있다는 확신을 버리지 않았다.

8월이 끝을 향해가고 추분 무렵에 부는 강풍의 위협과 함께 9월이 슬슬 다가오던 어느 날, 옥타비아누스는 클레오파트라의 개인 처소를 찾아갔다.

그녀는 기운 없는 모습으로 긴 의자에 누워 있었다. 할퀸 상처와 멍을 비롯해 안토니우스의 죽음 앞에서 크나큰 슬픔이 남긴 여타 흔적은 모두 아문 상태였다. 옥타비아누스가 안으로 들어서자 그녀는 눈을 뜨고 빤히 쳐다보다가 고개를 돌려버렸다.

"나가보게." 옥타비아누스가 카르미온과 이라스에게 짧게 말했다.

"그래, 나가봐." 클레오파트라가 말했다.

그는 긴 의자 옆으로 의자 하나를 끌고 와서 앉았다. 눈으로는 바쁘게 주위를 살폈다. 디부스 율리우스의 흉상 몇 점이 실내 여기저기 흩어져 있었다. 카이사리온의 멋들어진 흉상도 하나 있었는데, 어린 청년보다는 어엿한 사내의 모습에 가까운 것으로 보아 그가 죽기 직전에 만들어진 작품 같았다.

"카이사르와 닮았죠, 안 그래요?" 클레오파트라가 그의 시선을 따라가며 물었다.

"그래요, 아주 많이."

"그애를 이쪽 세계에 두는 게 나아요. 로마에서 떨어진 안전한 곳에."
그녀는 지극히 달콤한 목소리로 말했다. "그애 아버지는 늘 우리 아들
의 운명은 이집트에 있어야 한다고 말했죠. 아들이 제국을 바라지 않는
다는 것도 모른 채 독단적으로 그애의 한계를 확장하기로 결정한 사람
은 나였어요. 그애는 절대 당신에게 위협이 되지 않아요, 옥타비아누
스. 당신의 피호국 왕으로서 이집트를 다스리는 것만으로 만족해하니
까. 당신이 이집트에 대한 이권을 보호할 최선의 길은 그애를 두 왕좌
에 앉히고 로마인들이 이 나라에 들어오는 것을 전면 금지하는 거예요.
황금, 곡물, 공세, 종이, 아마포 등 당신이 원하는 무엇이든 언제끔 그애
가 알아서 처리할 거예요." 그녀는 한숨을 내쉬고 통증을 의식하는 듯
기지개를 살짝 켰다. "로마에 있는 누구도 카이사리온이 존재한다는 것
조차 알 필요가 없어요."

옥타비아누스의 눈길이 흉상에서 그녀의 얼굴로 옮겨 왔다.

아, 그의 눈이 얼마나 아름다운지 잊고 있었어! 그녀는 이렇게 생각
했다. 빛을 가득 머금은, 회색 같기도 은색 같기도 한 눈동자 가장자리
를 너무나 길고 풍성한 수정 같은 속눈썹이 두르고 있었다. 그런데 왜
저 눈은 결코 생각을 드러내지 않는 걸까? 그의 얼굴도 그렇고. 카이사
르의 얼굴을 연상시키는 사랑스러운 얼굴이다. 하지만 카이사르처럼
각지지 않았고 피부 아래 골격의 모양이 더 비밀스럽게 숨어 있다. 그
리고 카이사르와는 달리 저 금색 머리숱을 계속 유지하겠지.

"카이사리온은 죽었소." 그는 한번 더 되풀이했다. "카이사리온은 죽

었소."

클레오파트라는 아무 대꾸도 하지 않았다. 그녀의 두 눈이 그의 눈으로 향하더니 그대로 고정되었다. 고여 있는 연못처럼 고요한 눈동자는 녹갈색으로 바뀌었다. 이마부터 목에 이르기까지 얼굴에서 순식간에 혈색이 싹 사라지며 아름다운 피부가 회백색이 되었다.

"내가 멤피스에서 알렉산드리아 가도로 진군하던 중에 그가 날 찾아왔소. 낙타를 타고 나이 많은 동행 둘과 함께. 자기가 당신과 두 개의 왕국을 봐주도록 날 설득할 수 있을 거라 확신하고 있었소. 어찌나 어리던지! 인간의 고귀함에 관해 완전히 착각에 빠져서는! 그는 날 납득시킬 수 있다고 확신했소. 당신이 그를 멀리 보냈고, 그는 원래 베레니케에서 배를 타고 인도로 가야 했다더군요. 그리고 나는 이미 프톨레마이오스 왕가의 보물이 있는 곳을 찾아낸 터였으니—그렇소, 부인, 카이사르가 죽기 전에 당신을 배신하고 내게 보물을 찾는 방법을 알려줬소—그를 고문해서 보물의 소재를 알아낼 필요가 없었소. 아무리 극심한 고문을 해도 그가 말했을 것 같진 않지만. 대단히 용감한 청년이더군요. 그건 어렵지 않게 알 수 있었소. 그러나 그를 살려둘 수는 없었소. 카이사르는 한 번에 한 명이면 충분하고, 내가 바로 카이사르니까요. 내가 직접 그를 죽이고 멤피스 가도 옆의 표시 없는 무덤에 묻었소." 그는 그녀의 상처를 한번 더 헤집었다. "그의 시신을 양탄자로 말았소." 이어서 그는 허리춤의 돈주머니를 더듬더니 그녀에게 뭔가를 건넸다. "그의 반지인데, 가지라고 주는 건 아니오. 이제 내 것이니까."

"당신이 카이사르의 아들을 죽였다고요?"

"유감스럽지만, 그렇소. 그는 내 친척이었고 나는 유혈의 죄를 지었소. 하지만 악몽을 안고 살 각오는 되어 있소."

그녀는 온몸을 비틀며 부들부들 떨었다. "내게 이런 말을 하는 건 내가 고통스러워하는 모습을 보는 게 즐거워서인가요? 아니면 책략인가요?"

"당연히 책략이죠. 살아 있는 당신은 내게 지독한 골칫거리요, 짐승들의 여왕. 당신은 죽을 거요. 다만 내가 당신의 죽음과 어떤 관계라도 있는 것처럼 보여선 안 된다는 게 문제요. 아주 까다로운 일이죠!"

"당신 개선식에 날 세워야 하지 않나요?"

"맙소사, 아니요! 당신이 아마존 여전사처럼 생겼다면 기꺼이 내 개선행진에서 걷게 했겠지만, 학대당하고 굶어죽어가는 새끼고양이 같은 모습으론 어림없소."

"다른 청년들은 어떻게 됐죠? 안틸루스는? 쿠리오는?"

"처형됐소. 카니디우스, 카시우스 파르멘시스, 데키무스 투룰리우스도 마찬가지고. 킨나는 살려줬소. 보잘것없는 사람이니까."

눈물이 그녀의 얼굴을 타고 흘러내렸다. "그럼 안토니우스의 아이들은?" 그녀가 다 꺼져가는 소리로 말했다.

"그애들은 잘 있소. 다친 곳 없이 무사하고, 어머니와 아버지와 큰형을 그리워하지. 그애들에겐 당신들 모두 죽었다고 말했소. 아직 때가 적절한 지금 그들이 울게 해주시오." 그의 시선이 이집트 파라오처럼 꾸며진—매우 기이했다—카이사르 디부스 율리우스의 조각상으로 옮겨갔다. "나도 지금 좋아서 이러는 게 아니오. 당신에게 더없이 큰 고통을 주는 건 전혀 즐겁지 않소. 그렇다 해도 어쨌든 나는 그러고 있소. 내가 카이사르의 상속자니까! 그리고 나는 지중해 세계를 북쪽 끝에서 남쪽 끝까지, 동쪽 끝에서 서쪽 끝까지 모두 지배할 생각이오. 왕으로서나 독재관으로서가 아니고 호민관들의 모든 권한을 부여받은 일개 원로원 의원으로서 말이오. 그야말로 옳은 일이오! 전 세계를 마땅한 방식으로 지배하려면 로마인이 필요하오. 권력이 아니라 그 일 자체를 즐기는 사람이."

"권력은 지배자의 특권이에요." 그의 말을 이해하지 못한 채 그녀가 말했다.

"말도 안 되는 소리! 권력은 돈과 같소. 수단이죠. 당신네 동방의 전제 군주들은 바보들이오. 당신들 중 누구도 그 직책, 그 일을 사랑하지 않으니까."

"이집트를 차지하려는 거군요."

"물론이오. 로마인들이 우글거리는 속주로 만들 생각은 없소. 나는 프톨레마이오스 왕가의 보물을 제대로 감시해야 하오. 시간이 지나면 이집트 사람들은—알렉산드리아에서나 삼각주에서나 나일 강 유역에서나—당신을 생각하듯이 날 생각하게 될 거요. 그리고 나는 당신보다 이집트를 더 잘 다스릴 거요. 당신은 이 풍요롭고 아름다운 땅을 전쟁과 개인적 야심으로 낭비했고, 숫자만 많으면 무조건 이긴다는 잘못된 믿음하에 함선과 병사에 돈을 쏟아부었소. 승리를 가져오는 건 일이오. 그리고 또 한 가지, 디부스 율리우스가 말씀하셨듯 조직이고."

"당신네 로마인들은 어찌나 잘난 체하는지! 내 아이들을 죽일 건가요?"

"천만에요! 그 대신 그들을 로마인으로 만들 생각이오. 내가 로마로 떠날 때 그애들도 함께 데려갈 거요. 내 누이 옥타비아가 그들을 기르게 할 거고. 너무나 사랑스럽고 다정한 여자지요! 그런 누이에게 상처를 준 냉정한 안토니우스를 결코 용서할 수 없을 거요."

"이만 가줘요." 그녀는 그에게 등을 보이며 말했다.

옥타비아누스가 방을 나가려 할 때 그녀가 다시 입을 열었다.

"저기, 옥타비아누스, 지방에 사람을 보내서 어떤 과일을 좀 구해오게 할 수 있을까요?"

"거기에 독을 섞는다면 안 되오." 그가 날카롭게 대꾸했다. "당신 시녀들에게 그 과일의 모든 조각을 시식하게 할 거요. 내가 손가락으로 가리키는 딱 그 부분을. 당신이 독으로 죽었다는 일말의 기미라도 있으면 그 책임이 내게 돌아올 테니 말이오. 그러니까 신파적인 생각 같은 건 떠올리지 마시오! 내가 당신을 살해한 것처럼 보이게 만들려고 했다가는 당신의 남은 자식 셋을 모조리 목 졸라 죽일 테니까. 빈말이 아니오! 당신 죽음이 내 책임이 되어버리면 당신 자식들을 죽인다 해도 무슨 상관이겠소?" 그는 또다른 독설을 떠올리곤 입 밖에 냈다. "어차피 그리 뛰어난 애들도 아닌데."

"독은 쓰지 않아요." 그녀가 말했다. "당신에게 아무런 책임이 가지 않게 죽을 수 있는 한 가지 방법이 우연히 떠올랐어요. 내가 스스로, 내 의지에 따라 그 방법을 선택했다는 걸 온 세상이 분명히 알 수 있을 거예요. 나는 이집트의 파라오답게 죽을 거예요."

"그렇다면 과일을 구해 와도 좋소."

"한 가지 더."

"뭐요?"

"나는 이 특별한 과일을 내 무덤에서 먹을 거예요. 일이 끝난 뒤에 내가 죽은 방법을 조사해도 좋아요. 하지만 반드시 방부 처리 담당 사제들이 안토니우스와 내 시신에 대한 작업을 마무리하게 해줘야 해요. 그런 뒤에 무덤을 봉인하고요. 당신이 이집트에 없다면 당신 대리인이 맡아서라도 해야 해요."

"그렇게 하겠소."

카이사리온의 흉상이 그녀의 시야를 가득 채웠다. 더이상 눈물은 흐르지 않았다. 눈물 흘릴 시간은 끝났으니까. 내 아름다운, 아름다운 아들! 너는 아버지를 너무도 많이 닮았으나 너무도 어렸구나. 너무나 영리하게 날 속여서 나는 네 의도를 조금도 의심하지 못했다. 옥타비아누스를 믿었다고? 하지만 너는 그에게 네가 어떤 위협인지 알기에는 너무 순진했다. 로마를 너무 몰랐지. 그래서 지금 너는 표식도 없는 무덤에 누워 있구나. 곁에 묘비도 없이, 밤의 강을 건널 배도 없이, 먹고 마실 것도 편안한 침대도 없이. 그래도 양탄자를 제외하곤 옥타비아누스가 한 모든 짓을 용서할 수 있을 것 같구나. 그의 비열한 공격이었지. 하지만 그가 모르는 건, 그의 복수로 인해 네게 일종의 관이 생겼다는 거야. 한동안은 네 영혼을 담고 있기에 충분하겠지.

"카임을 불러와." 이라스와 카르미온이 들어오자 그녀가 말했다.

파라오를 모시기 위해 자신의 성소에서 떠나온 이 사제단의 수장은 항상 프타의 사제로서 나이를 먹지 않는 것처럼 보였으나, 요즘 들어선 어딘가 미라 같은 분위기를 풍겼다.

"카이사리온이 죽었다는 말은 할 필요가 없겠죠."

"네, 라의 딸이시여. 제게 물어보셨던 날 저는 그분이 열여덟 살까지밖에 살지 못한다는 것을 보았지요."

"저들은 그애를 천으로 싸서 멤피스 가도 옆에 묻었어요. 아마 군대가 잠깐 머물렀다는 흔적이 남아 있겠죠. 이제 당신은 당연히 마차와 수레와 짐을 잔뜩 실은 당나귀 들을 이끌고 프타의 신전으로 돌아갈 거예요. 그애를 찾으세요, 카임. 그리고 황소 미라 안에 숨기세요. 설령 저들이 당신을 감금한다 해도 오랫동안 가둬두지는 않을 거예요. 그애를 멤피스로 데려가서 비밀리에 매장하세요. 언젠가는 우리가 옥타비아누스를 이길 거예요. 내가 죽은 자들의 영역으로 가면 가장 빛나는 모습의 아들을 봐야겠어요."

"그렇게 하겠습니다." 카임이 말했다.

카르미온과 이라스는 울고 있었다. 클레오파트라는 그들이 한동안 울게 내버려뒀다가 손을 들어 소리를 멈추게 했다. "조용히 해! 시간이 다가오고 있으니 몇 가지 일을 처리해야 해. 아폴로도로스에게 신성한 무화과 한 바구니를 구해오라고 전해. 완벽하게 채워서. 알아들었어?"

"네, 전하." 이라스가 속삭이듯 대답했다.

"무슨 옷을 입으시겠어요?" 카르미온이 물었다.

"이중 왕관. 가장 좋은 목걸이와 허리띠, 팔찌. 오래전 카이사르를 위해 입었던 흰색 주름 드레스와 구슬 장식이 달린 외투. 신발은 필요 없어. 손발은 헤나로 물들여줘. 나를 관에 넣는 날까지 그것들을 모두 사제들에게 가져다줘. 사랑하는 안토니우스의 예식 갑옷은 그들이 이미 가지고 있어. 그이가 내 아이들에게 왕관을 씌워준 날 입었던 옷이지."

"아이들은요?" 이라스가 그제야 생각난 듯 물었다. "아이들은 어찌되나요?"

"로마로 가서 옥타비아와 같이 살 거야. 그녀가 부럽진 않네."

카르미온이 울던 와중에 미소를 지었다. "필라델포스라면 그렇죠! 그애가 옥타비아누스의 정강이를 차진 않았을지 궁금해요."

"아마 그랬겠지."

"아아, 여왕님!" 무슨 말을 할지 모른 채 카르미온이 외쳤다. "이렇게 끝날 줄은 몰랐어요!"

"옥타비아누스를 만나지 않았더라면 이렇게 끝나진 않았을 거야. 가이우스 율리우스 카이사르의 혈통은 대단히 강해. 이제 그만 나가봐."

방안을 서성이면서, 하지만 눈길은 카이사리온의 흉상에 둔 채 클레오파트라는 생각에 잠겼다. 사람들은 보통 이 순간 자신의 인생에 관해 생각한다지만 나는 그러고 싶지 않다. 내가 지금 생각할 수 있는 건 카이사리온뿐이다. 금색 솜털이 난 머리를 내 가슴에 대고 꿀꺽꿀꺽 오래도록 내 젖을 먹던 카이사리온. 트로이아의 목마를 가지고 놀던 카이사리온. 그앤 목마 뱃속에 있던 쉰 개의 인형 이름을 모두 알았었지. 파라오로서의 권리를 가지겠다고 작정했던 카이사리온. 아버지를 향해 두 팔을 높이 들던 카이사리온. 안토니우스와 함께 웃던 카이사리온. 언제나, 영원히, 카이사리온.

아아, 그래도 모든 것이 끝나서 기쁘다! 이 눈물의 계곡을 걷는 것을 한순간도 더 견딜 수 없다. 그 모든 실수와 슬픔과 충격과 투쟁. 남편을 잃고 혼자 남은 신세. 그게 다 무엇을 위해서였던가? 내가 이해하지 못했던 아들, 내가 이해하지 못했던 두 남자. 그래, 삶은 눈물의 계곡이다. 내 방식대로 그것을 끝낼 기회가 와서 정말로 감사할 뿐이다.

무화과 바구니는 카임의 쪽지와 함께 도착했다. 쪽지에는 모든 것을 그녀가 지시한 대로 처리했으며 그녀가 가면 호루스가 그녀를 맞이할 것이고 프타가 직접 그 방편을 제공했다고 적혀 있었다.

그녀는 구석구석 목욕을 하고 수수한 옷을 걸친 뒤 카르미온, 이라스와 함께 무덤으로 걸어갔다. 새로운 동이 트며 새들이 노래했고 알렉산드리아의 향기로운 미풍이 살랑거렸다.

클레오파트라는 이라스에게 입을 맞추고 카르미온에게도 입을 맞췄다. 이어서 로브를 벗고 알몸으로 섰다.

그녀가 무화과 바구니의 뚜껑을 들어올리자 무화과들이 약간씩 움직이고 있었다. 거대한 킹코브라가 자신을 가둔 감옥 안을 천천히 돌아다니고 있었기 때문이다. 그래! 됐어! 클레오파트라는 코브라가 몸을 곧추세우고 바구니에서 나가려던 찰나 넓게 펼쳐진 목덜미 바로 아래에서 양손으로 그 몸통을 잡고 그에게 자기 가슴을 내주었다. 코브라는 털썩 하는 소리와 함께 그녀를 덮쳤고, 그 일격이 어찌나 강했던지 그녀는 휘청거리며 코브라를 떨어뜨렸다. 코브라는 바로 굼실거리며 달아나 컴컴한 구석에 숨었다. 그러다 결국 수로를 통해 밖으로 나가는 길을 찾았다.

카르미온과 이라스는 그녀가 죽는 동안 곁을 지키며 돌봤다. 그 과정은 길지는 않았지만 고통스러운 것이었다. 경직과 경련, 끝없는 혼수상태가 차례로 이어졌다. 그녀의 죽음이 완료되자 두 여자는 자신들의 죽음에 착수했다.

방부 처리 담당 사제들이 어두운 그늘에서 나오더니 파라오의 시신을 들고 가서 빈 탁자에 꼿꼿이 펴서 뉘었다. 그들이 그녀의 옆구리를 절개할 때 쓴 칼은 흑요석이었다. 절개된 틈을 통해 그들은 간과 위, 폐, 창자를 빼냈다. 각각의 장기는 씻어서 둥글게 감은 뒤 금지된 재료인 유향을 제외하고 각종 약초와 향신료를 빻아서 가득 채워 나트론과 송진이 든 카노포스 단지에 담았다. 뇌는 나중에, 로마인 정복자가 방문한 뒤 제거될 예정이었다.

정복자가 프로쿨레이우스, 코르넬리우스 갈루스와 함께 들어왔을 때 그녀는 가슴과 머리를 제외하고 나트론 더미에 파묻혀 있었다. 사제들은 로마인들이 그녀가 어떻게 죽었는지 보고 싶어한다는 걸 알았다.

"세상에! 송곳니에 물린 상처 크기 좀 보게!" 옥타비아누스가 상처 부분을 가리키며 말했다. 그런 뒤엔 방부 처리단의 우두머리에게 말했다. "여왕의 심장은 어디에 뒀나? 그녀의 심장을 보고 싶은데."

"심장은 제거하지 않았습니다, 위대한 분이시여. 콩팥도 마찬가지고요." 사제가 깊숙이 절하며 말했다.

"사람같이 보이지도 않는군."

옥타비아누스는 확실히 아무렇지 않아 보였지만 프로쿨레이우스는 얼굴이 창백해지더니 도중에 자리를 떴다.

"무엇이든 생명이 빠져나가면 쪼그라들지." 갈루스가 말했다. "생전에도 조그마한 여자였던 건 알지만 지금은 어린아이 같잖나."

"야만적이야!" 옥타비아누스는 그곳에서 걸어나갔다.

그는 크게 안도했으며 그들의 딜레마에 대한 그녀의 해결책을 보고 기뻐했다. 뱀이라니! 완벽하다! 프로쿨레이우스와 갈루스가 물린 자국을 봤으니 클레오파트라가 죽은 방법을 공개적으로 증언할 것이다. 그 놈 참 엄청난 괴물이로구나! 그는 생각했다. 나도 봤으면 좋았을 텐데. 이왕이면 손에 검을 들고 있을 때 말이지.

그날 밤늦게, 술에 살짝 취한—정말이지 끔찍한 한 달이었으니까— 옥타비아누스는 하인이 그가 들어갈 수 있도록 침대 이불을 걷는 동안 뒤로 물러나 기다리고 있었다. 바로 거기, 침대 한가운데에 똬리를 틀고 있는 놈이 있었다. 길이 2미터에 남자 팔뚝만큼 굵은 코브라였다. 옥타비아누스는 비명을 질렀다.

6장
변신

− 기원전 29년부터 기원전 27년까지

29 B.C. - 27 B.C.

카이사르 아우구스투스(36세)

클레오파트라의 살아 있는 세 아이들이 해방노예 가이우스 율리우스 아드메토스의 보살핌을 받으며 로마행 배에 승선했을 때, 함께 가는 일행은 없었다. 디부스 율리우스가 이집트를 떠나기 전에 그랬던 것처럼, 옥타비아누스는 로마로 돌아가기 전에 시리아 쪽 아시아와 아나톨리아를 깔끔하게 정리하고 가는 게 좋겠다고 마음먹었다. 앞서 그가 국고위원회에 보낸 규정량의 황금은 은으로 바꿔 데나리우스와 세스테르티우스 은화를 주조하는 데 쓰일 예정이었다. 너무 많지도, 너무 적지도 않은 적정량으로. 수년간 이어진 경제 불황 끝에 물가 폭등이 오는 건 결코 옥타비아누스가 원하는 바가 아니었다.

사랑하는 여보, 지치고 힘든 일이었지만 당신은 내 논리에 동의할 거라 생각하오. 그것과 겨룰 수 있는 상대는 당신의 논리뿐이지. 당신의 욕망들을 잊히지 않을 곳에 잘 보관해뒀다가 내가 집으로 돌아갈 때 날 위해 준비해두시오. 아, 그리 오래 걸리진 않을 거요. 이번에 동방을 제대로 안정시켜놓는다면 오랫동안 이쪽으론 돌아올 필요가 없소.

  짐승들의 여왕이 죽어서 무덤에 들어갔고 거기서 아교로 붙인 페르가몬 양피지 같은 것으로 만든 조상(彫像)이 되어버렸다는 사실이 도저히 믿기지 않소. 마을에 유랑극단이 찾아올 때마다 사람들이 너무나 좋아하는 꼭두각시 인형과 비슷했다오. 멤피스에서 미라를 봤는데, 온통 붕대가 감겨 있었소. 내가 그걸 다 풀라고 지시했더니 사제들은 내켜 하진 않았지만 내 말대로 따랐소. 그 미라들은 최상류층의 시신으로 만든 게 아니었기 때문이오. 그저 부유한 상인과 아내, 그리고 그들이 키우던 고양이였소. 근육이 빠져나가거나 지방이 녹아 없어지거나, 둘 중 어느 쪽인지 잘 모르겠소. 뭐가 됐든 그 둘 중 한 작용으로 얼굴이 꺼져서 말라붙게 되지. 아티쿠스가 그랬던 것처럼 말이오. 그것이 인간의 유해임을 알아볼 수 있고 성격이나 미모 등에 관해 추정할 수도 있소. 미라 몇 개를 로마로 가져가서 내 개선식 장식 수레에 전시할 생각이오. 사제 몇 명도 같이 데려가서 로마 인민들에게 그 소름 끼치는 과정의 모든 단계도 보여주고 말이오. 짐승들의 여왕은 얼마든지 이런 운명을 맞아도 좋지만 안토니우스를 생각하면 마음이 괴롭소. 이집트에서 우리들의 마음을 더없이 강하게 사로잡은 것은 확실히 미라가 된 마르쿠스 안토니우스였소. 프로쿨레이우스 말로는 헤로도토스가 논문에서 그 작업에 관해 기술했다지만, 헤로도토스는 그리스어로 책을 썼기 때문에 그의 책은 읽어본 적이 없소. 학교 시간표에 들어 있지 않았거든.

  코르넬리우스 갈루스를 여기 남겨 총독으로 이집트를 통치하게 했소. 그는 대단히 기뻐했다오. 얼마나 기뻐했냐면 그의 시인 기질이 다 사라질 정도였소. 적어도 일시적으로는 말이오. 그는 온통 어디로

원정을 떠나고 싶은지에 관한 얘기뿐이오. 남쪽의 누비아로 갔다가 거기를 넘어 메로에로, 또 서쪽으로는 끝없는 사막에 가고 싶다더군. 그는 또 아프리카가 강대한 섬이라고 확신하고 있어서, 인도로 가기 위해 건조된 이집트 함선을 타고 아프리카 곳곳을 항해할 계획이라오. 이같이 경박한 탐험 시도라 해도, 그런 일들이 그를 계속 바쁘게 만들어줄 테니 나로선 나쁘지 않소. 그가 숨겨진 보물을 찾아 멤피스에서 코를 킁킁거리며 돌아다녔다는 소식을 듣기보다는 이편이 훨씬 나으니까. 그 나라의 국사는 내가 직접 뽑은 관리들이 잘 처리하고 있소.

이 편지는 클레오파트라의 어린 자식들과 함께 당신에게 가고 있소. 프톨레마이오스 기질이 살짝 첨가된 무시무시한 안토니우스 축소판 삼총사라오. 옥타비아는 절대 가할 수 없을 엄격한 훈육이 필요한 아이들이지만, 걱정하진 않소. 율루스, 마르켈루스, 티베리우스와 몇 달 같이 살다보면 저절로 고분고분해질 테니. 그후에는 어찌 될지 두고봅시다. 셀레네는 다 자라면 피호국 왕과 혼인시키고 싶지만, 사내아이들은 문제가 더 까다롭소. 나는 그애들의 출신에 관한 기억이 모두 지워지기를 바라니, 지금부터 알렉산드로스 헬리오스는 가이우스 안토니우스, 프톨레마이오스 필라델포스는 루키우스 안토니우스로 부를 거라고 당신이 옥타비아에게 전해주시오. 나는 그애들이 멍청한 쪽이길 바라고 있소. 안토니우스의 이탈리아 재산을 몰수하진 않을 계획이니 율루스와 가이우스, 루키우스는 썩 괜찮은 수입을 갖게 될 거요. 다행히도 현금으로 바꾸거나 팔아치운 재산이 워낙 많으니 결코 그애들이 큰 부자가 되어 내게 위협을 가할 일은 없을 거요.

안토니우스의 참모들 중에서는 세 명만 처형했소. 나머지는 죽은 지 오래된 유명한 인물의 손자 같은 별 볼 일 없는 이들이라오. 살짝 수정된 형태로 내게 서약한다는 조건하에 그들을 사면해줬소. 그렇다고 그들의 이름이 내 비밀 명부에 오르지 않을 거란 얘기는 아니지만. 당연히 그들 각각에게 정보원을 붙여 감시할 거요. 나는 카이사르지만, 카이사르와는 다르니까.

클레오파트라의 의복과 장신구 일부를 갖고 싶다던 당신의 요청에 관해 말해두자면, 사랑하는 리비아 드루실라, 그것들 모두 로마로 가겠지만 내 개선식에서 전시될 목적으로 가는 거라오. 개선식이 끝나면 당신과 옥타비아가 고른 몇 가지 품목을 내가 구입하겠소. 그럼으로써 국고가 사취되지 않도록 하려는 거요. 앞으로 더는 슬쩍하는 행위들이 용납되지 않을 거요.

잘 지내시오. 시리아에서 다시 편지하겠소.

옥타비아누스는 안티오케이아에서 다마스쿠스로 이동했고, 그곳에서 티그리스 강변의 셀레우케이아에 있는 프라아테스 왕에게 사절을 보냈다. 파르티아 왕위를 노리는 이 아르사케스라는 사내는 또다시 사자의 아가리에 자기 머리를 집어넣길 꺼렸으나, 옥타비아누스는 단호했다. 시리아의 이쪽 끝에서 저쪽 끝까지 로마 군단들이 주둔하고 있었으므로, 옥타비아누스는 파르티아의 왕이 어리석은 짓은 하지 않으리라고 확신했다. 로마 정복자의 사절을 해치는 짓도 포함해서.

그리하여 클레오파트라의 꿈이 죽어버린 그해의 끝자락에 겨울이 시작될 무렵, 옥타비아누스는 파르티아 귀족 10여 명과 다마스쿠스에서 만나 새로운 조약을 타결해냈다. 에우프라테스 강 동쪽 땅은 모두 파르티아 제국 소유이고 에우프라테스 강 서쪽 땅은 모두 로마 제국의 소유라는 내용이었다. 무장 병력은 그 희뿌연 푸른색의 장대한 물줄기를 절대 건널 수 없었다.

"당신은 현명한 분이라고 들었습니다, 카이사르." 파르티아 사절단의 대표가 말했다. "우리의 새로운 협정으로 그 사실이 확인되는군요."

그들은 다마스쿠스에서 유명한 향기로운 정원을 거닐고 있었다. 두 사람은 어울리지 않는 조합이었다. 옥타비아누스는 자주색 단을 댄 토가 차림인 데 반해 탁실레스는 주름 장식이 잔뜩 들어간 치마와 블라우스를 입고 황금 고리를 이어놓은 목걸이를 찼으며 꼬불꼬불한 검은 머리 위에 바다 진주가 박힌 둥글고 챙 없는 작은 모자를 쓰고 있었다.

"지혜란 대부분이 상식이지요." 옥타비아누스가 미소를 지으며 말했다. "내 이력에는 워낙 기복이 많았던 터라 두 가지가 없었다면 수십 번은 무너졌을 거요. 바로 내 상식과 운 말이오."

"이토록 젊으시다니!" 탁실레스가 경탄했다. "저희 왕께서는 당신의 다른 무엇보다도 젊다는 점에 매료되셨습니다."

"지난 9월에 서른셋이 되었소." 옥타비아누스가 다소 뽐내듯 말했다.

"앞으로 수십 년 동안 로마의 선두에 계시겠군요."

"물론이오. 프라아테스에 관해서도 같은 말을 할 수 있었으면 좋겠소만?"

"우리끼리만 드리는 말씀인데, 카이사르, 그렇진 않습니다. 파코로스가 시리아를 침공한 후로 왕실이 계속 혼란에 빠져 있습니다. 제 예측으로는 당신의 집권이 끝나기 전에 파르티아에는 수많은 왕들이 있을 겁니다."

"그들이 이 조약을 준수하겠소?"

"네, 무조건 그럴 겁니다. 왕권을 노리는 자들을 처리할 수 있게 해주니까요."

아르메니아는 악티온 해전 이후로 서서히 붕괴되었다. 옥타비아누스는 에우프라테스 강을 따라 아르탁사타로 올라가는 고단한 여정을 시작했다. 15개 군단이 그를 뒤따랐는데, 일부 병사들에게는 이것이 영원히 되풀이해야만 할 행군처럼 여겨졌다. 그러나 이번이 마지막이 될 터였다.

"아르메니아에 관한 책임을 파르티아의 왕에게 넘겼소." 옥타비아누스는 메디아의 아르타바스데스에게 말했다. "단, 그가 자기 몫의 에우프라테스 강 동쪽을 벗어나지 않아야 한다는 단서를 달았소. 당신이 속한 세계는 에우프라테스 강 상류의 북쪽에 놓여 있기 때문에 애매하지만, 내 조약에서는 흑해 연안의 콜키스부터 마티아네 호수까지 이어지는 선을 이 부근의 경계로 정하고 있소. 그렇게 보면 카라나와 아라라트 산 주변 땅은 로마 것이 되오. 당신 딸 이오타페를 돌려주겠소, 메디아의 왕. 그녀는 파르티아 왕의 아들과 결혼해야 하기 때문이오. 당신의 의무는 아르메니아와 메디아의 평화를 유지하는 것이오."

"다 끝냈네." 옥타비아누스는 프로쿨레이우스에게 말했다. "목숨이나 팔다리나 모두 무사하고 말이야."

"직접 아르메니아로 갈 필요는 없었네, 카이사르."

"맞는 말이야, 하지만 그 땅의 형세를 내 눈으로 직접 보고 싶었네. 앞으로 내가 로마에서 통치하게 될 수년 동안 동방의 모든 땅에 관한 직접적인 지식이 필요할 수도 있잖나. 그렇지 않으면 명성에 굶주린 어느 새로운 무관이 내 눈을 속일지도 모르니까."

"아무도 그런 짓을 하지 않을 걸세, 카이사르. 클레오파트라 편에 섰던 피호국 왕들은 다들 어찌할 건가?"

"그들에게 돈을 요구하진 않으리란 건 확실해. 안토니우스가 이 사람들에게 있지도 않은 돈을 징수하려 들지 않았다면 상황이 아주 많이 달라졌을지도 모르네. 안토니우스의 동방 배치도는 그 자체로 훌륭하고, 단순히 내 힘을 과시하기 위해 그것을 뒤집는 건 아무 이득도 없어 보이네."

"카이사르는 수수께끼야." 스타틸리우스 타우루스가 프로쿨레이우스에게 말했다.

"어째서 말인가, 티투스?"

"정복자처럼 굴질 않네."

"그가 자신을 정복자로 생각하는 것 같진 않네. 그는 그저 자신이 로마 원로원과 인민에게 건네줄 수 있는 세상의 조각들을 모든 면에서 완벽하게 끼워맞추고 있는 거야."

"하!" 타우루스가 투덜거렸다. "로마 원로원과 인민이라니, 웃기지 말게! 그는 고삐를 놓을 생각이 없네. 아니, 내가 도통 모르겠는 건 말일세, 그가 어떻게 다스릴 생각이냐는 걸세. 그가 다스린다는 건 분명하거든."

옥타비아누스는 다섯번째 집정관 임기중에 가장 좋아하는 두 군단인 20군단과 25군단을 데리고 마르스 평원에 진을 쳤다. 개선식을 치를 때까지는 부득이 이곳에 머물러야 했다. 개선식은 모두 합해서 세 개였다. 각각 일리리쿰 정복, 악티온 승전, 이집트 전쟁에 대한 개선식이었다.

이 세 가지 중 어느 것도 과거의 몇몇 개선식들과는 비할 바가 아니었지만, 선전에 있어서만큼은 셋 모두 이전 개선식들을 훨씬 앞질렀다. 그의 장식 수레 속 안토니우스들은 어물대고 멍청한 나이든 검투사들이었고, 그의 클레오파트라들은 거대한 게르만족 여자들로 개 목걸이와 가죽줄을 가지고 각각의 안토니우스를 지배했다.

"훌륭해요, 카이사르!" 리비아 드루실라가 말했다. 이집트에 대한 개선식이 끝나고 남편이 유피테르 옵티무스 막시무스 신전에서 열린 성대한 연회를 마치고서 집으로 돌아온 뒤였다.

"그래요, 나도 그리 생각했소." 그가 만족스러운 듯이 말했다.

"물론 로마에 체류할 당시의 클레오파트라를 기억하는 우리 몇몇은 그녀가 엄청나게 커진 것에 놀라워했지만요."

"그렇소, 그 여자가 안토니우스의 힘을 빨아먹고 코끼리가 된 거요."

"정말 재미있는 표현이군요!"

이제 업무를 처리할 차례였다. 옥타비아누스가 가장 좋아하는 순서였다. 이집트에서 그는 70개 군단의 주인 자리를 벗어났다. 프톨레마이오스 왕가의 보물창고에서 얻은 황금이 아니었다면 그가 편안히 물러날 수 없었을 실로 어마어마한 숫자였다. 그는 신중히 숙고한 끝에 향후 로마에는 26개 이상의 군단은 필요 없다고 판단했다. 그중 이탈리아나 이탈리아 갈리아에 주둔하는 군단은 없을 터였다. 다시 말해, 그를 대체하겠다는 마음을 품은 원로원의 야심가들 누구도 편리하게 가까운 곳에 병력을 가질 수 없게 되었다. 그리고 최종적으로 이 26개 군단들은 상비군을 구성하여, 독수리 기 아래 16년간 복무하고 이후 노련병으로서 추가로 4년 더 복무하게 될 것이다. 그가 제대시킨 44개 군단들은 모두 해체되어 지중해 이쪽 끝에서 저쪽 끝까지 안토니우스를 지원했던 도시들로부터 몰수한 땅 곳곳으로 흩어졌다. 이 퇴역병들은 결코 이탈리아에서 살지 않을 것이다.

한편 로마는 옥타비아누스가 맹세했듯이 벽돌부터 대리석까지 완전히 갈아엎는 탈바꿈을 시작했다. 모든 신전이 적절한 색으로 다시 칠해졌고 광장과 정원은 아름답게 꾸며졌으며 동방에서 강탈한 물건들은 골고루 흩어져 신전과 포룸, 경기장, 시장을 장식했다. 경이로운 조각상과 그림, 기막히게 멋진 이집트산 가구 들이었다. 100만 개에 달하는 두루마리는 공공도서관에 비치될 예정이었다.

자연히 원로원은 투표를 통해 옥타비아누스에게 온갖 훈장을 주었다. 그는 대부분 받지 않았고, 원로원에서 고집스럽게 그를 '둑스', 즉 영도자라고 부르는 것도 싫어했다. 그는 비밀스러운 갈망을 품고 있었지만 그것은 노골적으로 드러나지 않았다. 적나라한 독재 군주로 보이는 것은 결코 그가 원하는 바가 아니었다. 그래서 그는 원로원 의원으로서 자신의 지위에 맞게 생활했으나 화려함은 멀리했다. 그는 원로원의 묵인 없이는 통치를 계속할 수 없음을 잘 알았지만, 어떻게 해서든 그 자신은 조금이라도 힘이 커진 것처럼 보이지 않으면서 그 조직을 구슬려 휘어잡아야 한다는 것 또한 분명히 알고 있었다. 그가 결코 내려놓을 생각이 없는 두 가지 동력, 국고와 군대를 손에 쥐고 있는 건 큰 도움이 되었지만, 이것만으로는 그에게 티끌만한 신성불가침권조차 주어지지 않았다. 그렇기 때문에 그에겐 호민관의 권한이 필요했다. 그것도 1년이나 10년 정도가 아니라 평생 보장되는 종신 권한이어야 했다. 그는 이 목적을 달성하기 위해 힘써야 했고, 서서히 권한을 모으다가 마침내 모든 권한 중에서도 가장 강력한 권한인 거부권을 얻어내야 했다. 음악과는 거리가 먼 그가 원로원 의원들에게 그들이 노 젓는 손을 영원히 쉬게 만들 만큼 유혹적인 세이렌의 노래를 불러야 했다.

마르켈라는 열여덟 살이 되자마자 두번째로 집정관 직을 맡은 마르쿠스 아그리파와 결혼했다. 그녀는 무뚝뚝하고 말수 없는 자신의 영웅에 대한 애정을 여전히 간직하고 있었으며 자신이 그의 마음을 사로잡을 거라는 확신 속에 결혼생활을 시작했다.

옥타비아의 육아실은 그중 가장 큰 아이들인 마르켈라와 마르켈루스가 나갔음에도 불구하고 규모가 줄어들 기미가 보이지 않았다. 그녀가 맡은 아이들로는 우선 열네 살 동갑내기인 율루스, 티베리우스, 마르키아가 있었다. 켈리나, 셀레네, 가이우스 안토니우스라는 새 이름을 얻은 셀레네의 쌍둥이, 그리고 드루수스는 모두 열두 살이었다. 안토니아와 율리아는 열한 살, 토닐라는 아홉 살, 역시 이름이 바뀐 루키우스 안토니우스는 일곱 살, 빕사니아는 여섯 살이었다. 모두 합쳐 열두 명이었다.

"마르켈루스를 보내려니 섭섭해요." 옥타비아는 가이우스 폰테이우스에게 말했다. "그래도 그애 앞으로 된 집이 있으니 거기서 지내야겠죠. 그앤 내년에 아그리파의 참모진에서 수습군관이 될 거래요."

"이제 아그리파가 결혼했으니 빕사니아는 어떻게 한답니까?"

"계속 나와 같이 지내기로 했어요. 현명한 결정 같아요. 마르켈라는 육아실에서 지낸 지난 몇 년간을 생각나게 하는 것은 원치 않을 텐데 빕사니아가 바로 그런 존재니까요. 게다가 티베리우스도 속상해할 테고요."

"클레오파트라의 아이들은 어떻게, 잘 지내고 있습니까?" 폰테이우스가 물었다.

"훨씬 좋아졌어요!"

"그러니까 가이우스와 루키우스 안토니우스라는 애들이 드디어 티베리우스, 율루스, 드루수스에게 맞는 데 진저리가 난 건가요?"

"네, 내가 마음을 단단히 먹고 못 본 척했을 때는요. 그건 좋은 조언이었어요, 폰테이우스. 처음 들었을 때는 별로 안 내켰지만요. 이제는 가이우스 안토니우스가 과식하지 못하도록 타이르는 것만 하면 돼요. 아, 그앤 정말로 먹보예요!"

"그애 아버지도 여러 면에서 그랬죠." 폰테이우스는 리비아 드루실라가 예전 호르텐시우스의 잉어 연못 주변에 새로 만들어놓은 아름다운 정원의 기둥에 등을 기대고는 다소 방어적으로 팔짱을 꼈다. 이제 마르쿠스 안토니우스가 죽고 알렉산드리아의 무덤도 영원히 봉인되었으니, 그는 옥타비아에 대해 되든 안 되든 시도해보기로 결심했다. 그녀가 남편 상을 당한 지도 수년이 지났다. 그녀는 마흔 살이니 아마 가임기도 끝났을 것이고 육아실에 아이들이 더 들어오지도 않을 것이다. 손주들이 오지 않는 다음에야, 시도하지 않을 까닭이 뭔가? 그간 두 사람이 더없이 좋은 친구로 지냈던 덕에 그는 그녀가 안토니우스를 기리는 뜻에서 자신을 외면할 거라는 생각은 떨치게 되었다.

참으로 잘생긴 사내야! 옥타비아는 그를 보며 속으로 생각했다. 예민한 천성 때문에 그녀는 그가 무언가 마음에 걸리는 것이 있음을 직감적으로 알았다.

"옥타비아……." 그는 말을 꺼내다 말고 멈췄다.

"네?" 그녀는 궁금한 마음에 그를 부추겼다. "말해봐요!"

"내가 당신을 얼마나 사랑하는지 분명 당신도 알 겁니다. 나와 결혼해주겠습니까?"

충격으로 그녀의 동공이 커지고 몸이 경직되었다. 그녀는 한숨을 내쉬며 고개를 저었다. "물어봐주셔서 고마워요. 그리고 무엇보다도 당신의 사랑에 감사하고요, 가이우스 폰테이우스. 하지만 난 결혼할 수 없어요."

"날 사랑하지 않습니까?"

"아뇨, 사랑해요. 해가 갈수록 나도 모르는 사이 마음이 깊어졌고, 당신은 대단히 많이 참아주셨어요. 하지만 나는 당신과 결혼할 수 없어요. 다른 누구라도 마찬가지고요."

"임페라토르 카이사르 때문이군요." 그는 이렇게 말한 뒤 입을 꽉 다물었다.

"네, 임페라토르 카이사르 때문이에요. 동생은 나를 헌신적인 아내와 모성애의 본보기로 온 세상에 내세웠어요. 게다가 난 우리 어머니가 위신을 잃었을 때 동생이 보인 반응을 생생히 기억해요! 내가 재혼한다면 로마는 내게 실망할 거예요."

"그러면 애인으로 지낼 수는 없습니까?"

그녀는 이 제안에 관해 잠시 생각해보았다. 도톰한 입술이 곡선을 그리며 미소를 지었다. "동생에게 물어볼게요, 가이우스. 하지만 그애 대답은 안 된다는 것이겠죠."

"그렇더라도 물어보세요!" 그는 연못 쪽으로 가서 끄트머리에 앉았다. 아름다운 두 눈이 반짝거렸고 입은 그녀를 향해 미소 짓고 있었다. "설령 안 된다는 것이라 해도 나는 대답을 들어야겠어요, 옥타비아. 그에게 물어보세요, 지금 당장!"

옥타비아의 동생은 책상 앞에서 일하는 중이었다. 하긴 안 그런 때가 있었던가? 그는 눈썹을 추켜세우며 그녀를 올려다봤다.

"둘이서만 얘기할 수 있겠니, 카이사르?"

"물론이지." 그가 손짓하자 서기들이 종종걸음으로 나갔다. "무슨 일이야?"

"청혼을 받았어."

이 말에 그는 바로 불쾌한 듯 인상을 찌푸렸다. "누구한테서?"

"가이우스 폰테이우스."

"아하!" 그는 손가락으로 뾰족탑 모양을 만들었다. "좋은 사람이지, 가장 믿음직한 내 지지자들 중에 하나고. 누나는 그와 결혼하고 싶어?"

"응, 하지만 네 허락이 있어야지."

"난 허락할 수 없어."

"왜?"

"아, 이런, 옥타비아, 왜 그런지는 누나도 알잖아! 두 사람이 결혼한다고 그가 그리 높이 올라가는 것도 아니고, 누나의 지위는 내려가게 돼."

옥타비아의 어깨가 축 늘어졌다. 그녀는 의자에 앉아 고개를 떨궜다. "그래, 나도 알아. 하지만 너무 힘들어, 작은 가이우스."

어릴 적 이름을 듣자 그의 눈에 눈물이 맺혔다. 그는 눈을 깜박여 눈물을 몰아냈다. "얼마나 힘들어?" 옥타비아누스가 물었다.

"정말로 너무 결혼하고 싶어. 난 불평하거나 보상을 바라지도 않고 내 인생의 여러 해를 너에게 줬어, 카이사르. 나를 베스타 신녀들과 같은 지위로 올리는 것도 받아들였어. 하지만 난 아직 늙어빠진 노인이 아니고, 내가 보상을 받을 자격이 있다고 생각해." 그녀는 고개를 들었다. "나는 너와 달라, 카이사르. 난 다른 사람들보다 높이 올라가고 싶지 않아. 남자의 품에 안기는 기분을 다시 느껴보고 싶어. 아이들이 아닌 다른 상대가 좀더 사적으로 날 원하고 필요로 했으면 좋겠어."

"그건 불가능해." 그가 잇새로 말했다.

"그럼 우리가 애인이 되는 건 어때? 대단히 조용하고 은밀하게, 극도로 신중을 기하면서 말이야. 최소한 그것만이라도 허락해줘!"

"나도 그러고 싶지만, 옥타비아, 우리가 사는 세상은 투명한 연못이야. 하인들도 떠들어대고 내 정보원들도 떠들어대. 불가능한 일이야."

"아니야, 가능해! 우리에 관한 소문은 끊임없이 나와. 네 정부들이며 내 애인들 얘기로 로마가 시끌시끌하다고! 로마에서 아직 폰테이우스를 내 애인으로 여기지 않을 것 같아? 우리가 그렇게 많은 시간을 함께 보냈는데? 허구가 사실이 된다는 것 말고 뭐가 달라지겠니? 이건 이미 너무 오래돼서 시들한 얘기야, 카이사르. 사람들이 지껄여댈 가치조차 없어진 일이라고."

그는 눈을 내리깔고 뜻 모를 표정으로 가만히 듣고 있었다. 마침내 눈꺼풀이 올라갔고, 그는 작은 가이우스의 더없이 달콤한 미소를 지어보였다. "좋아, 폰테이우스를 애인으로 삼아. 하지만 다른 남자들은 더 안 되고, 표정이든 몸짓이든 말이든 절대 밖으로 드러내선 안 돼. 앞으로의 전망이 썩 마음에 들진 않지만, 누나는 난잡한 것과는 거리가 먼 사람이니까." 그는 두 손으로 양 무릎을 탁 쳤다. "리비아 드루실라에게 협조를 요청할게. 아내의 도움은 대단히 유용할 거야."

옥타비아는 뒷걸음쳤다. "카이사르, 안 돼! 올케는 찬성하지 않을 거야!"

"아니, 찬성할 거야. 리비아 드루실라는 우리 가족 안에 어머니가 딱 한 사람이라는 걸 절대 잊지 않거든."

그해의 막바지는 옥타비아누스도 아그리파도 전혀 예상치 못했던 위기들로 가득했다. 늘 그렇듯이 위기의 뿌리에는 어느 유명 가문이 자리하고 있었는데, 이번 주인공은 리키니우스 크라수스 가문이었다. 그들은 공화정의 역사만큼이나 오래된 씨족이었고, 최근에 이 가문을 이끌고 있던 수장은 절대 실패할 리 없어 보이는 교묘한 방법으로 권력을 잡기 위한 시도에 나섰다. 그러나 저 벼락출세자 사기꾼 옥타비아누스가 그를 멋지게 처리해버렸다. 그것도 합법적으로, 원로원을 통해서였다. 마르쿠스 리키니우스 크라수스는 원로원이 자신을 지지할 줄 알았다. 하지만 현실은 달랐다.

크라수스의 누이 리키니아가 코르넬리우스 갈루스의 아내였던 까닭에 갈루스도 이 사건에 연루되었다. 이집트 총독으로 있는 동안 그는 탐험가로서 대단한 성취를 이뤘다. 그는 자신의 성공에 너무 취한 나머지 피라미드며 이시스와 하토르 신전들, 알렉산드리아의 여러 기념물에 자신의 위업을 새겼다. 또한 곳곳에 자신의 거대한 조상을 세웠는데 이는 로마인들에게는 금지된 행동이었다. 로마인의 조각상은 실제 사람 크기를 넘어서면 안 된다고 정해져 있었기 때문이다. 옥타비아누스조차도 이 기준을 어기지 않으려고 신중을 기했다. 그런 그의 친구이자 지지자인 갈루스가 이를 어겼다는 사실은 충격으로 다가왔다. 지나친 자만심에 대한 책임을 묻기 위해 로마로 소환된 코르넬리우스 갈루스는 원로원 앞에서 반역죄 재판을 받던 중 아내와 함께 자살했다.

이러한 교훈을 결코 무시하는 법이 없던 옥타비아누스는 이때부터 쭉 미천한 태생의 지극히 평범한 인물들을 이집트 총독으로 보냈으며, 속주를 맡게 된 전직 집정관들은 반드시 대규모 군대가 없는 지역으로만 보냈다. 전직 법무관들이 그 군대들을 물려받았다. 그들은 집정관이 되고 싶어하므로 신중히 처신할 가능성이 높기 때문이었다. 개선식은 다른 누구도 아닌 오로지 옥타비아누스 가문만이 가질 수 있는 권리가 될 터였다.

"교묘해." 마이케나스가 말했다. "자네 원로원의 겁쟁이들이 순한 양처럼 따라오더군. 음매, 음매, 음매."

"새로운 로마에서는 야심 찬 인물들이 평민은 물론이고 기사 계급에게 자신의 본색을 드러내는 방식으로 커가도록 놔둘 수 없네. 그들이 어떤 방법으로든 군사적 영광을 얻는 것은 괜찮지만, 그들 개인의 가문을 드높이기 위해서가 아니라 로마 원로원과 인민을 위한 것이어야 해." 옥타비아누스가 말했다. "나는 귀족 계급을 거세할 방법을 고안해냈네. 구귀족이나 신귀족이나 다를 바 없이 말이지. 그들은 원하는 만큼 풍족하게 살 수는 있지만 절대 공직의 명성은 얻을 수 없네. 나는 그들에게 배짱은 허락하겠지만 영광은 절대 허락하지 않아."

"자네에겐 카이사르 말고 다른 이름이 필요하네." 마이케나스가 말했다. 그의 시선은 클레오파트라의 궁전에서 약탈해온 디부스 율리우스의 아름다운 흉상에 머물러 있었다. "자네가 영도자나 원수라는 호칭을 좋아하지 않는다는 걸 기억하고 있거든. 임페라토르는 없어지는 게 낫고 디비 필리우스는 이제 불필요해졌네. 하지만 무슨 이름이 좋을까?"

"로물루스!" 옥타비아누스가 열정적으로 외쳤다. "카이사르 로물루스!"

"그건 곤란해!" 마이케나스가 꽥꽥댔다.

"난 로물루스가 좋은데!"

"좋아하는 거야 마음껏 좋아하게, 카이사르. 하지만 그건 로마의 건국자이자 첫번째 왕의 이름이야."

"난 카이사르 로물루스라고 불리길 원하네!"

마이케나스와 리비아 드루실라가 아무리 말려도 옥타비아누스는 그 입장에서 한 치도 물러나려 하지 않았다. 결국 그들은 마르쿠스 아그리파를 찾아갔다. 그는 묵은해에 집정관이었고 다가올 새해에도 집정관이 될 예정이었으므로 요즘은 로마에 있었다.

"마르쿠스, 로물루스는 안 된다고 그를 좀 설득해주게!"

"노력은 해보겠네." 아그리파가 말했다. "하지만 장담은 못해."

"이 난리를 치는 이유를 모르겠군." 옥타비아누스가 볼멘소리로 말했다. "내 지위에 걸맞은 이름이 필요한데, 로물루스의 반만큼이라도 그 역할을 해낼 이름은 떠올릴 수가 없어."

"누군가 더 나은 이름을 찾아내면 마음을 바꿀 텐가?"

"그럼, 물론이지! 나도 로물루스란 이름에서 왕이 연상된다는 걸 모르진 않아!"

"그에게 더 좋은 이름을 찾아주게." 아그리파가 마이케나스에게 말했다.

이름을 생각해낸 건 시인 베르길리우스였다.

"이건 어떤가," 마이케나스가 조심스레 물었다. "아우구스투스?"

옥타비아누스는 눈을 깜박였다. "아우구스투스?"

"그래, 아우구스투스. 높은 자들 중에 가장 높은 자, 영예로운 자들

중에 가장 영예로운 자, 위대한 자들 중에 가장 위대한 자라는 뜻이네. 그리고 아무도 코그노멘으로 사용한 적이 없네. 단 한 명도 없었어."

"아우구스투스." 옥타비아누스는 입안에서 이 말을 굴려보며 그 느낌을 음미했다.

"아우구스투스……. 그래, 마음에 드네. 아주 좋아, 아우구스투스로 하지."

옥타비아누스는 서른다섯 살로 일곱번째 집정관을 지내고 있던 1월의 열세번째 날 원로원을 소집했다. "이제 제 모든 권한을 내려놓을 때가 되었습니다." 그는 말했다. "위험은 지나갔습니다. 마르쿠스 안토니우스, 그 불쌍한 얼간이가 죽은 지도 2년 반이 지났고 그를 추악하게 타락시켰던 짐승들의 여왕도 그와 함께 죽었습니다. 그 시기 이후의 소소한 공포와 일시적인 두려움도 모두 사그라졌으며, 그것은 로마의 힘과 영광에 비하면 아무것도 아닌 일들이었습니다. 그동안 저는 로마의 충실한 수호자였고 로마의 지칠 줄 모르는 투사였습니다. 그러므로 원로원 의원 여러분, 저는 오늘 이 자리에서 제 모든 속주를 포기하겠습니다. 곡물이 나는 섬들, 히스파니아, 갈리아, 마케도니아, 그리스, 아시아 속주, 아프리카, 키레나이카, 비티니아, 시리아 등입니다. 이 속주들을 로마 원로원과 인민의 손에 넘기겠습니다. 제가 유지하고 싶은 것은 저의 존엄, 그에 수반되는 전직 집정관이자 여러분의 원로원 최고참 의원으로서의 자격, 그리고 명예 호민관으로서의 개인적인 지위가 전부입니다."

그 순간 원로원 회의장에 엄청난 소란이 일어났다. "안 돼요, 안 됩니다!" 짧고 날카롭게 쾅쾅대는 소리가 온 사방에서 옥타비아누스의 귓가에 울려댔다.

"안 됩니다, 위대한 카이사르, 안 돼요!" 플랑쿠스의 목소리가 가장 크게 터져나왔다. "당신의 믿음직한 손으로 계속 로마를 맡아주십시오, 제발 간청합니다!"

"옳소, 옳소, 옳소!" 사방에서 소리가 터져나왔다.

이 소극은 몇 시간 동안 계속되었다. 옥타비아누스는 움츠리며 로마 엔 이제 더이상 자신이 필요 없다고 항변했고, 원로원은 그가 필요하다고 우겼다. 결국 용감한 변절자 플랑쿠스가 회의를 중단시켰고 이 안건 은 사흘 뒤 원로원이 다시 모일 때까지 미결로 남았다.

1월 16일, 원로원은 루키우스 무나티우스 플랑쿠스를 대리인으로 내 세워 그들의 가장 눈부신 지도자에게 뜻을 전했다.

"카이사르, 당신의 손길은 항상 필요할 겁니다." 플랑쿠스가 자신이 낼 수 있는 가장 감미로운 목소리로 말했다. "따라서 우리는 당신이 로 마의 모든 속주에 대한 임페리움 마이우스를 유지하고 당분간 로마의 수석 집정관으로 계속 일해주시기를 간청합니다. 우리는 당신이 공화 국의 안녕을 위해 빈틈없는 주의를 기울인 것을 잊지 않았고, 당신의 관리하에서 공화국에 새로운 활력이 주입되어 영원히 활기를 되찾은 것에 대단히 기뻐하고 있습니다."

그의 연설은 이후로도 한 시간 더 계속되다가, 회의장에 울려퍼진 우레 같은 목소리로 마침내 끝을 맺었다. "본 원로원이 전하는 특별한 감사의 표시로 우리는 당신에게 카이사르 아우구스투스라는 이름을 선사하고, 앞으로 다른 누구도 이 이름을 사용할 수 없게 하는 법안을 권고하고자 합니다! 카이사르 아우구스투스, 높은 자들 중에 가장 높 은 자, 용감한 자들 중에 가장 용감한 자! 카이사르 아우구스투스, 로마 공화정 역사상 가장 위대한 인물!"

"받아들이겠습니다." 달리 무슨 말을 하겠는가?

"카이사르 아우구스투스!" 아그리파가 큰 소리로 그 이름을 외치고 그를 포옹했다. 그의 지지자들 중 첫째가는 지지자, 그의 친구들 중 첫째가는 친구였다.

아우구스투스는 원로원 의원들 무리 한가운데에서, 하지만 아그리파와 팔짱을 낀 채 디부스 율리우스의 원로원 의사당을 걸어나왔다. 현관에서 그는 아내와 누이를 껴안은 다음 계단 가장자리로 성큼성큼 걸어가서 환호하는 군중을 향해 두 손을 들어올렸다.

로물루스라는 인물은 이미 있었어, 그는 생각했다. 나는 아우구스투스다. 유일무이한 아우구스투스.

〈『안토니우스와 클레오파트라』 끝〉

멀게만 느껴졌던 대장정의 끝이 어느덧 눈앞에 다가왔다. 드디어 〈마스터스 오브 로마〉 시리즈의 7부이자 대미를 장식하는 『안토니우스와 클레오파트라』다. 콜린 매컬로가 앞서 6부 작가의 말에서 밝혔듯이 이 시리즈는 2002년에 6부작으로 마무리되었으나 5년 뒤 이 7부가 추가되었다. 〈마스터스 오브 로마〉에는 로마 공화정 말기의 여러 주요 인물들이 비중 있게 등장하지만 그중에서도 단 한 명의 주인공이 누구냐고 묻는다면 단연 카이사르를 꼽을 수 있을 것이다. 『로마의 일인자』부터 『시월의 말』까지 이 시리즈가 그린 공화정 말기의 역사는 실제로 탄생부터 죽음까지 카이사르 개인의 역사와도 일치한다. 그렇다면 주인공이 죽고 없는 7부는 다소 김빠진 이야기가 되지 않을까 하는 우려가 드는 것도 당연하다. 그러나 결론부터 말하자면 그것은 기우에 불과하다. 죽어서 신의 위치에 오른 카이사르는 이전과는 또다른 방식으로 이야기에 재미와 연속성을 더해준다. 그의 공백을 별로 느낄 새가 없는 것이다.

필리피 전투와 카이사르 암살에 가담했던 핵심 인물들의 죽음으로 끝난 6부에서 바로 이어지는 7부는 기원전 41년부터 27년까지의 시기,

즉 2차 삼두연합 수립을 시작으로 옥타비아누스가 아우구스투스로 변신하며 새로운 일인자로 등극하는 순간까지를 다룬다. 이 시기에 이르러 세력 균형이 깨진 기존의 공화정 체제는 극도의 혼란에 빠지고 원로원을 비롯한 통치 기구는 사실상 유명무실해진다. 이 와중에 새로운 일인자 자리를 두고 벌어진 대결에서 옥타비아누스는 카이사르의 진정한 후계자로 우뚝 서려 하고, 후계자로 선택받지 못한 안토니우스는 카이사르를 넘어서려 한다. 시작할 때만 해도 원로원 절대다수의 지지와 막강한 군사력을 등에 업은 안토니우스에게 절대적으로 유리한 싸움이었으나 그는 거듭된 실책과 오판으로 서서히 몰락하고, 오히려 군사적 재능도 없고 세력 기반도 약했던 옥타비아누스가 최종 승자가 된다. 이렇듯 언뜻 보면 골리앗을 물리친 다윗의 영웅담 같지만 작가 매컬로는 결코 옥타비아누스의 승리에만 초점을 맞추지 않는다. 난국을 타개하기 위한 어쩔 수 없는 선택이었다 해도 상대에 대한 흑색선전과 야비한 술수도 마다않는 옥타비아누스의 모습이나 짜고 치는 게임판처럼 그려진 마지막 장면을 통해, 공화정의 몰락과 사실상 제정의 시작을 알린 옥타비아누스의 승리에 대한 작가의 냉소적인 시각을 엿볼 수 있다. 이에 더해 책의 제목이기도 한 안토니우스와 클레오파트라의 이야기도 빼놓을 수 없다. 시리즈 전반에 걸쳐 큰 재미를 선사한 매컬로의 다각적인 인물 묘사 능력은 이 책에서도 유감없이 발휘되고 있는데, 가령 단순하기 짝이 없고 당장의 욕망에만 충실한 듯 보였던 안토니우스는 뜻밖의 인간적인 면모와 위엄을 드러내며, 모든 인물을 통틀어 가장 색다르게 재해석되었다 할 만한 클레오파트라는 영리한 전략가의 모습과 전제군주로서의 한계를 동시에 보여준다. 두 사람의 관계는 초반부터 거의 끝까지 정략적인 파트너로 그려지지만 파멸 직전에 서로의 사랑을 확인하고 차례로 비극적인 죽음을 맞이하는 순간에 이르러서는 그동안 우리에게 익숙했던 것과는 사뭇 다르면서도 더없이 절절한 러브 스토리를 완성한다. 또 한 가지 언급할 만한 점은 로마 사회에서의 여성의 지위에 대한 작가의 안타까운 시선이다. 여성의 사회적 지위가 터무니없이 낮았던 당대의 역사적 현실에도 불구하고 매컬로는 스스로의 삶을 당당하게 주도하려 했던 여성 캐릭터들을 꾸준히 등장시켜왔다. 클레오파트라가 하나의 주축을 이루는 7부에서는 이러한 요소가 한층 더 부각되는 측면이 있다. 남편의 숨은 참모 역할로 만족한 리비아 드루실라와 달리, 남자들과 대등하게 나서려 했던 클레오파트라나 풀비아가 실패하고 무너지는 과정은 영웅들 간의 정치 대결 못지않게 묵직한 생각거리를 던져준다.

만 5년이라는 긴 시간을 매달려온 프로젝트의 끝을 앞두고 있는 지금, 솔직한 심정은 아쉬움보다는 후련함이 앞선다. 그만큼 우리에게는 어렵고 힘든 작업이었지만 그 과정에서 배우고 얻은 것 또한 많았다. 쉽지 않은 여건에서도 우리의 든든한 동반자가 되어주신 교유서가 식구들, 방대한 원고를 매끄럽게 다듬어주신 신소희 선생님, 매의 눈으로 오류를 바로잡아주신 서승일 선생님께 감사드린다. 그리고 무엇보다 이 시리즈를 사랑해주시고 지적과 성원을 아끼지 않으신 애독자분들께 감사드린다.

안토니우스와 클레오파트라 3
마스터스 오브 로마 7

1판 1쇄 인쇄 2018년 7월 23일
1판 1쇄 발행 2018년 8월 3일

지은이 콜린 매컬로 | 옮긴이 강선재 신봉아 이은주 홍정인 | 펴낸이 염현숙
편집인 신정민

편집 신정민 신소희 | 디자인 고은이 이주영
마케팅 정민호 한민아 최원석 | 홍보 김희숙 김상만 이천희
저작권 한문숙 김지영 | 모니터링 서승일 이희연 전혜진
제작 강신은 김동욱 임현식 | 제작처 한영문화사

펴낸곳 (주)문학동네
출판등록 1993년 10월 22일 제406-2003-000045호
임프린트 교유서가

주소 10881 경기도 파주시 회동길 210
문의전화 031) 955-8886(마케팅), 031) 955-3583(편집)
팩스 031) 955-8855
전자우편 gyoyuseoga@naver.com

ISBN 978-89-546-5226-1 04840
        978-89-546-5222-3 (세트)

* 이 도서의 국립중앙도서관 출판예정도서목록(CIP)은 서지정보유통지원시스템 홈페이지
  (http://seoji.nl.go.kr)와 국가자료공동목록시스템(http://www.nl.go.kr/kolisnet)에서
  이용하실 수 있습니다. (CIP제어번호: CIP2018021307)

www.munhak.com